iyi ki kitaplar var....

TİMAŞ YAYINLARI
İstanbul 2009

www.timas.com.tr

LÂ
Nazan Bekiroğlu

TİMAŞ YAYINLARI | 1927
Roman Dizisi | 91

KÜLTÜR BAKANLIĞI YAYINCILIK SERTİFİKA NO
12364

YAYIN YÖNETMENİ
Emine Eroğlu

EDİTÖR
Seval Akbıyık

KAPAK TASARIMI
MimEmin

1. BASKI
Kasım 2008, İstanbul

4. BASKI
Şubat 2009, İstanbul
(Toplam 15.000 adet)

ISBN
978-975-263-851-8

BASKI VE CİLT
Sistem Matbaacılık
Yılanlı Ayazma Sok. No: 8
Davutpaşa-Topkapı/İstanbul
Tel: (0212) 482 11 01

TİMAŞ YAYINLARI
Alayköşkü Caddesi, No:11, Cağaloğlu, İstanbul
Telefon: (0212) 511 24 24 Faks: (0212) 512 40 00

www.timas.com.tr
timas@timas.com.tr

LÂ

Nazan Bekiroğlu

TİMAŞ

NAZAN BEKİROĞLU

3 Mayıs 1957, Trabzon.
Dört yıllık üniversite hayatı hariç hep bu kentte yaşadı.
Bulut. Deniz. Yağmur.
Türk Dili ve Edebiyatı Eğitimini Erzurum'da aldı.
Kar. Rüzgâr. Ova.
Halide Edip'le doktor,
Nigâr Hanım'la doçent.
Şimdilerde Trabzon, KTÜ Fatih Eğitim Fakültesi'nde Profesör. Suyun kıyısında.
İki kız çocuğuna anne.
Görünürdeki hayatı bundan ibaret.

Eserleri:
Nun Masalları (1997)
Şair Nigâr Hanım (1998)
Halide Edip Adıvar (1999)
Mor Mürekkep (1999)
Yûsuf ile Züleyha (2000)
Mavi Lâle (2001)
İsimle Ateş Arasında (2002)
Cümle Kapısı (2003) TYB Deneme Ödülü
Cam Irmağı Taş Gemi (2006) TYB Hikâye Ödülü
Lâ: Sonsuzluk Hecesi (2008) ESKADER Roman Ödülü

LÂ SAHİFESİ

LÂ SAHİFESİ

Bir gün Sabâ Melikesi Belkıs'tan, Âdem'le Havva'nın hikâyesini anlamanın bütün bir insanlığın da hikâyesini anlamak manasına geldiğini öğrendim. Çünkü Âdem cem makamındaydı, yani hayatları, hikâyeleri kendinde toplayıcıydı. İnsanın bütün halleri Âdem'de gizliydi ve bütün macera onun hikâyesinde özetlenmişti.

Bu cümleyi yıllarca içimde gezdirdim de bir türlü kalemi elime alamadım, anlatmaya kalkışamadım. Oysa anlatmak, benim için de anlamanın en yetkin biçimiydi.

Ne zaman ki, kalmak için değil uğrayıp geçmek için kadem bastığımız, kök attığımız değil kısa bir gölge saldığımız şu dünyada bir cennet sürgünüyle yazgılandığımı anladım ve Kelimeler Kitabı-çift isimler sahifesinde, Âdem'le Havva'nın yanına bir de Habil'le Kabil ekledim. O zaman anladım anlatma zamanının geldiğini.

Hikâyenin ismi düştü dilime bir gece: LÂ.

İLLÂ, dedim.

Bir ömür boyu aradığım hece harfinin LÂ olduğunu bildim.

LÂ: Olumsuzluk eki. Başkaldırı serbestîsi.

Ama değil mi ki Tevhid kelimesi de LÂ ile başlar: *LÂ ilâhe.*

Bilinçli kabul kelimesi onun ardından gelir: *İllallah.*

Öyleyse Âdem, İLLÂ'ya giden yolda bir LÂ hecesidir. İsyan tecrübesi onun ilk halidir. Âdem, cümlenin daha başında LÂ diyecek, reddedecek özgürlüğe sahip olduğu halde *illallah*'a varmasıyla yaratılmışların en güzelidir, mümkünler âlemindeki o en esrarlı heceyle, kendiliğinden değil bile isteyedir. LÂ, hiçlik mesabesi, öyleyse sonsuzluk ekidir.

***

Hamdele, bu hikâyenin hem ilk sahifesi hem de neticesi.

Hamd O'na ki;

Ey varlığı kendi kendinden olan.

Ey kendi kendisinin hem sebebi hem sonucu.

Ey kendi ezelinde ezeli, kendi ebedinde ebedi.

(....)

Bütün bunları.

Aklım almıyor.

Ama kalbime sığıyor.

Ey, sorgulayan aklıma değilse de kalbime bu genişliği veren Allah'ım. Ve ey ki aklımın her şeye yetmediğini sezecek gücü de yine aklıma veren Allah'ım.

Aklım iyi ki almıyor. Çünkü Yaratan, yarattığı şeyin sınırları içine nasıl sığabilir? Onunla nasıl anlaşılabilir, bilinebilir? Onun hükmü altına nasıl girebilir?

Bildim ki başka bilgiler var, bu kitaba sığmazmış. Bu terazi almazmış.

***

Terazinin kefelerini zorlayıp da, melek-şeytan, Âdem-Havva, iyilik-kötülük, şuur-irade, kader-kaza hakkında düşünüp durduğum geceler boyunca: Kimi, gülümseten sezginin hükmünde kendimden memnun kaldım. İlk ânda, aydınlık bahçelere yağan nisan yağmurları berraklığında gördüm göreceğimi. Işıklı. Sevinçli. Renkli. Ama kelimeyi söz denizine kavuşturmaya, sükûn bulmaya gelince sıra, kâğıtlarım rüzgârda dağıldı, kalemimde mürekkep tükendi. Akşamdan dizdiğim harfleri sabahtan bozdum, birer kanat taktım, hepsini rüzgârda uçurdum. Hafızama kaydettiklerimin de çoğu yerinde yoktu. Uçtu düşünce, fikir buharlaştı. Geriye bir duygu kelâmı kaldı o da muğlâktı.

Kimi de, öyle bir dolandım, öyle bir çatala düştü ki yolum, bir yılan hikâyesine dönüştü, el yordamıyla bile yol alamadım. Söz gelimi iyiliği ve merhameti sınırsız olan, kötülüğü neden yaratmıştı? O Tek, sonsuz iyilik ve sınırsız hayr iken, kötülüğün çamurunu nereden karıp da hamurumuza katmıştı?

Hem kötülük nedir? Kime göredir? Hâl midir irade midir? Şeytan sonra! Kötülüğün nesidir? Sebebi midir bahanesi midir? Benzeyeni midir benzetileni midir? Temsil midir gerçek midir? Kıssa mıdır mesel midir? Dahası Âdem, kendi kaderinin neresindedir?

Sorular sorular... Hepsi de geldi küstah aklın zanlarının önünde durdu.

İlmi verilmemiş bilgi. Sırrın kapıları O öyle istediği için açık değil kapalıydı. Kelimeye çevrilemeyen mananın düğümünde kalp açık, akıl kapalı. Bana da sırrı değil hikâyesi kaldı.

***

Her şeyin doğrusunu söyleyen Kitap, manayı verir suret üzerinde durmaz. Esası verir ayrıntıda oyalanmaz. Kıssa anlatır ama maksadı hikâye anlatmak değildir. Esası desteklediği nisbette kıssa muteberdir. Âmenna.

Elem çeken kalemin bahtına düşense, üzerinden geçtiğim dünyaya, şükür ki benim de arasında bulunduğum uğultulu ezel kalabalığına, o muazzam ümmete imamlık etmiş olan Âdem'e, en fazla da onda toplanmış insanlık manasına yani onun bütün insanlara dağılmış yanına ilişkin aciz bir anlama denemesi. *Kıssa üzerinde düşünme* niyeti.

Kıssa üzerinde düşünürken, romanla mesnevi arasına düşmüş bir kalemle hikâyet ettim, bunca harfi ardı ardına o kalemle ekledim. Lâkin bu kitabın aynasını dolduran kaçınılmaz çelişkinin de iki dünya, iki şekil, iki mana arasındaki gidip gelmeler olduğunu en evvel ben fark ettim. Örtmedim üstünü kararsızlığımın, açıkça söyledim; gizlemedim aşikâr ettim. Ve dahi bunca yıl, bunca harf, bunca cümle sonra, bir metni ateşe atmakla açığa vurmak arasında yaman bir hesaba düşmüşken, tuttum, bütün kararsızlıklarımın savunusunu şu bir tek LÂ Sahifesi'nin sırtına yükledim.

Öyleyse bu hikâyeyi, ben anlatmaya kalkıştığımda, okuyan okumaya başladığında, en baştan bilinsin ki bu aynada her şey temsil her şey mecaz. Gaybın ne şekli ne manası dünya kelimelerine çevrilebilir çünkü. Yanılgıysa Âdem'le Havva'dan bu yana kanımızda. Öyle yakınız ki!

Aslında, doygun ve mahzun yanımla,

yıkıp da yapamayan yanımla,

insan olmanın bütün kusurlarını bütün cevheriyle bir arada içeren yanımla.

Hiçbir şey anlatmasam da, bu tek hikâyenin derinliğinde,

kırk yıl boğulur bir kırk yıl da kurtulurdum.

Ama anlatmak istedim. Anlatmasam, anladığımı da unuturdum.

***

Âdem'in hikâyesini hatırlayan herkes, her şey kendi başından geçmiş gibi olur. Kendi hikâyesini okur.

Ben?

Benden önce seçilmiş bir yolun yolcusu olarak geldim bu dünyaya ben. Bana sorulmadı. Ama sorulsaydı ben de seçerdim. Açık itiraf işte, yasak meyveyi, unutarak ve hatırlayarak ben de yerdim.

Hangimiz balçık bedeni yaratılmışların en üstünü kılacak olan kutsal nefese, özgür iradeye hayır, derdik?

Hangimiz insan olmanın şerefli bilincine, kansız olaysız bir masumluk halini tercih ederdik?

Hangimiz bir dünya yolculuğunun onurlu yorgunluğuna, kazasız belâsız cennet yaşamının bilgisizliğini yeğlerdik?

Bilmemenin güvencesini hangimiz neylerdik?

Bildiğini bilmeyen bilgisini ne yapsın? Sen biliyordun ben bilmiyordum, buna kim dayanabilir?

Demem o ki, dağların taşların taşımaya takat yetiremediği teklifi hangimiz reddederdik?

Ödülle cezayı hangimiz ayırt edebilirdik?

Yasak meyveyi hangimiz yemezdik?

Böyle ağır sınanmasa Âdem kendisini nereden bilecekti? Geçici yanılgısının sebebi olan şey, onun sahiplenilmesine de neden olan şeydir. Ve böyle bir sahipleniliş için insan olan gözden düşmeyi, sürgün edilmeyi, her bir şeyi göze alabilir.

***

Anlatmak anlamaktır, demiştim ya. Şimdi gözlerimde, onları neredeyse kaybedeceğim korkusuyla bunca anlatmadan sonra ne anladığım sorulursa:

Ben de bu dünyaya düşmüş biriyim.

Kimi zaman şeytan dokunmuş düşünü hayra yoramayan Havva, kimi zaman af dileyerek kırk yıl gözyaşı döken Âdem gibiyim.

Dünyaydı adı. Sertti, hayattı. Ağırdı ölüm. Katıydı günah. Kaderdi, kazaydı, belâydı. Ama gözlerimi kapatıp da bunca ahd-i belâya çok uzak bir zamandan baktığımda, cümle kovalıyor cümlelerimi; rüyada gibiyim.

Uzaktan sesler geliyor. Işık kervanlarının çıngırakları. Ağaç ve ırmak konuştuğunda bana, sanki cennetteyim. Uğultuya uyanıp da azametli derinliğin içinden ruhumu rüzgâra açtığımda cennette bile değil bezm-i ezelde gibiyim.

Ne yazıda, ne aşkta, ne acıda. Kalbin de daha ileri gidemediği bir yer var. Hayal zamanlarda yıkılmış beldeler. Gözlerimi kendi satırlarımda gezdirip de görünce ki gölge üstüne gölge. Kimse üstüne alınmasın, hikâye sadece kul ile Allah arasında; sezer gibiyim.

Dahası, O'nun da,

sırrıyla aynası,

ismiyle yansıması,

ayânıyla beyânı arasında; der gibiyim.

I. CENNET GÜNLERİ

YEK-PARÇA

O büyük katta.

Her şeyle çağdaş, ama hiçbir şeyle de zamandaş olmayan o mutlak zamanda.

O zamanlar bu zamanlardan ayrı, zamanın hesabı o zeminde farklı. Sadece bize göre bir di'li geçmiş zamandı. Gerçeğin de gerçeğinde ise; sonsuz bir şimdilik ânı, sıfır lâhzası.

Zaman yoktu. Akmıyordu. Bir vardı başka da bir şey yoktu. Bir varmıştı bir yokmuştu.

Tüm ânların birbirine eşit ve denk durduğu o yek-parçada, her şey aynı ânda olup bitiyor, önce ve sonra aynı ânda yaşanıyordu. Evren daha biçimlenmemişken kıyamet kopuyor, Âdem yaratılmamışken yeryüzünün son sakini ölüyordu. Cennet ve cehennem ile köhne dünya karşılıklı seyrediyordu birbirini. Yaşanacak zannedilenler çoktan yaşanmış oluyordu, yaşandı bitti denenlerse yaşanıp duruyordu.

Olmuş olan da, olacak olan da yoktu bu yüzden, geriye sadece oluş kalıyordu.

Ama, zamanın olmadığı o zamansızlıkta, olayın olmadığı o oluşta, bildim ve kabul ettim'den öte başlangıcı olmayan o başlangıçsızlıkta neyin nasıl olduğu nasıl bilinebilir? Gelecek zamanların geçmiş kipine, her ikisinin de şimdi'ye kayıtsız şartsız sığdığı bu lisanda olup bitenler yeryüzü sözcüklerine nasıl çevrilebilir? Böyle bir olmak üzerinden bir dünya cümlesi nasıl geçirilebilir?

Parça pürçük akıl her şeyi en-boy-derinlik, zaman-mekân ve oluş ölçeğinde kavrıyor. Oysa nokta zamanı, nokta mekânı, nokta ânı aklın algı sınırlarını aşıyor.

Nokta ki mümkünlerin en mükemmelidir. Her isim, her kelime, her resim OL noktasının içindedir. Sıfır hacim-sonsuz kütle, noktanın sonsuzluk sırrında gizlidir. Öyleyse daha başlarken bile en fazla, nokta diyebilirim. Noktayla başlayıp noktayla bitirebilirim.

Her şey gizli. Benim bildiğimse:

Gizli bir hazineydi; görünmeyi, bilinmeyi sevdi.
Sıfırdan zamana, sonsuz ân'dan ânbeân'a,
nâ-mevcûddan vücûda, lâ-mekândan mekâna,
noktadan mükemmele,
kelimeden cümleye,
emirden vâkiye.

Muhabbeti aşikâr kuvveyi fiil eyledi
OL, dedi.
OL'uverdi.

Kûn!
Bir kâf. Bir nûn.
Sonra sükûn.

VARLIĞIN ÖZÜ MUHABBET

Arşı, arşın kürsîsini, karargâhını.

Arşı; gösterip mekânı, hareket ettirip zamanı.

Karanlıktan sıyırıp ışığı.

Yedi kat döşeyip semaları.

Felekleri, menzilleri. Sebepleri, illetleri.

Atlasta çakılı duran yıldızları, döneduran seyyareleri.

Yörüngelerinde yüzen parlak gök cisimlerini.

Uysal ay'ı, itaatkâr güneşi. Onların manalarını, dur-duraklarını, evrelerini.

Göklerden ayrılmış arzı,

arzı kaplayan çatlayışlı dağları,

kara parçalarını, ufukları, uzakken bitişenleri, bitişikken ayrılanları.

Dört unsuru. Havayı, toprağı, suyu, ateşi. Maddeyi, ilkeleri.

Yedi iklim dört bucağı, altı cihet on sekiz bin âlemi.

Saymakla bitmez, isimleri varlıklarına yetmez. Kendi Sırrının Sahibi, bunca şeyin hepsini. *Yoktan var etti, serdi, yaydı, döşedi.*

Beyhude değildi bu oluş. Sebepsiz değildi.

Âlemlerin Rabbi âlemde bilindik kıldı kendisini. Görünmezini görünüründe kaydetti. Sonra döndü kendisine nazar etti, kaydettiğini seyretti.

Bütün yaratılmışlarda bir hayranlık gülümsemesi.

Bir seçilmişlik sevinci.

Ama O gizli bir hazineydi. Daha fazla bilinmek, farklı bir nazarla seyredilmek istedi.

Yaratmaya devam etti.

Birbiri ardınca gelsinler diye,

aydınlatılmış günü,

karartılmış geceyi.

Yaza dönsün diye kışı,

kışa dönsün diye yazı.

Yerle gök arasında emre tâbi bulutu,

yağmuru.

Yaksın diye alevi, ısıtsın diye ateşi,

kandırsın diye suyu, boğsun diye ırmağı.

Yani dönüşü, deveran sırrını,

biçimlerin en güzeli olan daireyi, başladığı yerde biten çemberi.

Bunları da var etti.

Göründü görünmesine ama yine yetmedi, göründükçe perdelendi. Yaratmaya devam etti.

Gökten inip yataklarına dolan suları.

Sığ bataklıkları, derin gölleri, kaynayan denizleri, ummanları, okyanusları.

Kara toprağı, tam ortasından yarılacak olan taşı,

kumu, kumun içinde saklı camı.

Düzlükleri, otlakları,

eğrelti otlarını, su kamışlarını.

Yaprakla donanmış kalın gövdeli ağaçları,

reçine kokulu sık ve derin ormanları.

Elma çiçeğini, pembe peygamber gülünün yaprağını,

üzümü, inciri, narı.

Zeytini, zeytinin içindeki yeşil ışıklı yağı,

hurmayı, hurmanın göklere uzanan dallarını,

akasyayı, buğdayı.

Çizgili zebrayı, uzun boyunlu zürafayı, sırma yeleli tayı.

Haritasına göçeceksin yazılmış-yazılmamış bütün kuşları.

Sürünenleri, yüzenleri, koşanları.

Onların arasındaki yarışı, can pazarını.

Otu yesin diye kuzuyu,

kuzuyu yesin diye kurdu.

Sonra hepsinin kanına susamış yırtıcı parşı, bol yeleli arslanı.

Kan revanı, kan revanı,

ama bunca kan revan arasında arslanın masumiyetini, kurdun art niyetsizliğini,

âlemin kusursuz düzenini yani, işleyişini.

Kurdu. Etti. Eyledi. Ayna kıldı kendisine cümle âlemi.

Âlem O'nun cümlesiydi şimdi. Öznesi gizliydi ama isimlerinin her biriyle cemicümlede tecelli etti. Yarattıklarının üzerine isimlerinden, sıfatlarından, fiillerinden bariz bir ışık düşürüverdi. Lâkin tümünü taşımaya güç yetiremezlerdi. Bölüştürdü bu yüzden. Kimine bir, kimine üç, kimine beş emanet etti.

Oysa sonsuzdu isimleri ve O hâlâ gizli bir hazineydi.

O'na şimdi, ismini esmasını, sıfatını vasıflarını, benliğinde tümüyle taşıyıp toplayacak,

sonra bir ayna olup yansıtacak, ışıtacak,

bir bakıma O'na temsil O'na misal,

O'na halife olacak, O'nu hatırlatacak,

O'na emanet O'na emin,

şimdiye kadar yarattıklarının hepsinden daha güzel, daha mükemmel,

bir şey lâzımdı.

İsimlerinin kelime kelimesi değil, cümlesi, ez-cümlesi,

ve şuursuz değil, ne olduğunun farkında, şuur sahibi,

sahip olmakla kalmayıp

bu şuurla yapabilen, edebilen,

öyleyse iradesiz değil iradeye sahip birisi.

Belli ki,

Âlemlerin Varedicisi,

bal ve süt ırmakları akan cennetinde, hata yapmaya yeteneği, kabahat işlemeye meyli, muhalefet edecek hilkati olmayan, masum kılınmış meleklerinin kusursuz tapıncıyla yetinmedi. Hür iradesiyle kendisini bilecek, bilgisiyle kulluk edecek insanın boz bulanık taşkını önündeki bendi bu yüzden çekti.

Gizli saklı hazineydi. İki nokta arasındaki yek-cümlede kendi sırrını kendine açmak istedi. Evvelini saklı tuttu. Ahirini gösterdi.

Varlığın özü muhabbet.

Âdem'e sıra geldi akıbet.

EKSİK CÜMLE

Arşın kürsîsine hat çeken bu metinde eksik cümle geldi yerine doldu. İlâhi muhayyilede bir kelime, bir resimdi önce, çok geçmedi vücut buldu; Kudretin Eli, Âdem'in çamurunu cennet göklerinin altında, esenlik toprağının üzerinde yoğurdu.

Ama has bahçelerin arasında OL, deyip de oluruna bırakmadı onu. Dokundu, bu toprağa kendisinden bir temas hatırası bıraktı. Üzerine doğrudan bir yakınlık kattı. *İki eliyle* âyetinin sırrınca yarattı.

Özenin kaydı olmazdı elbet Yaratıcı için, OL, dese olurdu. Yine de Kadir Olan, Âdem'in hamurunu, oluşun sırrı açığa çıksın diye aniden değil zamanla, aşama aşama, topraktan toprağa hemhâl etti. Merhaleden merhaleye geçirdi. İki merhale arasında döndürdü, çevirdi, bekletti.

Âlemlerin Rabbi bu hamura, kendisinde ne varsa; gazapla rahmeti, celâlle cemâli, korkuyla ümidi ve ikisinin arasında duran yüzlerce binlerceyi, tek tek değil bir arada kattı. Zıtlıklar mihenk taşı, zıtlıkları bir araya topladı. Âdem'in hamurunu tezadın teknesinde kardı.

Ahenk ve düzendi yaratışının temeli. Yarattığının doğasına, bütün zıtlıklara rağmen, ahenge doğru bir meyil, düzene dair bir akış isteği verdi. Ancak doğasının güzelliğinde dinlenecekti. Bu haliyle kötülük yoktu Âdem'in mayasında, özünde temizdi, iyiydi. Lâkin sınav yeriydi dünya. İyiliği ve merhameti sınırsız olan, Âdem'in hamuruna kötülük koymadı ama kötülüğü taşıyabilecek bir kıvam ekledi. Sonra da bu kıvama bir parça kararsızlık, biraz unutkanlık, epeyce de sabırsızlık ilâve etti.

Bu kadar katışığın karışığın arasında Âdem eğri ile doğruyu birbirinden ayırabilsin diye, Yaratan, aklı yarattı. Diri ve parlak bir varlıktı. Onu Âdem'in başına koydu. Lâkin bir manası da düğüm olan akıl, kendi kendisiyle sınırlıydı. Kavrayamadığını reddediyordu. Bunun üzerine Kalpleri Sağlam Tutucu, kalbi yarattı, Âdem'in göğsünün sol yanına bıraktı. Kalp, aklın çıkmadığı yücelere çıkacaktı. Akıldan daha diri daha parlaktı.

Kendisine bütün bu katılıp karıştırılanlardan sonra toprak yükünü aldı, önce havayla kurudu, sonra çatladı, kıvam tuttu. Bir süre kendi haline bırakıldı, topraklığıyla baş başa kaldı. Işığını tutamayıp taşıran cennet bulutları şeffaf gölgelerini düşürdü üzerine, cennet yağmurları yağdı hacmine günlerce. İçine lâtif rüzgârlar sızdı. Suyla, havayla, kokuyla buluştu.

Merhale merhaleyi izledi.

Âdem'in topraktan bedeni halden hale geçti. Kaptan kaba döküldü. Şekle şemaile girdi.

Kayda değmez o toprak yığınından bambaşka bir şeydi şimdi.

Ama hâlâ eksikti.

Öylece yatıyordu. Canı yoktu. Kıpırtısızdı. Biçimlenmiş olsa da ona insan denemezdi. Etten kemikten bir kafesti sadece, bumbuz bir cesetti. Kim yaklaşsa yanına onun soğuğundan buz keserdi. Ama bu haliyle bile öyle farklı, öyle yeniydi ki bütün ilgi onun üzerineydi. Cennetin bütün kuşları, dalları, yaprakları, ırmakları, ağaçları, melekleri, cinleri merakla baktılar bu toprak bedene, bu çamurdan şeye. Bir sağında durdular, bir solundan geçtiler. Anlayamadılar ki! Bu? Neydi?

Kimi yaklaşıp usulca dokunmaya cesaret etti. Kimi bu cüreti bile gösteremedi.

Günler geçti. Nihayetinde oluşun son aşamasına sıra geldi.

Nefes hayatın ruhu. Makamın kopuş yeri.

Âlemlerin Rabbi bu toprak bedene,

nefesinden nefha,

suretinden suret,

ruhundan ruh verdi.

Ona, ruhumdan, dedi.

Söze harfe, rakama sayıya sığmaz ilişki. Böyle bir gramer kime nasip olmuş ki?

Şimdi Yaratan'la yaratılan arasında bir nefes ilişkisi. Yaratan yarattığına şu şahdamarı kadar yakınsa, yaratılan da Yaratan'ına bir nefes kadar yakındı. Çamurdu bedeninin özü ama alnında bir halifelik mührü, ruhunda O'nun ruhundan vardı.

O zaman ruh ile ceset arasındaki örtü kalktı. Toprağın topraklığı, cesedin zenginliği arttı. Âdem'in zahiri gibi batını da tamamlandı. Bumbuz beden ısınıp da ilk nefesiyle devinirken, damarına kan yürüyüp yüzüne gün, kalbine hayat düşerken,

Yaratan yarattığına baktı.

Güzel değil en güzeldi.

Mükemmel değil ekmeldi. Dahası yok, mükemmelin de mükemmeli.

Yaratacağının nasıl olacağını zaten biliyordu Yaratıcı. Ama öyle güzeldi ki Âdem, bu güzellikten arşıâlâ bile titredi.

SECDE EMRİ

Toprak bedeninin üzerinden tatlı bir ürperti geçti. Şöyle bir silkindi yerinden Âdem, derin bir uykudan sahici bir rüyaya uyanır gibiydi. Hayatın içindeki cennet bağına muazzam bir göz aydınlığı, umulmadık bir sevinç kaynağı gibi geldi.

Parıltılı ışığı teninde hissetti. İçine önce güzel kokular doldu. Hülyalar arasından sesleri seçti. Bir tebessüm indi yüzüne. Görmek ardından geldi.

Bir ağacın altındaydı. Saf çiçekler açmış filbahri dallarının arasından üzerinde bekleyen şeffaf bulutu gördü. Bir şehrayinle tarandı saçları. Işık parılcakları döne döne, zerre zerre dökülünce boynu, göğsü aydınlandı. Gözlerini göklerden yere indirdi. Her şey üzerine eğilmişti merakla. Hepsiyle göz göze geldi.

Merak karşılıklıydı. Üzerine eğilmiş kuşlara, hele ışık yollarının içinden süzülen yeşil zümrüt kuşuna,

meleklere, cinlere, hele içlerinden o birisine,

dağlara, ırmaklara, ağaçlara, hele o meyveleri camdan, kokudan, hazdan, renkten, ışıktan, sudan olana,

gözü ne görüyorsa, Âdem de onlara baktı merakla.

Sağ dirseğine dayanarak yavaşça doğruldu, ayağa kalktı. Bir iki adım attı.

Bunca cennet kalabalığının ortasında çok yeniydi Âdem. Ama hiç yabancılık çekmedi. Sadece, bir rüyadan uyanmış da birdenbire her şeyi hatırlamış gibiydi. Bu hatırlamayla kendi kıymetini kendisinde hazır buldu. Zihni, bir kamaşmayla, sanki hep de varmış gibi oluşunu kavradı. Şimdi, karıştığı büyük ırmağın akışında kendi hacmini, kendi zamanını aşan küçücük dereler kadar aslına yakındı.

Bir yanıyla sanki hep vardı ve bu yanı, kendi yaradılışına tanıktı. Kendi kendisini seyretti bu gözle. Kendi suyuna, havasına, ateşine, toprağına, ruhuna, mizacına baktı. İçine sonsuz ruhtan bir soluk üflenmişti ya Âdem, şimdi cennette yeni doğmuş bir bedende çok eski bir ruh gibiydi. Hatırlamasız bir geçmişten bu yana sanki hep de cennetliydi.

Ve, şah damarında bir atma hissetti. Geldi, bilinecek olan Bilinmezin *kesilip eksilmeyen*, bitmeyen tükenmeyen bilgisine erişti: O. Zahir'di Batın'dı. Evvel'di Ahir'di. O'nu bilmek için bir gayret sarf etmedi Âdem. Kendisini O'na öyle yakın, öyle parça, öyle ayna hissetti ki O'ndan başka bir yerden gelmemiş olduğunu bir ânda anladı. Yüzünü nereye çevirse oradaydı ve baktığı her cihette O'nunla kendi arasında kurulmuş olan bağın manasına rastladı. Yaratılmışlığının sebebini kavradı ve kulluğuna hiç şaşırmadı:

Muhtaç değildi elbet Yaratan, yarattığının kulluğuna. Lâkin Yaratan o kadar büyüktü ki Âdem'in O'na varmaya kulluktan başka yolu yoktu. Kendisini, ister istemez değil, istekle kulluk eder buldu. Bu kulluğun sayesinde sayeban oldu. Zorunlu kölelik değil şuurlu kulluktu bu. Bütün isimlerinin önü sıra o kadar güzeldi ki onun Rabbi, Âdem'in bu ihtişama tapmaktan, O'na kul köle olmaktan başka yolu yoktu. O ne derse kayıtsız şartsız, sorgusuz sualsiz doğru. O ne isterse koşulsuz kuralsız alacaklı. Aşktı bu, başka izahı yoktu.

Kendisini cennetin daha ilk sabahında, ilk ânında bile Âdem, cinnet aşkıyla şuurlu kulluk arasında emre âmade buldu. Aşkın da aşkıydı bu.

Hây, dedi Âdem bu heyecanla, nefes kalbinden kopa kopa. Dizlerindeki dermanın boşaldığı ânda varlık sınırını kavradı. Bir daire içine aldı kendisini, bedenini tuttuysa da ruhunu taşırdı. Güzellik ve korkunun iç içe durduğu o eşsiz ihtişam ânında daha fazla dayanamadı, kendisini büyük bir coşkuyla bıraktı, alnını cennet toprağına yasladı. Ateş geçen alnını, yazısının sarhoşluğunda yıkadı.

Anladı ki Âdem'in kendi varlığı sadece mümkün, O'nun varlığı ise şartların da üstündeki şarttı. O, tüm ihtimalleri ihtimal ederek Yaratan, kendisi ise önemli bir ihtimalin eşiğinde durandı.

Öyleyse, ferman O'nundu, O ne derse o olacaktı.

Her fermanın altında bir imza, üzerinde bir tasdik mührü. Yaratılış tamamlanınca şimdi bu mükemmele bir onay gerekti. Kabul ve bunun ikrarı gerekli. Âdem kendi rüyasına uyandığı ânda, ilâhi hitap geldi. Emir suretindeydi.

O'nun hitabı duyulurken cennetin her köşesinde meyvelerle donanan dallar, altın tahtlar, gümüş ırmaklar. Gel deyince gelen taşlar, getir deyince getiren ağaçlar.

İç içe açılan ışıklı salkımlar, salkımlardan dökülen parıltılar, suya değen yıldızlar, havuzlar, havzalar.

Işıltılarını saça saça kırılan dalgalar, yükünü taşıyamayan kristal bulutlar.

Yan yana duran, bir hizaya gelen, birbirini sema eden, devreden gezegenler, devirler, devr-i daimiler.

Yerden göğe kadar kandiller, nurlar, revnaklar.

Şavklar, şualar, tayflar.

Yakamozlar, şevkler, ziyalar.

Bütün bir cennet varlığı ürperdi. Bir varlığı olan her şey edep ve muhabbetle, asalet ve cazibeyle, gözün görmediği kulağın işitmediği güzellik suretiyle kendisini gösterdi. Çoğaldı, yenilendi, kendisini gerçeğinde bildi.

Âdem toprağın üzerinden alnını kaldırmamışken daha meleklere de Âdem'e secde etmeleri emredildi.

Deniyordu ki: *Secde edin.*

Yani, onun üstünlüğünü şeksiz şüphesiz kabul edin. Değerini bilin. Bilmekle kalmayın bildiğinizi de gösterin. Ona selâm edin. Ona selâm ederken Bana yönelin. Eğilin onun önünde, Benim ruhumdan bir parçanın önünde eğilir gibi eğilin.

Âdem'in gözü o cennet ânında bir daha göklere ilişti. O *daha su ile toprak arasındayken* bir mim remzinde gökleri doldurmuş akl-ı evvel aydınlığını fark etti.

Bir daha nokta.

Nûr-ı Muhammedî.

Bir daha her şey o nokta'nın içindeydi.

İsimleri öğrenmemişti henüz Âdem. Senden iki cümle, benden bir cümle. O da tekrar, o da ezber. Bu metni henüz sökemedi, bu müsemmayı çözemedi. Ama ruhunun üzerine, isminin içine, alnının parıltısına, unutamayacağı bir harf mührü, zamanın zarfını bekleyecek bir nur nakşetti.

MASUM AMA GÜÇLÜ SORU

Bu onay mührünün, secde emrinin evveliyatı vardı aslında.

Hani Âlemlerin Rabbi meleklere, *Ben yeryüzünde bir halife yaratacağım*, deyip de Âdem'in, alnında bir işaret taşıyan bu güzel yolcunun haberini verince. İşte o zaman meleklerin üzerinden fırtına öncesi yağmur kuşlarının huzursuzluğuna benzer bir huzursuzluk geçmişti.

Öylesine bir silkinme, rüzgâra muhalif olmasa da, safî bir kanat çırpışı. Anlayamamışlardı.

Nasıl olurdu?

Hem yeryüzünde hem halife?

Yani O'nun yerine hükmedecek, çevirip idare edecek. Öğretip gösterecek. En fazla da O'nu görüp bilecek, bilgisiyle O'na kulluk edecek.

Bir insan!

Nasıl olurdu?

Bunun üzerine sormuşlardı ki: Biz Seni yeterince övemiyor muyuz? Gizli bir hazineysen gevherini görmüyor muyuz? Güzelliğin bilinmek ister, biz bilmiyor muyuz? Biz sabah akşam Senin güzel isimlerini zikreden ve Sana ibadet eden, günah işlemez meleklerken. Şu aciz çamur bedenin içindeki çalkantılı bulanık deniz?

Nasıl halife o olurdu? Nasıl olurdu?

Bir başkaldırı değildi aslında meleklerin sorusu. Bir niyet gizli değildi arkasında, soru da niyeti kadar masumdu. Sadece öğrenmek için sorulmuştu. Yani ki tecahül-i arifaneyle değil sadece tecahülle sorulmuştu. Üstelik melek kalplerin ortasına bu soru sezgisini düşüren de Evvel Allah'tı. Lâkin masum-ama güçlü bir soruydu bu.

Belli ki alnı mühürlü güzel yolcu, büyük bir fırtınanın evvelinde duruyordu. Fırtına öyle büyüktü ki daha kopmadan hissediliyordu. Ve eğer meleklerin bilmediği bir manası yoksa bu fırtınanın.

Bir kez daha: Nasıl olurdu?

Sen orada kan dökücü, fesat çıkarıcı birini mi yaratacaksın?

Kan dökücü ve fesat çıkarıcı? Sen öyle birini mi kendine halife kılacaksın?

Bu sezgi ithamı çok ağırdı. Damarları olsaydı cennet sakinlerinin, bu cümlenin ağırlığı onların kanını donduracaktı.

Ne demek kan dökücü?

Âdem daha bir toprak yığınının tortusunda hazır, ve Rahman Allah'ın kelâmında bir kelime iken bu ağır suçlamanın altında kalmıştı.

KELİMELER KİTABI

Lâkin meleklerin bilmediği bir şey vardı. Sezgileri gerçekse de onların, bilgileri eksikti ve hiç kimse O'nun öğrettiğinden daha fazlasını bilemezdi.

Bundan sebep, Alîm Allah bunca sahiplendiğini, Âdem'ini, bir kez de bilmek eylemiyle sahiplendi. İlmini, kelâmını halifesine emanet etti. Sınırsız kelimelerini sınırlı isimler haline getirdi. Kendisinden bildiğine, kelimelerinden de verdi.

İsmin lâfzı neye yarar? Esma yetmezdi Âdem'i Âdem etmeye. Ona müsemmayı da, bir isimle isimlenmiş ne varsa hepsini de gösterdi. Bir büyük anlamak ve anlatmak gücü verdi.

Nihayetinde, *Âdem'e bütün isimleri öğretti.*

Âdem'in Kelimeler Kitabı eline verildi, sayfaları da zihnine serildi.

Kelimelerin Sahibi akabinde emanetçisini melekleriyle bir hizaya getirdi. Melekler dizi dizi, saf saf, sıra sıraydılar. Işıktılar, nurdular. Nergisler, nilüferler üzerinden kayıp giden yağmur damlaları kadar duru, aynı damlaların sayısızlığınca çoktular. Âdem'se tekti. Karşı karşıya durdular.

Bu duruş, bilenin bildiğini göstermesi, bilmeyenin bilmediğini anlaması içindi.

Meleklere Âdem'le aralarındaki fark gösterilecekti.

Fark, bir bilmek hali. Kelimelerin Sahibi imtihan edecekti.

Kelimelerin Sahibi, önce eşyayı, şeyleri gösterdi.

Bambaşka bir bilgiyle aydınlandı cennetin cihetleri. Bir şimşek aydınlığında, perdeye aniden ışık düşmüş gibi, timsaller suretlendi. Bambaşka bir âlemdi. Bu kadar kalabalık, bu kadar hareket. Bu hengâme, bu kıyamet. Cennet böyle şeyleri yansımasından dahi bilmezdi. Bir sessizliktir cennetin üzerine sindi. Alışıldık sessizlikler gibi değildi.

Kevser sustu. Gökler sustu. Tûba sustu.

Maîn çeşmesi suyunu tuttu.

Âlemlerin Hatîbi sessizliğin üzerinden sesini duyurdu. Meleklere hitap ediyordu:

Eğer haklıysanız, haydi söyleyin bana bunların isimlerini, diyordu.

Melekler de konuşurlardı elbet hallerinin diliyle, cennet kelimeleriyle. Ama sınırlıydı kelimeleri. Onların lisanı, lisan-ı hal kadardı. İsimlerin hepsini bilmiyorlardı bu yüzden. Üstelik bilmediklerinden haberleri bile yoktu. Ama işte şimdi. Bilmedikleri ne varsa karşılarında duruyordu.

Dilleri tutuldu. Başlarını zarafet ve edeple önlerine eğdiler. Nuraniyetleri harelendi. Verebildikleri tek karşılık suskunluktu. Susarken bile öyle güzellerdi.

Bu güzellik Âdem'in sıcacık soluğunu kesecekti ki, bu ke; Kelimelerin Sahibi, Âlemlerin Alîmi, Âdem'e döndürdü hitabını İşaret. Önce şeyler sonra melekler.

Söyle, dedi, *onlara bütün bunların isimlerini.*

Bütün bunların isimlerini. Yani bütün olup bitecekleri. Gelip geçecekleri. Bir gölge gibi perdeye düşecekleri. Bir görünüp bir geri çekilecekleri. Her şeyi, birer bireri, hepsini.

Söyle eşyanın isimlerini.

Âdem kendisine ne verildiğinin, esma talim ettiğinin, isimleri öğrendiğinin henüz farkında bile değildi. Ben isimleri bilmem, diyecekti ki dilini dişleriyle damağının arasında, dudaklarıyla genzinin ortasında çevirmesiyle birlikte içinden bir bent, sel suyunun önünden çekilir gibi çekildi. Tek tek açıldı zihnindeki Kelimeler Kitabı'nın sayfaları. Bütün bilgisi önce ses haline girdi Âdem'in. Sonra işitildi. Âdem şeylerin ismini bildi. Nasıl olduğunu anlamadan bile aktı ağzından kelimeler. Sular seller gibiydi.

Önce tek tek saydı kelimeleri. Şerbet, dedi. Kevser, dedi. Yaprak, dedi, elmas dedi. Cinsleri, ibadetleri, müddetleri böyle bildi. Sonra biçimin, kıvamın, ahengin, düzenin, güzelliğin isimlerini söyledi. Geniş kanatlı kuşları, cennet çiçeklerini, aynaları, suları böyle zikretti, dilinin ucuna getirdi. Söyledikleri lâfta kalmadı. Hepsinin işaret ettiği manayı, karşılık geldiği kavramı da buldu. Kelime kelime tanıdı, cümle cümle kurdu.

Sonra sınırlı sayıdaki kelimelerden yeni terkipler, farklı ibareler yapmaya geçti. Bilindik isimlerden bilinmedik manalar, olanlardan olmayanlar, basitlerden karmaşıklar türetti.

Söylediklerine, Âdem'in kendisi bile hayret etti. Bu kadar kelimeyi ne zaman öğrenmişti? Bunca ismi, nereden bilmişti? Nasıl böyle konuşabilmişti?

Zor değil.

Ân meselesi.

Sanki hep de bilmişti.

Durmadı. Söylemeye devam etti. Söyledikçe kendi kendisiyle yüz yüze geldi. Söylemek şuur işi. Söylemek düşünmenin hem sebebi hem neticesi. Söyledikçe kendisini Âdem kılan özelliğinin söylemek olduğunu fark etti. Her şeyi bildiği kadar, bilmenin de kıymetini bildi.

Kelimelerle konuşamayan, kavramlarla düşünemeyen ne varsa, hepsine karşı apaçık bir üstünlüktü bu. Buydu Âdem'in mucizesi. Halifeliği. Vekilliği. Misali. Temsili. Sebebi, sonucu, hürriyeti. Öyle bir konuştu öyle bir düşündü ki Âdem, hiçbir yaratılmış kendisinden daha özgür değildi.

Söyledikçe söylemeyi sevdi. Sevdikçe söylemek istedi. Öyle güzeldi ki, kendisini, mucizesine terk etti. İçinde konuşan Rahman'ın nefesi. Şimdi Âdem, ışığın üstünde ışık, nurun üstünde haleydi.

Sesi dağıldı ışıklı suların, şeffaf gölgelerin, lâcivert aynaların üzerine. O, merakla söyledi, dinleyenler hayranlıkla dinledi. Şebnem damlacıkları dudaklarının üzerinde tomurcuklanırken, neden sonra durakladı. Başını kaldırdı. Etrafına bakındı.

Saydıklarının bir kısmı cennette vardı. Oradalardı. Yanıbaşındalardı. Elini uzatsa tutacaktı. Ağaçları, ışıkları, ırmakları, kokuları, otları, hazları, yeşil zümrüt kuşunu, güzel bakışlı, munis yaradılışlı, cana dost hayvanları, içe işleyen tatlı nağmeleri, ılık nefesleri, güzel sesleri, cennetin sakinlerini... Hepsini bir bir tanıdı. İşaret etti. Muhabbet etti. Tebessüm etti her birine, her birinden bir tebessüm aldı.

Bir kısmını kelime olarak söyleyip mana olarak bildiyse de uzak bir bilgiydi bu. Eksik kaldı tanıması. Yabancılardı. Çanağın, çömleğin, mermerin, kilin, buğdayın, ekmeğin, çift sürmenin, bağ bellemenin, hayvanları ehlileştirmenin, korunmanın, barınmanın âletlerin, sanatın isimlerini böyle söyledi. Bunları sert huylu, tekinsiz sözcükler takip etti. Uyku, dedi Âdem, terlemek, dedi. Acıkmak yorulmak, canı sıkılmak, bunalmak, susuzluk çekmek, güneş altında yanmak, yaşlanmak, çirkinleşmek, çıplak kalmak. Hep böyleydi. Hele ölmek, dedi. Uykuya benziyordu manasının ilk basamağında ölmek, ama uyumak gibi hiç değildi.

Hele hele kendisine öğretilen isimlerin arasında öyleleri vardı ki Âdem o sayfalara göz bile gezdiremedi. Kan dökmek, fesat çıkarmak, bozgunculuk yapmak. Emanete ihanet etmek, kalbi kapanmak, vicdansız kalmak. Hepsi de zulüm başlığının altında duruyordu. Bir çocuk masumiyetinde, ne olduklarını anlamadı Âdem ama ağırlıklarını sol göğsünün altında, kalbinin üzerinde hissetti. Öyle kötü huylulardı ki, şu en ağır kelime, ölmek'ten bile beterlerdi.

İyi ama! Bir kuşku geldi, Âdem'in zihnine takıldı. Eğer isimleri varsa müsemmaları da vardı. Yani yaşanacaklardı. O zaman neresine sığardı bu sözcükler cennetin? Koyu bir kasvet kapladı Âdem'in her yanını. Öğrendiği ama cennette karşılığı olmayan bu kelimeleri kullanacak olmaktan çok korktu. Bu isimlerin, gün gelip karşısına teker teker dikileceklerini, hepsiyle yüz yüze geleceğini, bir dünya hikâyesini, hayal meyal hissettiyse de tam bir yakınlık getiremedi. Ama kimi perdeleri yarı açık, kimi perdeleri sımsıkı kapalı; bambaşka bir dünyanın, varlıkların, olayların, ömürlerin, fertlerin, ümmetlerin, insanların tarihini bir ân bakıp geçtiği sayfalardan öğrendi.

Bir çocuk zihniyle, çabuk unuttu Âdem. Akıp gitti merak. Geriye bulanık bir hatıra, saklı bir bilgi kaldı. Zamanı geldiğinde hatırlanacaktı.

Bu sayfalar kapanırken benîâdem, diye mırıldandı Âdem. Benîâdem, derken kendi adının da Âdem olduğunu öğrendi. Kendi ismi zürriyetinin isminin içindeydi. Gülümsedi.

❦

En son, yalnızlığın kelimesini söyleyip bir Havva ismi gelince dilinin ucuna, Âdem'in kalbine bir sevinç, ayağına bir telâş takıldı.

Havva! Henüz yoktu ortada. Ama ne kadar tanıdık ne kadar başkaydı.

Tanıdıkları, tanımadıkları, bir ân görüp ânında unuttukları, anlam verebildikleri, anlayamadıkları, telâffuz edip de müsemmasından korktukları, ismini anmakla bile ayağına tatlı bir telâş dolananları...

Âdem Kelimeler Kitabı'nı meleklerin huzurunda tamam etti. Lâkin sınırlıydı kelimeleri ve Âdem nihayetinde sadece bir emanetçiydi.

Ân geldi, talim bitti.

Yani esma gününde Âdem bazı sayfalara göz bile gezdiremedi, kimi kelimelerden ileri geçemedi.

MELEKLERİN CÜMLELERİ

Âdem eşyanın kelimesini bilip isimlerini söyleyince, melekler lâl kesilip de Âdem'in karşısında sadece susabilince; o zaman cennet güllerinin sularıyla yıkandı ışıklı gözleri. Yağmur kuşları yağmuru, denizin balıkları denizi kavrar gibi kavradılar gerçeği. Huzursuzlukları sükûnetin şelâlesinden dökülüverdi. O masum ama güçlü soruları, hiç sorulmamış gibiydi.

Sıra sıra, dalga dalga geldiler. Âdem'in çevresine saf olup dizildiler. Başlarını hafifçe önlerine eğdiler. Bir esinti. Bir ışık seli. Her şey onlarla doldu. Rüzgâr olup da cennetin üzerinden geçmişlerdi. Yaprak titreyince gölge titrer, şimdi her biri göklerden kendine yer beğenmişlerdi.

Üzerlerinden cennet kokuları geçerken,

saçları alınlarında halkalanırken,

bir yanlarından bakan diğer yanlarını seyredebilecekken,

o kadar ışık ve suya dönüşmüşlerken,

ve bütün çokluklarına, her yandalıklarına rağmen erişilmezcesine güzellerken, daha güzeli yokken,

Âdem onları, bu *saklı inciler gibi ölümsüz güzellikler*'i asla unutamayacakken.

Hep bir ağızdan, kendi dillerince ve letafetle terennüm ettiler. Bir önsöz yaptılar, bir giriş söylediler:

Ey âdemlerin Âdemi. Sana selâm durmaya geldik şimdi. Kabul buyur, bizimki bir selâm secdesi.

Cennetin, *genişliği gökler ile yer kadar olan* o yerin;

dalları birbirine sarmaşan ağaçları, *yüklü dalları bükülmüş kirazlar*'ı, *çiçeklerle bezenmiş akasyalar*'ı,

salkım salkım muzlar'ı,

dikensiz sedirler'i, *meyve dolu sidreler*'i,

ağaçlarda münhanileri, nar bahçeleri,

yayılıp uzanmış gölgeler'i

mor zambakları, beyaz gelincikleri,

altın kumları, gök zümrütleri, kızıl yakutları,

köşklerinin incileri, ırmaklarının şerbeti,

yakamozları, yağmurları, yıldız kümeleri, bilindikten başka güneşleri, bambaşka gökleri.

Tûba'sı, Maîn'i, Kevser'i.

Cennetin bildiğimiz bilmediğimiz her tasviri, hayale sığar sığmaz resimleri, nesi varsa nesi, cümlesi. Bütün cennet âyetlerini sözcüklerinde çağrıştırarak kendi dillerince bu şedaya katıldı.

Ama belli ki Âdem'in mahiyetini en fazla da onun yaradılışını sual eden melekler anlamıştı.

Dediler ki: Dünya bir tecelli yeridir. Görünen O değil ama O'nun isimleridir. Âdem'se halifedir. Aslen değil vekâletendir. Aynen değil suretendir. Temsilendir. Mecazendir. Ama yine de O'nun içindir O'nun yerinedir.

Bu cümledeki anlam bir netice hükmü, Âdem'in özü özeti, bir sonsözdü haddizatında. Bundan sonra melekler ne demişlerse, bu ilk cümleye eklenmiş birer yan cümlecikti. Ama ezgileri o kadar güzeldi ki Âdem içinden, hiç durmasalar, diye geçirdi. Sermestti.

Melekler başlarını rüzgârda dalgalanan altın başakları gibi hafifçe eğmişlerdi ki soylu cümlelerin devamı geldi. Mademki Âdem halifelik için seçilmişti, ikinci cümle seçilmişliğin sebebiyle ilgiliydi:

Üstünlüğün eşyayı tanımanda. Onları bir bir isimleriyle saymanda. Konuşmanda. Konuşmak ki düşünmektir, düşünmekse özgür bilinç halidir. Bildik, üstünsün. Âmenna!

Meleklerin üçüncü cümlesi Âdem'in hür irade-tercih hakkı üzerineydi. Melekler bu cümlenin üzerinde biraz fazla durdular. Âdem'e kendi mahiyetini anlatmakta ısrarlıydılar. Söze kendi mahiyetlerinin istikametinden, Âdem'inse karmaşıklığından başladılar.

Konuşurken Âdem'den de kendilerinden de bazen üçüncü kişiden bahseder gibi bahsettiler, yeri geldi doğrudan hitap ettiler.

Dediler ki: Melek. Kötülük yeteneği yok. Onların içinde, uyanabilir bir kötülük bile yok. İçlerinde ne vesvesenin amansız sesi ne şüphenin gizli ateşi gezinebilir. Başkaldırmazlar. İsyan nedir bilmezler. Emre karşı gelmezler. Yaklaşmazlar günaha, bulaşmazlar. Masumlar, korunmuşlar. Sadece iyiler. Serapa güzellikler. Tek özellikler. Rüzgâr esmekten, kuş ötmekten başkasını nasıl bilmezse; akmamak nasıl suyun elinde değilse, melekler de güzelliğin kaynağına, yaradılış gayelerine doğru akıp duruyor. Tesbih. Tahmid. Tekbir. Başka türlüsü mümkün olmadığı için, öyle oluyor.

Oysa Âdem, ey güzel yolcu, sen öyle misin? Hatırla nasıl yaratıldığını. Bu toprak bedene neler katılıp karıldığını, suyuna mizacına neler karıştırıldığını. Hani ruhun, hamurunun yoğrulmasına tanık tutulmuştu.

Bir yanın karanlık senin bir yanın ışık.

Bir yanın melek kanadı bir yanın şeytan ıslığı.

Bir yanın çamur beden, bir yanın kutsal ruh. Bir yanın iyiliğe açık bir yanın iyiliğe kapalı.

Tek başına ne duru iyilik ne de saf kötülük sensin. Ne baştan ayağa cennetsin ne de tümüyle cehennemsin. Aynı ânda birbirine zıt iki şeysin. İçinde iyilik ve kötülüğü besleyip büyütecek yeteneğe aynı ânda rastlayacaksın. Hataya da sevaba da aynı derecede ehliyetli olacaksın. Bir yanın yükselmeye çekecek seni bir yanın düştükçe düş diyecek. Zirvelerle çukurlar arasında gidip geleceksin.

Ama. Bu ikilik kabahatin değil senin mahiyetin. Üstünlüğün, zayıflığın olan bu şeyde. Tepeden tırnağa çamursun Âdem ilk bakışta. Toprağın topraklığına batmış gibisin. Ama bu halinle kıymetlisin. Çünkü bu halini aşabilirsin. İçindeki kutsal ruha sahip çıkabilirsin. İşte o zaman melek değil ama melekler gibisin. Ve ey Âdem unutma, böyle bir tartıda melek gibi olmak melek olmaktan ağır çeker. Çünkü sen o iki şey arasında özgür irade-bilinçli seçimsin.

İşte o zaman,
her halinle değil ama bu halinle,
düşmenle değil yükselmenle,
esfel-i safilîninle değil ahsen-i takviminle,
yani insan-ı kâmilinle bizden yücesin
İşte o ânda secdeye değersin.

Sözün özü Ey Âdem,

Baş dikmeye, isyan etmeye, hataya düşmeye senin gücün var da meleğin gücü yok. Yani bir iktidar çekimi senin insanlığını meşrulaştıran.

Seç seçebildiğini.

Ne olmak istersen, o sensin.

Cümlelerin cümlesi, selâm cümlesi. Yaratıcı'dan başkasına secdesi mümkün olmayanların duru kalplerine koyulan bu kabule secde, mecaz olarak yetti.

Melekler secde etti.

Halleri. Kelâma sığar gibi değildi.

Doğrusu, kendisine secde edilen de, bu toprak beden, bu Âdem değildi.

Âdem sadece Âdem değildi.

Bütün insanlığın temsili onda gizli. Ezel bezminin tek sorusuna o uğultulu cevabı verenlerin, kıyamete değin şu dünya üzerinden gelip de geçeceklerin hepsiydi. Âdem hepsini arkasına almış, muazzam bir insanlık ümmetinin önünde tek imam, tek müezzindi.

Şimdi önünde secde edilen, kendisine selâm verilen, kadri kıymeti bilinen, değeri fark edilen de bütün bir insanlık ailesi, benîâdem'di.

Âdem. Cennetin gölgeliklerinde, emaneti yüklendi.

Masumdu henüz. Omuzlarında bir ağırlık, kalbinde bir ağrı hissetmedi.

Dağlara taşlara kalsa bu emanet taşınır gibi değildi.

SECDEDEN KAÇINAN AYRICALIKLI

Kutlu zeminin ipeksi çimenleri meleklerin secdesini özlemle beklerken, böyle bir baş eğişin altında ezilmemek için varlığın ne kadar dik olması gerekirdi? Ve böyle bir dikiliş şayet Allah'tan gelmez O'na dönmezse, varlığı nasıl da iki büklüm edebilirdi. Ateşse de toprağa çevirebilirdi.

Önünde saygıya durulan Âdem'de saklı insaniyet sırrı. O da aslında çok açıktı. O kadar açıktı ki, cennetin bütün meleksi sakinleri bu secdeleriyle Âdem'in temsil ettiği kutsal ruhun önünde kendi değerlerini bildi, kendi yerlerini belirledi. Hepsi kendini Âdem'de seyretti onda eşitledi. Cennette bir varlığı, bir ismi olan her şey Âdem'in önünde eğildi. Başları eğildikçe kendileri yükseldi.

Biri müstesna!

Alev ateşti. Işıklarını saçarak geldi.

Yürüdüğü yollardan, yansımasının düştüğü sulardan bir hayranlık esintisinin geçmesi gecikmedi. Çok güzeldi. Üzerinden bir ilenç geçmemişti henüz. Alnına bir kara bulaşmamış, görüşüne bir karanlık çökmemişti. Gözlerine, hayranlık duymaksızın bakmak mümkün değildi. Okşanmış bir gönlü vardı ve asaletli, ayrıcalıklı bir yerde durduğu her halinden belliydi.

Âdem'in gözünden bakılırsa, güçlü ve korkutucu, çekici fakat ürperticiydi. İçinde sakladığını ele vermeyen görkemli yanardağlar gibiydi. Doğasında kibre müsait bir hacim aşikâr, galiba melekler gibi değildi.

Ben mi, dedi, secde buyruğuyla karşılaştığı daha ilk ânda. Kibrin zamiri ben. Ben, diye yineledi, ben, diye devam etti. Ben ki dumansız ateşten yaratılmışım, asilim, vakarlıyım.

Sesinde acı değil öfke vardı. Keskindi edası ve dili abartılıydı. Alevli ateşten bir örtüye bürünürken mahiyetini göstermek istedi, kıymetini yaratıldığı maddenin sırrına yasladı. Kendi özelliklerini ateşin yakıcı lisanında bir bir sıraladı:

Ateş, dedi en üstün yaratılış unsurudur. Çünkü maddesi yoktur, görünür ama dokunulmaz ona. Saftır, katışıksızdır. Üstelik sınırsızdır. Ateşin sınırı ancak onun kendi kendisinde tekrarıyla aşılır. Bu haliyle saltanattır baştan başa, ulaşılmazdır. Kendisine her yaklaşana yakıcı haberini gönderir. Bir kez dokunanın tüm izlerini silen bir izi silinmezdir. Onunla bir kez karşılaşanın eskisi gibi kalması artık mümkün değildir. Geriye çoğu kez yakıcı bir tutku kalır. Benim yangınımda en çok başkalarının kaybolması bu yüzdendir. Çünkü ateş ayrıştırır. Yanması gerekeni yakar yok eder. Geriye varsa saf cevher kalır.

Böyle bir yığın söyledi söylendi. Ateşi yücelttikçe yüceltti. Sözü söze eklerken, söylediklerinin bir kısmı secdeden kaçınmasıyla ilgili bir savunu bile değildi. Ama sözün kalabalığında şaşaalanmak da belli ki onun özelliğiydi.

Ben'liğinin önünde secde bekleyen çimenlerin alnından önce bir kırışık sonra bir korku geçti. Bağlanmış mıydı gözleri? Belli ki gözlerinde kendi ışığının yakıcı kamaşması, o da iki cümleydi:

Kabar ey nefsim, ben senden şikâyetçi değilim.

Büyü ey kibrim, çünkü ben sende büyüklenirim.

Şekiller de manalar gibi birbirine karıştı. Daha ilk sınanmasında bu ayrıcalıklının ayağı ha kaydı ha kayacaktı.

Oysa, o durmadı, devam etti. Duyulan bir tek onun sesi, geri dönmedi, ısrar etti. Çoğalttı, tekrar etti. İnat etti. Ayak diredi. İçinde ateş üstüne ateş kaynarken biçimden biçime girdi. Sırtındaki ateş örtüsü yetmedi, gözleri alev alev, dilleri de alevdendi şimdi. Yakıcı doğasını öyle bir ele verdi ki kendisi bile ateşliğinin şimdiye değin bunca farkında değildi. Bu kadarını o bile hesap etmemişti.

Bu hesapta aklına güvenirken kendi iç kalesinde mevzilendi. Bir ateşi düşündü, o parlak ateşi, o var etmeye gücü yetmese de yok etmeye gücü yeteni. Kendi yaratılışındaki cevheri. Yüreği güvenle kabardı. Bir de toprağı getirdi aklına. O soğuk, karanlık, kasvetli şeyi, o değersiz nesneyi.

Sonra ikisini yan yana tuttu, gözünün önüne getirdi. Ölçtü biçti. Tekrar ölçtü tekrar biçti. Birbiriyle mukayese etti. Kıyastı dillerin uçurumu, kıyasın kör kuyusuna devrildi.

Kıyasında meşru kibri öyle bir işledi ki içine, kendinden daha üstün bir makam tanımayacak hale geldi. Kendisini her türlü sorunun cevabı, her türlü emrin âmiri addetti. Kendi kulluğunda kendi tanrılığına itaat etti. Sözlerine başlarken başı önde, gözleri yerdeydi. Hitabı belli bir makama değil orta yereydi. Sonra bir cesarettir geldi. Başını kaldırdı. Gözlerini, diklenmemesi gereken yere dikti. Sesini yükseltti. Böyle bir sesle seslenilmemesi gereken yere seslendi:

Beni, dedi, ateşten, ateş derken sesi titredi, onu çamurdan yarattın. Ben ateşten mizacımla seçilmiş, üstün tutulmuş olan değil miydim? Ben başka, ben yekta değil miydim?

Oysa Sen! Onu bana eş koştun. Eş bile değil, üstün kıldın. Sonra tuttun, şu bulanık balçık bedene secde etmemi emrettin. Bir toprak yığını. Kayda değmez, adı bile edilmez. Bunu benden nasıl istedin? Hesabın neydi, ben bile buna akıl erdiremedim. Ben? Şu biçimsiz, kara, kasvetli şeyin önünde eğilmem. Hayır, asla! Ölürüm de onun önünde küçülmem. Ben küçülsem bile onun büyüklüğünü kabul etmem. Bu topraktan bedene, bu çamurdan şeye secde etmem.

Şimdi. Sakın bana kibirden söz etme. Beni kibrimden ötürü yerme. Kibir ekâbir içindir, büyüklenen değil büyüğüm ben, sakın beni hor görme. Ben kendimi herkesten daha iyi bilirim.

O toprak, bense ateşim.

Ben ondan daha üstün daha fazlayım, daha esaslı daha adamakıllıyım.

Neticede baş eğmesi istenirken başını göklere dikti. Bir vehimle vehimlendi. Toprakta topraktan fazlasını, ateşte ateşten azını göremedi. Oysa o sadece ateşti de Âdem sadece toprak değildi.

Şeytan işte! Melek değildi.

Kibir secdenin tam tersi.

Meleğin secdesi gibi. Şeytanın da kibri, Âdem'in Âdemliğinin gereği.

GÖZDEN DÜŞME

Cennetin üzerine bir dehşet sessizliği çöktü. Şeytanın kibri görünürde Âdem'e yönelikti. Ama emri Âlemlerin Rabbi vermişti. Öyleyse asilerin bu ilki, Âdem'e başkaldırırken Âlemlerin Rabbine de mi kafa tutuyordu? Kendi iradesini O'nun iradesinin üzerine mi koyuyordu?

Üzerine bir lânet inmesi ân meselesi. Güzelliği, itibarı, ismi onu terk etmek üzere.

Elini uzatsa. Gitme, dese. Gitmezlerdi.

Ama.

Ne pişmanlık ne dönme. Ne vazgeçiş ne af dileme.

Hata üstüne hata.

Sapma üstüne sapma.

Şeytan diye bir şey olmazdı, adı şeytana çıkmazdı, isyanından çok isyanında ısrarı, ayak diremesi olmasaydı. Ama o direttikçe diretti, azgınlaştıkça azgınlaştı. Bu kadar istekle kışkırtılmış bir azgınlığın sonunda, kopardığı selin önünde boğulması, kendi başını yemesi kaçınılmazdı.

Uyarıldı. Sorgulandı. Azarlandı. Demek ki yollar hâlâ açık, kapılar aralıktı. Ama o, geri dönecek gibi değildi.

Başını kaldırdı.

Seslendi, beni Sen azdırdın, dedi. Kaderimi Sen yazdın.

Sorumluluğu, Kaderler Çizen'e yükleyiverdi.

Müsebbib-ül Esbâb olana sebep gösterdi.

Kabahatinden büyük bir özrü sahiplendi.

Bir makamı varsa makamından düştü. Gözde idiyse gözden. Yürekteyse yürekten.

Üzerinden bir olumsuzluk nefesi geçti. Hatırası kirlendi. Şöhreti şaibelendi.

Lânetlendi. Ayıplandı. Kınandı. Adı şeytana çıktı.

Bütün bu eylem sözcükleri onun üzerine birer sıfat olarak kaldı.

Cennet yine zamansız mekânsız bahçe. Ama başkaldırıcıların bu ilkiyle arasına sonsuz bir uçurum girdi.

Şeytana aşikâr, cennet sakinlerine gizli.

BÜYÜK BAŞKALDIRICININ CENNETE SON BAKIŞI

Uçurumun kıyısına dayandı.

Sonsuz ayrılıştan önce bir taşa yaslandı. Derin bir nefes aldı. Cennete son kez baktı.

Bir kez olsun cennet gözüyle görmemiş olanların düşleyemeyeceği kadar tatlı ve yumuşak bir ışığın içinde yüzüyordu her şey. Yarı gövdelerine kadar kristal göllerin saydamlığında dinlenen ağaçlar da, en derinindeki dağlar gibi yıldızlarını da gösteren sular da, ağaçların köklerini okşayan gümüş kumlar da, geniş vadiler ve kıvrıla kıvrıla akan ırmaklar da altın tozuna boyanmıştı. Bir buğuyla kucaklanmış toprağın üzerinden hoş kokular yükseliyor, dalların arasına elmas tozları konup kalkıyordu. İnci taneleri dökülüyordu yaprakların ucundan, yapraklar iplik iplik süzülüyordu. Sükûnetin berraklığında yavaş yavaş dönüyor, değişiyordu cennet, her şey her ân yeniden yaratılıyor, yeni baştan varlıklanıyordu.

Cennet, kendisine son kez bakanın hatırında bundan daha güzel kalamazdı.

Sanki bütün olanlar cennet toprağının üzerinde, bu göklerin altında olmamıştı.

Düşenlerin ilki. Hafif bir sesle güldü.

Yaralı bir hıçkırık değil, tanrılık taslayanların tamamındaki gibi, karanlık bir gülüştü.

Kendisinden başka duyan olmadı.

Bu bahçe böyle güzelken. Bu güzelliği, bu bahçedeki kendisini, bu can acısını, bu itibar kaybını unutması kolay olmayacaktı. Bu kalp acısını unutamazdı. Canına batan diken belli ki hiç susmayacaktı. Ve bir yanı değil her yanı, hep kırık kalacaktı.

Değil mi ki Ateşin Rabbi, ateşin ruhunu yarı yolda bırakmıştı!

Oysa onun güzelliğini O'ndan başka hiç kimse onayamazdı!

Ona O lâzımdı. Bu görüntü başka bir aynaya sığmazdı!

Eski günleri hatırladı. Bu günler o eski günler değildi.

Kaybetmişim, dedi. O kadar kaybetmişim ki, kaybedecek hiçbir şeyi olmayanların günündeyim artık.

Devam etti, kime seslendiği ilk ânda belli değildi, kendi kendine konuşur gibiydi:

Kaybetme duygusunu bile kaybettiğime göre şimdi artık kayıptan korkmadan savaşabilirim. Korku, elimi kolumu bağlamıyor artık. Attığım adımın hesabını yapmak mecburiyetinde değilim. Kim benden daha güçlü olduğunu öne sürebilir şimdi? Beni, kimse tutamaz bundan sonra. Sakın ama sakın, bu hikâye burada bitti sanma.

Kime seslendiği şimdi belliydi.

Döndü O'nun katına baktı. Yola kibir ve kıskançlıktan çıkıp da terazisini akıl ve kıyastan kuran, öç almanın kaçınılmaz durağına geldi, dayandı. Olanlar gibi olacak olanları da bir arada gören bir bakışla baktı. Ateşin ruhunu damıtan gözleri hâlâ birer alev çanağı. Kelimelerinin arasında dura dura, her birinin üzerine basa basa, biriyle öteki arasına mesafe koya koya:

Öyleyse, dedi, mademki bu düşmanlık girdi Âdem'inle arama. Mademki bu lânet sıçradı alnıma. Mademki bu kirli şöhret kaldı şimdi benim sırtıma. İrkiltici olanı temsil ederim madem. Renkliysem acıtır, eğlendirirken şaşırtırım. Hem görkemli hem arsızım. Bütün bunlar gibi görünsem de madem çok daha fazlasıyım.

Mademki ben sizin, sizin derken gözünü bu kez Âdem'in bulunduğu yöne çevirdi, bütün bir insan soyunu ima etti. Mademki ben sizin daracık kalplerinizin küçücük akıllarınızın alamayacağı, korkulu bedenlerinizin taşıyamayacağı hazlarla lezzetleneceğim. Madem arı ile bulanık, melek ile şeytan karşı karşıya durup da. Ağzı kanlı bir bıçağın sırtında masumiyetin karşısına çıktığımda, sırtlanlar bile masum kalacak yanımda. Mademki bir melek safiyetini baştan çıkardığımda. Onu kendi rengime, kendi boyama boyadığımda. İşte o zaman siz, masumluğunu korkaklığında koruyanların, masumiyeti küçüklüğünden kaynaklananların tahmin bile edemeyeceği bir zevkle zevkleneceğim. Mademki benim yapacaklarımı, sizin gücünüz yetmez, hayal bile edemezsiniz. Olacaklara hayalinizde bile tahammül edemezsiniz. Mademki kendi gücümün kendi kudretimin görkemini ancak ben, iliklerime kadar titreyerek hem göreceğim hem göstereceğim.

Yeniden O'nun katına döndü: Mademki ben iyiye karşı kötü, düzene karşı kargaşayım. Emanete ihanet eden varlığımla sonsuz uyumunu Senin bozarım. Hem kulun hem başkaldıranınım. O zaman bu hikâye yarım kalmasın, tamamlansın. Çünkü benim de göstereceklerim var Sana.

Şimdi Tanrılığını benden esirgeme.

Değil mi ki benim de Rabbimsin.

Yokluk haberimi ertele. *Ölüleri dirilteceğin güne dek beni öldürme*. Vakit, kıyamete değin olsun. Mekân, dünya mekânı. Hani, Senin Âdem'inin henüz bilmediği kaza belâ ortası.

Bunca irkiltici kelâmın neticesinde başkaldıranların ilki, o ezeli öfkenin, o unutulmayacak hadisenin, o ilk düşmanlık hikâyesinin üzerine, bir tek Âdem'i değil bütün bir Âdem soyunu yoldan çıkarmak için izin istedi. Çünkü onların her biri bir kez daha Âdem, bir kez daha secde edilesi insan demekti. Onların, yeteri kadar sadık kalmayacaklarını göstermek için yakıcı bir istekle isteklendi. İsteğini öfkeyle besledi. Geçmesi yoktu bu öfkenin. Mahşere dek sürecekti.

Döktü saçtı, içindekileri gösterdi. Ona bakılırsa, insanın yüzmeyi bildiği kadar deniz de boğmanın bilgisine sahipti. Onları, dedi, yeteri kadar kendine sadık bulamayacaksın. Sağdan, soldan, önden, arkadan, yani her halden, her meşrepten, her mizaçtan, her lisandan bir yol bulacağım. Sımsıkı bağlarını gevşetip açacağım. Ümit vereceğim, korku salacağım. Güzellikle kandıracağım, güzellikle olmazsa şiddetli nefreti sokacağım araya. Elimden geleni ardına komayacağım. Doğru olanı yaptıklarına inandıracağım. En fazla da onları ben'den caydıracağım. Yok, diyecekler, şeytan diye bir şey. Benim ismimi telâffuz ederken dudakları titremeyecek. Benizleri atmayacak, kanları çekilmeyecek. Korkmayacaklar şerrimden. O kadar ileri gideceğim ki olmadığıma neredeyse ben bile inanacağım. İşte o zaman onları Sana geldikleri dosdoğru yoldan çekip çıkaracağım. Yani ben kazanacağım.

İşte o zaman ey benim, ey benim, ey benim Rabbim.

Ey topraktan önce ateşin Rabbi.

Onu hiç seçmemiş gibi benim üstünlüğümü kabul edeceksin.

O zaman hiç gitmemiş gibi bana geleceksin.

O zaman gör ki Sana kalan mı daha fazla yoksa bana dönen mi? Ben mi üstünmüşüm yoksa Âdem mi?

Olumsuzluğun ruhu, yaratılacak ve yaşatılacak, ve hepsi de ölümü tadacak insanları doğru yoldan çıkaracağını söylerken bile Rabbinin izzet ve şerefine and içti. Ağız dolusu Rabbim, dedi.

Ama gücünün nereye kadar yeteceğinin, nerede duracağının o bile farkındaydı. Araya bir istisna bıraktı:

Muhlis kulların müstesna. Yani temiz ve samimi olanlar bir yana. Yani meleklerin önünde secde ettiği mana.

Kabul gördü dileği. Harfe sayıya sığar zamanın biteceği âna değin ona mühlet verildi.

En eski düşmanlık hikâyesi böyle başladı.

Ateşin tutkusu, toprağın onuru.

MESNEVÎ'DEN BİR HİKÂYE: BÜYÜK AYARTICININ ÇELDİRİCİLERİ

Dileği kabul gördüğünde bir adım daha ötesine cesaret etti. Bakışlarını sislerin içinde kıvrıla kıvrıla kaybolan gümüş ırmaklardan öteye çevirdi. Başını kaldırdı alev mizacıyla, bir kez daha dikti gözlerini. Seslendi.

Bana, dedi, mademki bu izni verdin, mademki Âdem'inle benim arama bu bahsin, bu yarışın girmesine evet, dedin, öyleyse şimdi beni yarı yolda bırakma. İnsanını kayırma. Benim de Rabbim değil misin? İsyan ettimse de Sana ettim. Hâlâ benimsin. Ben de Seninim. Öyleyse onu sınanabileceği her şeyle sına.

Durdu bir an. İçindekini, artık tutmadı, aşikâr etti. Dedi ki: Mahşer gününe değin sürecek bu hikâye boyunca onları yoldan çıkarmam için bana çeldiriciler ver. Yoldan çeviriciler nelerdir, bana göster.

Uçurum kıyısında. Dizlerinin üstüne düştü. Başını bıraktı. Yere baktı.

Varedici, güvendiğine öyle bir güvendi ki büyük ayartıcıdan istediği çeldiricileri esirgemedi.

Ona birer suret olarak, Âdem'in oğullarının yolunda göz alıcı altından, soylu gümüşten, gökte yıldız parçaları kadar parlak elmaslardan kurulmuş tuzaklar gösterdi.

Güzel ama yetmez, dedi şeytan, daha.

Âlemlerin Rabbi, ona, incecik ipekli kumaşlar, ağır şallar, güzel kokular, buhurlar, baharatlar gösterdi. Gösterdiklerinin yanına koşumu kıymetli soylu atların suretini ilâve etti. Yeleleri rüzgârdan, sağrıları terdendi. Bu kadar güzel bir şey, tahayyül bile edilemezdi.

Yetmez, dedi şeytan, daha fazlası. Sesine bir gözü doymazlık eklenmişti.

Âlemlerin Rabbi, lezzetli yiyecekler, hoş kokulu içecekler, bir ısıranda bir daha ısırma arzusu bırakan sulu, ışıklı ve renkli meyveler gösterdi. Ağır ve tatlı ama biraz da buruklardı. Vazgeçilmezlikleri bu tattandı.

Yetmez, diye yineledi şeytan. O da insanın tanığı, tanıdığıydı. Düşmanına bir bilgi kadar yakındı. Onun neye ne kadar direneceğini kestirebildi. İnsan bütün bunlara direnebilirdi.

Bunlar da yetmeyince Varedici, şeytana devlet ve ikbal, mülk ve erk, makam ve mevki, nihayetinde şarap, çalgı, cümbüş ve âlem gösterdi.

Yarı gülümsedi şeytan. Ama yine yetinmedi. Bunlar, dedi pek çoklarını Senin yolundan çevirecek güçte. Ama daha güçlüsü olmalı. Bana onu ver. Kendisine direnmek çok zor olanı.

Bunun üzerine Âlemlerin Rabbi, şeytana, kadının suretini gösterdi. Kadın ki henüz Âdem'in zihninde bir kelime, varlık âleminde bir resimdi.

Şeytan, o aklı baştan alıcı gözleri, o mahmur nergisleri, o saçlar arasına gömülmüş munis çehreyi, fidan endamı, beyaz omuzları, gümüş bedeni görünce duramadı, yerinden kalktı. Birkaç adım attı. Döndü, bir O'nun makamına bir kadının suretine baktı.

Gördüğü karşısında sersemledi. Neydi bu, nasıl bir şeydi?

O bile esrimişti.

Neden sonra, tamam, dedi. İstediğim bu işte! Öyle mükemmel ki yarattığın bu şey, onu bir kez elime geçirirsem, kendisini kendisinde nefse çevirebilirsem. Yani Sen'den çekip kendime getirirsem, en muhteşem Tanrı hediyesini yoldan çıkarıp da bir ânda yoldan çıkarıcıya dönüştürebilirsem Âdem'in oğulları için dayanmak artık imkânsız.

Çünkü altın cansız. İnsanın gözlerinin içine derin derin bakmıyor. Gümüş, saçlarıyla sarmalayıp en keskin acıları dahi avutmayı bilmiyor. Elmas parçaları, mal mülk, makam mevki, hatta güzel koşumlu soylu atlar, güzel kokular, cümbüş, işret. İkbalin ardına kadar açık kapıları ve devletin külçelenmiş ağırlığı. Bunlar göğsüne bastırmıyor insanı, her şeyi unutturmuyor. Unuttursa bile az sonra yeniden hatırlanıyor.

Ve ey Ateşin Rabbi, en önemlisi de şu ki bunlar Seni hatırlatmıyor. Hiçbirisi vuslatının hazzında cennet, ebedilik ve Yaratıcı'yı vaad etmiyor.

Oysa kadın öyle mi? Hepsinin verdiği haz dünyaya bakarken, bir tek kadının küçücük bedeni yüce arşa kadar yol açıyor. Çünkü bir meleğe en fazla o benziyor. Fark edene de etmeyene de bu güzellik en fazla Seni hatırlatıyor. O baş döndürücüye her bakan, bilse de bilmese de, Âlemlerin Yaratıcısı'nın kudretini seyrediyor. Onunla esriyor, onunla kendinden geçiyor. Değil mi ki ruhun ulaşabileceği en üst nokta, ikisinin teninin arasında duruyor. Mestî. Değil mi ki hazla ebedilik vehmi aynı yerden doğuyor. Bir kez çağırırsa karşı durmak mümkün olmaz. Göz görse gönül dayanmaz. Gönül dayansa ten kulak asmaz.

Peki ya ben? Âdem'le aramızdaki bu hikâyeyi bile bile âdemoğullarını ne kadar çağırsam da bana gelirler mi?

Hayır! Bin kere hayır!

Öyleyse ben onların gittikleri yerde olacağım, baktıkları yerde duracağım. En fazla da yarattığın şu kadının gözlerinin derinine, dudaklarının kıvrımına, saçlarının arasına, tenine, bedenine, endamına kurulup oturacağım. Onda seyrettireceğim kendimi. Seni seyrediyor zannederken bana dönecekler. Sana gittiklerini zannederken bana gelecekler.

Ey Âdem'in, şu toprak bedenin, şu kara balçık yığınının oğulları. Artık korkun benden.

Korkun, derken, alev ateş libasına yeniden büründü. Eteklerini gümüş çimenlerin, firuze ırmakların üzerinde sürüdü. Mekânları cennet olmasaydı, neredeyse çimenler de sular da tutuşacaktı. Sesi saf boşluğa çarparken gözden kayboldu, kendi karanlığına karıştı.

Anlaşma yapılmıştı.

Karanlıklar ülkesinin bu ilk yolcusundan geriye cennette solgun bir gölge, ürpertici bir hatıra kaldı.

ÂDEM'İN "CAN SIKINTISI"

Cennettin günleri geçerken, adı şeytana çıkanın hatırası silinmemiş ama silikleşmişken, ondan geriye hepi topu bir isim kiri kalmışken; Âdem'in iyi, doğru, güzel ve günahsız cennet yaşamı, üzerinde hiçbir kıpırtı olmayan sular gibi durgundu. Üstelik bu suyun derinlerinde de akıntı yoktu, dalga yoktu, hareket yoktu. Ki bir gün hiç beklenmedik bir şey oldu. Adı konulmamış ilk eksikliği, bu ilk avuntusuzluğu, ilk kimsesizliği hissettiği ânda Âdem'in "canı sıkıldı". *Kesilip eksilmeyen, yasaklanmayan tükenmeyen* esenliklerin bahçesinde kendisini derin bir yalnızlıkla yalnız hissetti. Göğsü, her şeyin sahibinin aydınlığıyla dolduktan sonra bile kalbinde bir boşluk sınırı kaldı. Suların bulanıklığıyla Âdem neredeyse taşacaktı.

Göze, kulağa, kalbe ulaşmamış bitimsiz güzelliğin cennetinde can sıkıntısının bahsi geçmezdi elbet. Canının sıkılacağını ne Âdem tahmin edebilirdi, ne de böyle bir sıkıntı meleklerin aklından geçerdi. Ama Âdem'in içine yalnızlık duygusunu koyan, secde gününde kelimelerinin arasına Havva ismini katan, muhabbet bahsini de bitişik sayfada açan, Âdem'in canının sıkılacağını da elbet biliyordu.

Âdem, canı ilk kez sıkıldığında, masmavi bir cennet nehrinin kıyısındaydı. İnci rengi dalgacıkları, suya dökülmüş nilüferleri, yıldızları, kandilleri dalgın dalgın seyrederken, çok yalnızım, diye içini çekti, canım sıkılıyor, diyebildi. Sağ omzunun başındaki yeşil zümrüt kuşu bu sızlanışı duyunca, kırmızı gagasını uzattı, gözlerini merakla açtı kapattı. Tüylerini parlattı. Kanatlarını esnetti.

Dedi ki: Ey Âdem, bu nice iştir? Cennette can sıkıntısının sözü mü edilir? Pınarlar, tahtlar, kadehler. Mühürlü halis bir içki. Yastıklar, halılar, koltuklar. İçin için akan ırmaklar. Misk kokular. Yüzünde nimetlerin sevinci. Ne yana baksan saltanat, neye dönsen iltifat. Baksana bir: Açlık yok cennette ama nimetler kırk günlük açlığın üzerine doyurur gibi doyuruyor. Su öyle kandırıyor. Her yan elmas tozuna, ay parıltısına batmış olsa da gören göz onları her defasında ilk kez görür gibi görüyor. Öyle coşuyor, öyle taşıyor. Sıcaktan bunalmak yok burada ama rüzgâr, yanıp da kavrulmuşu serinletir gibi serinletiyor. Yorgunluk ve bezginlik yok ama yıldızların ışığı öyle ferahlatıyor, öyle dinlendiriyor. Diyeceğim o ki Âdem, zahmet yok burada ama haz sana zahmetin ardından gelir gibi geliyor. Şimdi söyle bakalım nasıl olup da senin cennette canın sıkılıyor?

Şu Havva adı bir kez düşmüştü ya Âdem'in aklına, kelimeleri arasına. Hani kalbine bir sevinç düşmüş, bir telâş takılmıştı ya ayağına. Neyi istediğini bilmeden bile, istediğini yeşil zümrüt kuşundan gizlemedi. Dedi ki:

Ey yeşillerin en güzeli, kuşların zümrüt sevgilisi. Şu meyve dolu dalları, neredeyse çatlayacak olan narı, köşklerin altından akan ırmakları, elmaslı yağmurları görüyorum. Cennetin her ân şaşırtıcı bir güzellikle, renk, ışık ve kokuyla başkalaşımını, olduğunda kalmayışını, bu bitimsiz ânda yeniden yeniden yaratılışını seyrediyorum. Ama görmek bana yetmiyor. Gördüğümün de görülmesini istiyorum. Ne istediğimi bilmiyorum aslında ama başka bir şey istiyorum.

Elini göğsünün üzerine koydu.

Sanki, dedi, bak tam şuramda, sol yanımda, kalbimin altında bir yer eksik kalıyor. Sonra bu kadarla kalmıyor, o eksiklik bütün ruhuma doluyor. Ne yapsam eksilmiyor ne yapmasam dolmuyor.

Yeşil zümrüt kuşu başını sol kanadının üzerine bıraktı. Âdem'in sözlerinin hepsini anlamamıştı ama hali içine dokunmuştu. Üstelik bu sözler pek etkileyici pek parlaktı. Ne dediğini bir tarafa bıraktı, Âdem adına bu kelimelerle gururlandı. Kanat vurdu, havalandı. Kendi kendine, Âdem'in canı sıkılıyor, diye mırıldandı. Sesi boşluğa halka halka yayıldı. Cennetin gökleri, bulutları, güneşleri, yıldız yağmurları onunla birlikte fısıldadı; Âdem'in canı sıkılıyor.

Âdem'in canı sıkılıyor, diye tekrarladı daldan dala uçup duran haberci hüthüt kuşları. Haber onların diline bir kez düşünce ırmakların balıklarına, göllerin kuğularına, yasemin bahçelerine ulaştı. Parslar, ceylanlar başlarını kaldırdı koyun koyuna uykulardan. Melekler zaten olup bitenin farkındaydı. Bütün cenneti bir meraktır sardı. Cennette insanın canı hiç sıkılır mıydı?

Ama işte! Melek değildi ki bu, insandı.

Ona has ona mahsus değildi yalnızlık.

Onun doğasına yalnızlık ihtisası yazılmamıştı.

GALİBA EZELDEN TANIŞLARDI

Âdem'in üzerine öyle bir ağırlık çöktü ki, bütün gece uyudu.

Uyku da bir bilgi hali. Rüyasında sol yanının birdenbire boşaldığını duydu.

Uyandığında, boşluğunu dolduracak olan az ilerde duruyordu. Sanki bütün bu ağır uyku yalnızca bu uyanış rüyası için uyunmuştu.

Sağ dirseğinin üzerinde hafifçe doğruldu. Bir tebessüm sindi yüzüne. Meraklar içindeydi. Ve boşluğu hâlâ sızlıyordu.

İlk ânda gözleri kamaştı, pek bir şey seçemedi. Bu ışık nereden geliyor, çıkaramadı. Neden sonra onu ilk kez görünce, nutku tutuldu. Bu hikâye içinde üç kez olacak ya Âdem, ilk kez bildiği kelimelerin tümünü bir ân için unuttu.

Böyle bir şeye daha evvel rastlamamıştı. Ama şaşırtıcı derecede de tanıdıktı.

İlk bakışta tanıdı.

Havva'ydı.

Sanki Âdem'di ama Âdem'den de başkaydı.

Galiba. Ezelden tanışlardı.

Ruhuyla o ruhun arasında o zamandan bir şey vardı.

Âdem'in Havva'ya dair bütün bilgisi bu hatıranın ardından geldi. Havva her defasında tanıdık, her defasında yenidendi.

Orada duruyordu.

Bir şelâle havuzunda, ışığın aynasında, sükûnetin duasında, üzerinden mavi buharlar yükselen bir suda, durur gibi yürüyor, bir yürüyor bir duruyordu. Bir görünüp bir yok oluyor, su ayaklarını yalıyor, bileklerini okşuyor. Damlalar konuyordu omuz başlarına. Kollarından parmak uçlarına, parmak uçlarından cennet toprağına akıyor, dökülüyordu. Cenneti onun güzelliği dolduruyordu.

Havva, orada suyun altında, kollarını uzatırken, damlaları elleriyle toplar, saçlarıyla dağıtırken Âdem dikkatlice baktı ona.

Bakışına, duruşuna. Cennetin, gözlerinde su olup ırmak olup tekrarlanışına, yanağından boynuna saç olup savruluşuna.

Bu, su gibi oluşa.

Akıp akıp duruluşa.

Savruluşa, sonra toplanışa.

Her şeyi yapışına, hiçbir şey yapmayışına.

Ani bir sevinç şaşkınlığı doldu içine onun yüzüne bakınca.

Bir baktı. Bir daha da gözünü ondan alamadı.

Oysa Âdem, Havva'nın yüzüne bakmaktan bir ân için vazgeçip de kendi yüzüne sinen tebessümü görebilseydi. O kadar tamamlanmıştı ki daha başlarken bitmiş gibiydi, takıldığı kitabın üzerinden tek bir harf tefsiri ile gelip geçmişti.

Havva? Korku ile bakındı etrafına. Bir güneş kristalinden süzülen ışık, alnına yedi renkli bir taç kondurdu, bir yıldız geldi saçlarının arasında durdu. Âdem'e öyle geldi ki cennetin meyveleri elmasa, zebercetleri çiçeğe durdu. Irmak arı duru akarken gökler bambaşka bir merasimle dönüp durdu.

Başının üzerine eğilmiş mavi bir su çiçeğini kopardı Havva, evirdi çevirdi, avuçlarının arasına aldı, merakla inceledi. Yapraklarını okşadı. Usulca, ayaklarının dibinden akan suya bıraktı, döndü, bıraktığı çiçeğin arkasından baktı. Sonra mavi bir çiçek daha kopardı. Kadındı. Saçlarının arasına taktı. O, saçlarının arasına mavi bir çiçek takarken, bir başkasının arkasından bakakalmışken, cennette zaman yoktu ya Âdem yine de bu ânın biteceğinden korktu.

Korku korkuyu kovalamadı esenlik bahçesinde elbet, ama Havva suyun aynasından çıkarken Âdem bu kez onun tarafından görülmekten, düpedüz ondan korktu.

Buydu istediği. Görülmek. Ama yine de korktu.

Gözlerini yumdu. Yeni bir uyku çöktü üzerine.

Çok geçmeden daldı. Çok geçmeden uyandı.

İki uyku arasında gördüğünün bir cennet rüyası olduğunu sandı.

Ama hayır, işte yine oradaydı!

Ve bu kez suda değil az ötedeki ağaçların arkasındaydı.

SEYİR LÜGATÇESİ: AMA

Âdem de güçlü ve güzeldi.

Yapılı AMA narindi. Zarif fakat heybetliydi. İnce AMA derindi.

Toprağı dünyadan suyu cennettendi. Bu yüzden gölgesi vardı. Farklıydı yani. Cennet sakinlerine göre bambaşka bir güzellikle güzeldi. Demem o ki, cennetin cemicümlesi ondan daha güzelinin olamayacağından neredeyse emindi.

Ta ki Havva yaratılıncaya kadar.

Ne zaman ki bir şelâle suyunun havuzunda Havva'nın kelimesi vücut buldu, cennet ehlinin güzelliğe dair bütün bilgisi baştan sona bozuldu.

O göründüğünde sadece Âdem'in değil, konuşkan hüthüt kuşunun bile dili tutuldu. Havva'nın ilk görünüşünün neticesi, her şeyin üzerine sinen ani bir suskunluktu. AMA sonrasında bir seyir lügatçesinde toplandı Havva'ya ilişkin cennet kelimeleri. Âdem bakakalmışken, bütün bir cennet de onu seyredurdu.

Fakat nedense melekleri, Âdem'in yaradılış haberini aldıkları günküne benzer bir huzursuzluk sezgisi sardı. Havva'ya bakışları bakışa eklenirken cümleleri de AMA'larla bölündü. Çünkü Havva AMA'lar olmadan, düz bir cümleye sığmıyordu. AMA'lar bu seyirde o denli vurguluydu.

Havva sadece güzel değildi.

Aynı zamanda tatlıydı, sevimliydi.

Sıcak, cana yakın ve gönüldendi.

Boyu boyuna uygundu Âdem'in, endamı endamına.

AMA sanki teni onunkinden daha parlak, gözleri, bakışları daha gizemliydi. Ve sanki daha çetrefildi. Ve bu çetrefil açık değil gizliydi. Zahirde değil içteydi. Her halde Havva aynı ânda çok şeydi. Ve ona ilk bakışla son bakış birbirinin aynı değildi.

Duruydu ilk bakışta. Yalın. Işıltılı. Akıcı. Sanki sudan yaratılmıştı ve meylinde güneş ışığı oynaşan sular gibi berraktı. AMA her ân değişiyordu. Bir kararda durmuyor, iki bakış arasında halden hale giriyordu. Karanlıkları, uçurumları, ırmakları vardı. İşten değildi gölgesine düşenin yitip gitmesi. AMA yitip gideni bulup çıkaracak olan da yine Havva'nın eliydi.

Çiçek gibiydi Havva.

AMA hayır! Çiçek fazla masum kalırdı bu güzelliğin tanımı bâbında. Onu bir çiçek güzelliğine indirgeyecekler için yanılgıydı sadece. Havva aynı ânda hem çiçek hem zehir gibiydi. Bir vadi rüzgârının uçurumundaki sesi dinler gibi, o sesin kendisi gibi ürperticiydi.

Hem tehlikeydi hem tehlikedeydi. Hem suç ortağıydı Havva hem suçun teşvikçisi hem suçun ta kendisi.

Her türlü hiddeti doğuracak denli sebepti. AMA aynı hiddeti teskin edecek denli de güzeldi. Çünkü Havva saf güzellikti ve güzellik hiddeti durduracak yegâne şeydi.

Saf güzelliğin haberi Havva'daydı. Ona bir kez bakanın, hiç bilmese de bir Yaratıcı'nın varlığına inanması kaçınılmazdı. O kadar güzeldi ki yaratılmışların bu en yenisi, meleklerin de sükûn bulmaları fazla gecikmedi. Onlar da afiyet bağına muhteşem bir süs gibi inen bu güzelliğin seyrine bıraktılar kendilerini.

AMA güzel olmaktan başka hazineleri, hayatı süslemekten başka bir kaderi de vardı bu güzelliğin, besbelli. Gelip geçici bir sermaye değildi sahip olduğu. Bambaşka zenginliklerle de zengindi. Ve defteri ilk âlemde, evvel âlemde kapanıp kalacak gibi görünmüyordu. Ahiri vardı, sonraya düşecekti yolu.

Ve bir sezgi! Ne kadar çok çile çekecekti.

Meleklerin Havva'nın çekeceği büyük acıya dair sezgisi bilgiye dönüşmedi. AMA Havva'nın saçlarının arasında duran mavi su çiçeği, içlerinden birisinin gözüne ilişince. Hüzün geldi. Bir melek kalbinin üzerinde titredi.

İKİ ADIM

İsmini henüz bilmeyen Havva kendisini bir şelâle suyunun havuzunda bulup da hem uysallıkla hem dik başlılıkla etrafına bakındığında. Merakla birkaç adım atıp bir su ağacının altında durduğunda. Mavi bir su çiçeğini suya bıraktığında, diğerini saçlarının arasına taktığında.

Kimin sol yanını boş bıraktığını bilmiyordu.

Kimi tamamlayacaktı? Kimi eksiltmişti?

Merak etti. Gelmişti, öyleyse bu geliş sebepsiz değildi.

Az ilerde gördü onu. Âdem orada suyun kıyısında, bir ağacın altında, başı bulutlara dönük uyuyordu. Bir cennet rüyasının kıyısındaydı. Başı omzuna kaymış, bir kolunu kendi göğsünün üzerine atmış, diğer kolunu sarkıtmıştı. Gövdesini güneşe, saçlarını rüzgâra bırakmıştı.

Ne kadar güzeldi ki?

Dudakları biraz açık, gözleri biraz kapalı. Bir şebnem tanesi süzülüyordu yanağının üzerinden. Havva ona yaklaştı. Kendisine bu kadar yaklaşıldığını Âdem bilmedi.

O kadar güzeldi ki.

Gördüğü şeye dokunmadan yapamıyordu Havva. Her şeyle ilgiliydi. Zümrüt bir yaprağı dalından koparır gibi, avuçlarının arasında evirir çevirir gibi. Yokluyor ve merak ediyordu. Dur durak bilmiyordu.

Bu merakla usulca eğildi Âdem'in üzerine. Boydan boya inceledi. Kokusunu içine çekti. Perçemlerine, kirpiklerine, yanağına, boynuna dokunmak, omzunu yoklamak istedi. Öyle bir yakınlık hissettiyse de cesaret edemedi. İsteğini yarı yolda bıraktı. Ama aklı da onda kaldı.

Tam o esnada suya, toprağa, bulutlara ışığını düşüren bu masum Âdem bedeni derin bir nefes alarak belli belirsiz irkilince, sağdan sola dönüp hafifçe devinince. Havva korktu, bir adım geriye sıçradı, güzel gözlü ceylânlar da onunla birlikte sıçradı. Yeşil zümrüt kuşu havalandı. Havva biraz evvel durduğu yere, o ağacın altına kaçtı. Derin gövdesinin arkasına saklandı. Gözlerini dalların yaprakların boşluklarına uydurdu. Âdem'i göz hapsine aldı. Çok geçmeden sıkıldı. Sabırsızdı. Yerinden çıktı. Her şeyi göze aldı. Âdem'e doğru iki adım attı.

BANA BİR İSİM VER, VARLIĞIM OLSUN

Öyle bir çığlıkla attı ki kendini Âdem uykusundan, gerçekte çığlık atıp atmadığını bile bilmedi. Ama iki uyku arasında rüyasının bölündüğü gün gibi gerçekti. Ve başına bir şey gelmiş gibiydi.

O zamansızlık zamanında, cennet ırmağının kıyısında Âdem onunla göz göze geldi. Kuşları, tüyleri ürkütmekten korkarcasına elini uzattı yavaşça. Parmaklarının ucundan dökülen yaseminleri gösterdi. İçine dolan ses ve ışığa, sevince sarmaşığa, usulca, sen kimsin, dedi. Bildiğini bir kez daha bilmek, kelimesini bir de ondan duymak istedi.

Ben kadınım, dedi Havva, ama bu benim sıfatım. Adımı henüz bilmiyorum.

Sonra döndü Âdem'e, aklına bir şey gelmişti.

Sesi, bengisular gibiydi.

Bana, dedi, bir isim ver, varlığım olsun.

Durdu, aklından yeni bir şey geçti. Bana, dedi, sen isim ver, varlığım senin olsun.

Bana öyle bir isim ver ki senin adının yanında dursun.

Seni anan beni de ansın. Seni hatırlayan beni hatırlamadan olmasın.

Bir "ile" koy aramıza bizi birbirimize bağlasın.

Sesi bulutlarda göklerde, alnı aylarda güneşlerdeydi.

Âdem baktı ona. Göğsü olan güzelliğiyle açılırken başkaydı. Ama sözleri ruha işlerken anladı ki bambaşkaydı.

Hiç düşünmedi ki Âdem. Aralarında çoktan kurulmuş bir isim bağı. Kolay söylenir bir adın hatırası. Kelimelerin gününden bu yana aklından hiç çıkmayan ismi bir çırpıda fısıldadı. Fısıldadığı isim hitap makamında yansırken, Havva da pembe dudaklarının arasından Havva diye Havva diye tekrarladı.

Âdem'in ismini Yaratıcı vermişti. Havva'yı Âdem adlandırdı.

Havva'nın adı adına, ruhu ruhuna, varlığı varlığına katıldı.

Bedeni? Zaten kaburgası kadar Âdem'e yakındı.

Cennetin elmas taçlı güneşleri bahçeleri doldurdukça. Âdem, suya, ışığa ve parıltıya, renge, kokuya ve buğuya bu denli yakışanın kim olduğunu fark etti. Havva. İsmini tekrar etti.

Ama aynı ânda o kadar aydınlık ve o kadar kapalıydı ki bir isme sığmazdı bu güzellik. Belli ki onu tanımak için bir isim yetmeyecekti. Elinden gelse Âdem bildiği bütün isimleri Havva'ya verecekti.

Bildiği isimlerin hepsini Havva'ya veremedi ama her defasında ona bambaşka bir isimle seslendi. Bambaşka bir vasıfla vasfetti. Havva'ydı bu, hazineydi.

BEN SENİN NEYİNİM?

Kendi ismini öğrenen Havva, Âdem'in yanıbaşına uzandı. Kolu başının altında, gözleri bulutlarda. Yumuşak ve tatlı bir sesle, söyle, dedi, ben nereden geldim? Nereliyim, neredenim? Özüm aslım ne benim?

Hani ya, merak onun özelliğiydi.

Aynı özden yaratılmış olmalıyız biz, dedi Âdem. Aynı cevherden aynı yerdeniz. Aynı yurttan gelmişiz aynı evdeniz. Sol yanında boşalan yerin acısını unutmuştu.

Öyle sıcak, öyle içten, öyle tatlı, öyle şirindi ki Havva, öyle candandı ki aşikâr edilmemiş bile olsa, Âdem onunla bir candan yaratıldığını şeksiz şüphesiz bilebilirdi. Ne yandan olsa da, dikkatle baksa da bakmasa da, Havva Âdem'le aynı surettendi aynı özdendi.

Havva kolunu başının altından çekti, yarı doğruldu. Saçları yüzünün yarısını örttü. Parmağının ucunu Âdem'in sol göğsünün altında, kalbinin üzerinde gezdirdi. Yaseminleri yoktu ama saçlarının ucundan sümbüllerini serpti. Yok, dedi, ben senin eğe kemiğinim. Bak tam şuranda benimle dolar bir boşluk. Ben olmazsam sende bir yokluk ki ne yokluk.

Âdem, üsteledi, biz, dedi, seninle aynı özden yaratılmadık mı?

Israr etti Havva. Yok, dedi bir kez daha. Aynı özden yaratılmış olsak da, uzak tutma beni kendinden. Senden başka bir ülkeden gelmiş olamam, farklı bir topraktan yaratılmış olamam. Ben senin eğe kemiğinim, öyle değilsem de öyleyim. Seninim ben, sendenim. Farklı bir yurda sürgün etme. Böyle kabul et beni.

Kadındı. Temsilleri seviyordu. Hakikatin dilini çapraşıklaştırmada üstüne yoktu. Ama işte kimliğini Âdem'den öğrenirken bile ona bir temsille kendi hakikatini öğretiyordu. Ve Âdem gözleri kapalı, onun sözünü sesinden ayırt etmeye çalışırken, kimi sözü sesinden kimi sesi sözünden öteye geçiyordu.

İster onunla aynı cevherden aynı özden aynı nefisten.

İster sol göğsünün altındaki eğe biçimindeki kemikten, Âdem'in bedeninden.

Her ne'den, her neden yaratılmış olursa olsun,

Âdem onun yurduydu. O neye adım atsa Âdem'e doğru, Âdem ona doğruydu.

O varsa her şey tamam.

O yoksa Âdem eksikti.

Aralarındaki bir eksiklik tamlık ilişkisi.

Ne eksikse Âdem'de, Havva'da o fazla. Ne fazlaysa Âdem'de, Havva'da o eksikti.

Onlar orada öylece birbirlerinin varlığında tamam, eksiğinde eksik. Daha fazlası yokken.

Meleklerden o biri, hani Havva'nın saçlarındaki mavi çiçeğe gözü ilişen, kalbine bir sezginin hüznü düşen, Âdem'le de Havva'yla da ayrı ayrı göz göze geldi. Sonra ikisini bir arada seyretti.

Gülümsedi.

Ayrı ayrı da güzellerdi.

Fakat bir araya gelince. Bir başka güzellerdi.

İLK AŞK

Ezelden tanışlardı tanış olmasına ya, yine de Âdem, Havva'yı daha çok bilmek daha fazla tanımak için dayanılmaz bir arzuyla doldu taştı. Havva'da da her ân tanınmaya değer yeni bir yan vardı. Tanıdıkça, Havva bir sırlar kitabının sayfaları gibi Âdem'e açıldı. Açıldıkça kapandı. Yani bitimli değildi bu güzellik, bir sona varmadı. Bitti, dendikçe çoğaldı. Eksik, dendikçe tamamlandı. Büyüdükçe büyüdü, yazıldıkça yazıldı. Âdem'in tümü zannettiği her güzellik Havva'nın sadece bir parçasıydı.

Güzellik bu hikâyenin dönüp dolaşıp varılan eylemi. Bu kadar güzelliğin arasına kaçınılmaz olan aşkın kelimesi de geldi yerleşti. Bu ilk erkek, ilk kadına, kendisinden sonraki bütün erkeklerin bütün kadınlara duyacağı kuvvenin yekûn fiiliyle muhabbet etti. Havva böğründen çıkıp da yanına uzandığında, anlamsız erkek oluşu bir anlam kazandı. Varlığın özü muhabbet; gizliydi Âdem, aşikâr kılındı.

Âdem, Havva'yı, kendisini sever gibi sevdi. Havva'yı sever gibi kendisine sevgilendi, özüne muhabbet etti.

Havva kelimeleri kadar evi. Âh ki Havva Âdem'in kelimesi.

En fazla yanında olduğu zamanda bile özlem duydu ona, bu, kendisini özlemekten farklı değildi. Ama yine de Âdem'i bütünleyecek bir yarım var idiyse o da, Havva'ydı, başkası değildi.

Öyle ki elmas ağaçların ışık tayflarında Âdem nefes verirken Havva içini çekti. Havva nefese doyarken Âdem bekledi. Biri salıverdi nefesini diğeri tuttu. Biri hatırlarken diğeri unuttu.

Havva Âdem için, benim değildi ben'di. Ben değil sen'di. Hasılı bu insan çiftinden hiçbirisi bir tek ve kendisi için değildi.

Ne Havva Âdem'e eşit.

Ne Âdem Havva'dan üstün.

Eşitliğin muteber ölçü olmadığı bir her zaman endazesinde eşit değil denklerdi.

Bu kadar farklı ama bu kadar birbirine göre. İkisinin varlık nedeni, başka bir hesabın rakamlarıyla yazılı: Bütünleyici.

***

Havva Âdem'in sükûn bulması için yaratılmıştı yaratılmasına ya, çoğu kez sakin bir liman değil fırtınalı bir deniz oluyordu.

Durgun bir su olup aktığı zamanlardan çok boğarken hayat veriyor, taşkınıyla diriltiyordu.

Garip bir güzellikti bu ama her haliyle güzeldi.

Güzeldi ve güzelliği sanki Âdem ona baktıkça çoğalıyordu.

Çoğalmak istiyordu zaten, bu yüzden saklamıyordu kendisini Havva, görünüyordu. Açıyordu benlerinin örtülerini bir bir, iki avucunda topladığı incileri, kulağının arkasına taktığı su nilüferlerini, saçının her telini, kendini, gösteriyordu.

Saçlarıyla avutuyor, dokunuşuyla unutturuyordu.

Sesi akıllara durgunluk veriyor, gülümseyişi ölümlerden ölüm, ağlayışı dirim oluyordu. Göğsü Âdem'in göğsünde boş kalan yeri dolduruyor, kendini bir daha geri almayacakmış gibi Âdem'e veriyor, Âdem onda sükûnet bulsun diye onda coşuyordu. O coşmalar, o akmalar ki, çiçekleri insan olmaklığa heveslendiriyordu.

Işık ona farklı yanlardan vurunca da vurmayınca da, her ân değişiyordu. Ânı ânına benzemiyordu. Kendisi olarak kalmıyordu.

Ya Âdem'e dönüşüyordu ya Âdem'i baştan başa, tepeden tırnağa Havva ediyordu.

Tekinsiz gibi duruyordu önce, sonra tutup elinden kaldırıyordu çarptığını.

Ya Rabbi neydi bu ki Âdem'e Havva'nın ettiğini kimse kimseye etmiyordu.

Yine de Âdem, Havva'dan şikâyet etmiyor, daha yok mu, diyordu.

Susuyordu Havva. Ama daha aydınlık bir cevabı içinde taşıyan bir soruyla sustuğundan dokunmuyordu bu suskunluk Âdem'e.

Mutluysa mutlu ediyordu Havva, Âdem mutlular içinde en mutlu. Mutsuzsa, kül rengi bir is bırakıyordu elinin değdiği yere. Gözünün gördüğünün ve görmediğinin üzerine kendisinden bir mutsuzluk bırakıyordu.

Kadındı bu. Halleri, muhalleri, ânı, niyeti, bulaşıyordu, akıyordu. Durmuyordu bir yerde, sızıyordu.

Âdem şaşırdı. Bu kadının hallerini neredeyse kendisine öğretilmiş isimlerin arasında bulamayacaktı. Neticede, yaratıkların bu en şereflisi, bütün isimlerin emanetçi efendisi, esma taliminin gözdesi, o kadar kelimeyi aklında tutmuş öğrenmiş birisi, bir türlü Havva'yı tam anlamıyla anlayıp kavrayamadı. Açtı da açıklayamadı.

Ama yine de ondan aklında en fazla kalan renkti, ışıktı, karanlıktı.

Belli ki o, saf değil sarmaşıktı. Berrak değil katışıktı, kadındı karmaşıktı.

Ama.

Havva'da kusurlu duran şey onun emrivakisi oluyordu aslında. Böyle bir güzellikten ürkülebilirdi belki. Lâkin bir rüya bilincinde hengâmesi yoktu ki Âdem'in. Ürküntü aklının ucundan bile geçmedi. Yalnızca sevdi.

Öyle sevdi ki Âdem. Onun yanında bir büyüdü bir çocuk oldu. Bir coştu bir duruldu. Havva'nın her hali hoştu.

Şefkat doluydu Havva'nın bakışı. Havva'nın ilgisi.

Havva'nın Âdem'e tâbiliği. Munisliği. İtaati.

Rüzgârın önündeki defne dalı gibi bir kapanışı bir açılışı.

Bir kaçışı bir kucaklayışı.

Sonra ani bir hırçınlıkla Âdem'in canını yakışı. Ama bunu inanılmaz bir güzellikle yapışı.

Kokusu. Kadın oluşu. Sokuluşu. Saçlarını savuruşu.

Yüzünün yarısı karanlık yarısı aydınlık duruşu.

Su değince, yel esince, üzerine gece inince, Âdem kadar masum oluşu. Bozulmaması bu masumiyetin. Hep masum oluşu. Çünkü masumluğundan habersiz oluşu.

Öyle bir dal budak, kök yaprak saldı ki içinde Havva, Âdem'e nefes alacak yer kalmadı. Ama bu havasızlıkta Âdem her dem yeniden yaratıldı. Selin denize kavuşması gibi duruldu. Havva? O da ancak seline, ırmağına kavuşan denizler kadar durgundu.

***

Ne olsa ne olmasa da Havva'ya bakınca Âdem'in içinden her defasında derin bir gülümseme geldi. Çünkü öyle güzeldi ki Havva bu güzelliği ancak bir tebessüm karşılayabilirdi. Ve böyle bir güzellik ancak bir tebessüme sebep olabilirdi.

Âdem'in Havva'ya bu ilk bakışı cennette bile kalbe sığmayan aşkın arı duru bakışı.

Her görüşünde ilk kez görür gibi.

Her bakışında son kez bakar gibi.

Ama Âdem kendisine ne olduğunu anlayıp da ilk ânda aşkın adını koyamadı. Neden sonra bir baktı ki Kelimeler Kitabı'na. Sıradan insanlar aşk diyeceklerdi bu erimenin, bir'ikmenin, bu bir'leşmenin adına.

Aşk öylece geldi. Aralarına girdi.

Ama ayırmadı birleştirdi.

Öznesi çiftse de eylemi birdi.

Ben ve sen'den ibaret, ne tek sen ne de tek ben, hem sen hem ben, bir cennet öznesi onlar içindi.

Ve Havva ile çift olduğunda Âdem yalnızlığın ancak Allah'a mahsus olduğunu anladı. Demek bundan böyle Havva'sız yapamazdı.

***

Ne zaman ki Havva'nın baş ve işaret parmaklarının arasında bir ak zambak dalı. Cennette doğmuştu da Âdem'e cennet olmayan bir yeri hatırlattı. Âdem her dem çoğalan kelimelerinin arasından o yerin kelimesini, tam ismini, henüz bulup da çıkaramadı. Belli ki, Kelimeler Kitabı'nda karanlıkta kalanlar, bir görülüp bir unutulanlar arasında kalmıştı, o bahse varmaya henüz çok sayfa çok hikâye vardı.

Ama. Yaşanacakların akyel esintisi bir ân için geçti Âdem'in üzerinden. Doğru yanlış, çoğu tevatür, şu kadıncık, Havvacık hakkında neler söyleneceğini bilmese de sezdi. Görmese de hissetti. Hissetti bu cennet serencamının encamını. Bu suçun rivayetlerde, şikâyetlerde kimin sırtına kalacağını. Bu bedelin kime çıkartılacağını.

Desinlerdi. Bir temsiller kitabında o kadar güzeldi ki Havva, uğrunda çok acı çekilebilirdi. Ve bir değil bütün kaburgalarını verse Âdem, onun gibi bir tane daha gelmezdi. Neticede, âşıkların bu ilki her türlü tevatürü içine sindirebilirdi.

Oysa tevatürde kalmadı. Aşkın yolları kazalıydı ve her kazanın bir belâsı vardı.

Üstelik belâ, kalubelâ'da yazılmıştı.

Uyarılmışlardı: Bu bahçede ne isterseniz bol bol yiyin için, ne isterseniz edip eyleyin, bütün bahçe, bütün cennet sizin. Ama şu ağacın meyvesinden yemeyin. Yemek ne kelime, yaklaşmayın ona, yanına bile gitmeyin. Yöresinden bile geçmeyin.

Kâr etmedi.

Kaza.

Yola çıkmıştı bir kere.

Geldi.

Tanımadık da değildi.

II. YASAK MEYVE

"ŞU AĞAÇ"

Şu ağaca yaklaşmayın.

"Şu" ağaç.

"Bu" kadar yakın değil.

"O" kadar da uzak değil.

Arada.

Neydi ki şu ağaç?

Yaprakları. Dalları.

Parılcakları, yakamozları.

Işıkları, aynacıkları.

Simleri, siminleri, altın tozları, gümüş iplikleri.

Hele meyveleri, hele meyvelerinden de biri.

Kokusu. Hazzı. Rayihası. Rengi.

Âh ki âh'tı.

Bıraksalar bütün cenneti kaplayacaktı.

Ama cennetin diğer ağaçları? Onlar da daha az güzel değillerdi ki!

Öyleyse ne varsa Âdem'in bakışında Havva'nın içindeydi.

Cennetin bunca nimetinden tadan Âdem bir de şu ağacın meyvesinden tatsa, bir şey mi fark ederdi?

Ederdi.

Ağacın da hikmeti, ismiyle çağrıştırdığı yorumun zenginliği.

Öyleyse şu ağaç,

ağaç değil sınır taşı.

Edep dairesi, kulluk kaydı. Tahayyül hududu, imkân sınırı.

Deniyordu ki:

Halifesin, dikkat et egemen değilsin.

Tanrı'dansın, Tanrı değilsin. Manzursun nazar değilsin.

Sadece yerini tutansın. Kendisi değilsin.

Kutsal nefesten üflendi sana. Kendini kutsal nefes sanma.

Ruhumdan, denmiş. Ruhum, denmiş sanma.

Bir şeysin, ama kendini her şey zannedip de aldanma.

Varlık nedenini unutma.

Senin haddin buraya kadar. Haddini bil. Ötesine kalkışma.

Kıyısına gelinmesi bir uçurum doğuracak her şey gibi, o ağaç için de *yaklaşmayın*, dendi.

Ama yasak, büyülü uykular kadar tatlıydı ve yaprağına yüz vuranın meyvesinden yemesi kaçınılmazdı.

Üstelik Âdem'i önden çeken arkasından da iten vardı.

Şeytan? Ayartının, güzelliği solmuş, gözden düşmüş habercisi. Allah'a rağmen, O'na benzer, O'na denk bir güç değildi.

Her şeyi yaratan, istese, şeytanı da, şu ağacı da, hatayı da günahı da, unutmayı da, isyanı da yaratmayabilirdi.

Ama cennetten dünyaya yol açılmıştı bir kere. Şu ağaç bahanesi.

Değil mi ki göstermek gördürmekti.

Sakındırmak, yasaklamak yöneltmekti.

Kaderin işaretlenmesi.

Gaye Âdem'in, kaderin de üstündeki kaderinin gerçekleşmesi.

Sırr-ı imtihan.

Yasak meyveden bir ısırık alınacaktı. Âdem'di bu. Kendi tercihinde, kendi düşmüşlüğünde sınanacaktı.

İLK KARŞILAŞMA

Bir sesle başladı aslında.

Âdem, bir cennet sabahında, başı sol omzuna düşmüş, tatlı ve yumuşak bir ışığın altında uyuyordu. Cennetti burası. Öyleyse uykusuzluğun zahmetini tatmadan, beti-benzi sararmadan, uykunun hazzına kanıyordu. Çiçekler, yıldızlar konup kalkıyordu avuçlarına, omuz başlarına. Gül, karanfil, sümbül ağırlıyordu uykusunu. Âdem'in gözkapaklarının arkasından yepyeni bir cennet düşü geçiyordu.

Düşle uyanıklık arasında, bir ses duydu. Sanki ona bir şey dokunmuştu. Âdem uyandı. Kuşlar kanatlar ilk kez onunla birlikte uykuya kanamadı. Ama yine de nefesini melekler bekledi. Uyanışını melekler gözledi. Etrafına bakındı Âdem. Bir şey göremedi.

Kulak verdi, dikkat kesildi.

Sesi vardı, kendisi görünürlerde değildi.

Ses yineledi. Sert değil lâtifti. Koyu değil hafifti.

Yumuşacıktı, tatlıydı, nazik ve inceydi.

Bu haliyle sesten çok bir nefesti. Nehrin sakin sınırlarına, cennet göklerinin seraplarına kadar her yerdeydi. Budaksız dalların arasından süzülerek geçerken, özü alev alev ateştendi. Ama öz libasına bürünmemişti henüz. Açık değil saklıydı şimdi ve alev alev yanan bir ateşten ziyade, çok az tüten hoş kokulu bir duman gibiydi.

Çoktandır cennetin sakini değildi. Hani araya derin bir uçurum girmişti ya her defasında bir ses olarak geldi, kendisinden bir ses bıraktı geriye, kalmadı gitti. Ama yeniden seslenmek için bir daha bir daha geldi. Birkaç zaman sadece seslenmekle yetindi. Kendi haline bıraktı Âdem'i. Sesini duysun, yeterdi. Bu sese alışsındı. Nasılsa zaman vardı. Ama o zaman zarfında Âdem'le yetinmedi. Havva'yı da gözüne kestirdi. Ona da seslendi, ona da ses verdi.

Havva'nın kulağının içinden geliyordu ses. Bir iç göl mağarasına, bir çöl ayazına damlayan sular gibi ağır ağır açılıyor, ezgi ezgi yayılıyordu. Ama ne zaman Havva, kulağının içinde tatlı tatlı yankılanan, ruhuna işleyen, ruhunu ruh eden o sese ses vermeye kalkışsa bu kez yok oluyordu.

Onu görmek için başını çeviriyordu Havva. Döndüğü yerde ya bir hiç görüyordu ya da devinip duran, bir büyüyen bir yok olan, bir kıvrılan bir uzanan kurşuni renkli bir gölgeyle karşılaşıyordu. Ya da o gölge bile gitmiş oluyordu da arkasında bıraktığı boşlukta yakut başakları titriyordu. Ama bitmiyordu, Havva'nın içinde daima bir şey kalıyordu.

Ve yeniden geliyordu.

O geldiğinde kuşlar havalanıyordu huzursuzlukla.

Ağır bir kaygı geçiyordu bahçenin üzerinden ve her şey onun altında kalıyordu. Kimi sesten çıkıyor esinti oluyordu. Kimi buğu kimi kokuydu. Biçimden biçimeydi. Her haldeydi. Yerden yükseliyor, gökten sicim sicim iniyor, suya değiyor, ağaçların bedenini, belini sarıyordu defalarca. Asmanın, salkımların üzerinden kayıyor, kıvrılıyor; çok yakın duruyor, tam arkalarından usulca gelip

Âdem'le Havva'nın sırtına soluğuna dayanıyordu. Öyle yakın duruyordu ki aralarına giriyordu. Enselerinden doğru ikisine aynı ânda sesleniyordu. Âdem'in bedenini okşayıp Havva'ya, Havva'ya dokunup Âdem'e geçiyordu. Bir şey geçmiş oluyordu ikisinin üzerinden. Ama geçmiş oluyordu.

Yine de oluyordu. Üstelik uzakta değil yakında oluyordu.

Olan Âdem'den çıkıp Havva'ya, Havva'dan çıkıp Âdem'e oluyordu.

Böyle sürüp gitmedi. Büyük ayartıcı, düşenlerin unutmasız ilki, ânını zamanını bekledi. Yüzleşmeleri, boy ölçüşmeleri gerekti. Cennetin göklerine çizilmiş kapılardan birinin güzelliğini seyrederken Âdem, soluğunu ensesinde, sesini içinde hissettiğinin gölgesiyle yüz yüze geldi. Bir kez bakınca anladı kimin gölgesi olduğunu. Uyarıyı hatırladı. Kendisinden kaçınılması gerekenle arasına derin bir mesafe bıraktı. Fakat o konuşmaya başlayınca bu mesafe daraldı.

Büyük ayartıcı, Âdem, dedi Âdem'e, onun ismini söyledi. Haydi selâmlaşalım, diye devam etti. Secde gününde esirgediği selâmı sundu cömertlikle, başını hafifçe eğdi omzunun üzerine. Selâmına mukabele istedi:

Verilen selâmı almamak ayıp olmaz mı ya Âdem? Söylesene sen de benim ismimi!

Hiçbir teşvik bu kadar tatlı olamazdı ve Âdem'e bir ân için öyle geldi ki hiç kimse Âdem'in adını bu kadar güzel ağzına alamazdı. Öyle büyüleyici dökülüyordu ki cümleler ağzından, neredeyse Âdem'inkinden bile güzel kelimeleri vardı. İçine sızıyordu bu lisan Âdem'in. Sirayet ediyor, iliğine işliyor, bulaşıyordu. Hem bu gölgenin, bu suretin kendisi? Suretten aslına nisbet varsa eğer, hali, ahvali, hareketleri? Kaçılacak, saklanılacak bir şey değil, tatlı bir su gibi içe akan, akmakla kalmayıp dolan bir şey gibiydi. Üstelik yasak değildi ki adını anmak, onunla konuşmak. Sadece, ona dikkat edin, denmişti. Âdem de bu emre şimdiye değin icabet etmişti.

Bu icabet halinin güvencesiyle Âdem, cesaret etti, onun selâmına mukabele etti. İsmini söyledi. Şeytan, diye mırıldandı, ışık, hava, su, der gibi. Secde gününden beri bu ismi ilk kez dilinin ucuna getirmiş, bu tekinsiz kelimeyi ilk kez söylemişti. İsmi vardı artık, öyleyse ismi varsa şeytan da vardı. Ama onun ismini anınca, dili yanmadı Âdem'in, genzine bir ısırgan dolmadı. Yer çökmedi, cennet gökleri yarılmadı. Âdem, şeytan konusunda neden bu kadar ısrarla uyarıldıklarını neredeyse anlamayacaktı.

Âh cennet masumiyeti! Âh Âdem gafleti!

Cennetten henüz düşmemiş olan, kötünün lâfzını bilip de manasına sırdaş olmayan, kelimesini bilip de kendisiyle yüz yüze gelmeyen biri için "şeytan" bile henüz o kadar tekinsiz bir kelime değildi.

İKİNCİ KARŞILAŞMA

Ne kadar ince ve nazik olsa da önünde sonunda şeytandı, secde gününün hatırasını, o can acısını, uçurum kıyısından cennete son bakışını unutmamıştı. Ve arada, gör ki ben mi üstünmüşüm yoksa Âdem mi, Sana kalan mı daha fazla yoksa bana dönen mi, diye başlayan bir hikâye vardı. Meramı başkaydı secde günü yaralısının, meramına adım adım yaklaşmaya başladı. Alışkanlık hâsıl olmuştu nasılsa Âdem'le Havva'da, şimdi söylemek zamanıydı.

Zamanı geldi. Kendi gölgesine gizlendi, bir cennet ânına süzülüverdi. Âdem'le Havva, altın salkımlı üzüm ağaçlarının yanında, buluttan buluta yayılan bir ışığın altındalardı. Ilık rüzgâra katılmış neredeyse ışık olmuşlardı. İkisi de ayaktaydı. Havva, başını Âdem'in sol omzuna yaslamış, bir eli onun bağrında, diğer eli kendi boynunda, hafif bir sesle şarkısını söylüyordu. Sesi sulara çarpıp çarpıp geri dönüyordu. Bir ağacın dalları gibi sarmışlardı birbirlerini. Havva, şarkısını söylerken Âdem onun saçlarını çözüyor sonra tekrar bağlıyordu. Elmas çiçekleri iliştiriyordu bu saçların arasına, su damlaları serpiyordu. Semadan yıldız yağıyordu üzerlerine. Melekler hayranlıkla, bu ilk insan çiftinin sevinmesini, sevilmesini seyrediyordu.

Düşenlerin ilki onları bu halde görünce bir kez daha kıskançlıkla kavruldu. Kıskançlığını nefretle, öfkeyle besledi. Bir müddet durduğu yerden, gülüşmelerini, söyleşmelerini seyretti. Aşklarından da sohbetlerinden de tiksindi. Neden sonra bastırdı içinden geçenleri. Dinerdi bu azap, dinmez değildi. Yeter ki göstermek istediğini gösterebilsindi.

Yaklaştı, seslendi. Önce hallerinden sual etti.

Ey Âdem, dedi, bir kez demekle kalmadı, yineledi: Ey Âdemlerin Âdem'i.

En ince yerinden kavradı: Ey Havva'nın Âdem'i, Ey Allah'ın sevgilisi.

Kimi, sen, dedi. Kimi, siz, dedi. Kimi ikisine birden hitap etti. Sözü kimi Âdem'e kimi Havva'ya çevirdi. Manayı sözden geçirdi. Makamı düzene ekledi. İtibarlı yanlarını pekiştirdi o ikisinin gözlerinin önünde. Ateşten benliğini gizledi. Öyle ya, cennetin eskisiydi, tecrübeleri engindi, aklını göstermedi ama bir akıl hocası olarak dikildi bir rüya bilincinde yüzenlerin karşısına. Sonunda; siz dünyayı bu kadar zannediyorsunuz, ama cennetin dışında bilmediğiniz ne dünyalar var, bir bilseniz, deyiverdi.

Henüz yasak ağacın adını zikretmedi.

Kalbe bir merak atmakla yetindi.

Âdem'e ilk kez kendi sesiyle seslenmişti.

Âdem de bu sesi gerçekte ancak o zaman işitti. Şimdiye kadar onun kendi sesiyle değil apayrı bir fısıltıyla fısıldadığını anladı. Secde emri geldiğinde ateşin mizacına bürünen o sesi hatırladı. Şeytanın, gölgesinde göremediği şeyi sesinden okumakta gecikmedi. Ayrıntılı şiddetle dolu yakıcı yaşamına, yıkıcı ahlâkına ilişkin bütün ürkütücü ipuçlarını da bu sesten bulup çıkarırken onu görmek için etrafına bakındı.

Göremedi, yine yoktu. Ama ısrarla sesleniyordu. Âdem bu sesten ilk kez tedirgin oldu. Kesin buyruğu hatırladı, *sakının*, nidasını yeniden duydu.

Bu sesten kaçmak için sırtını döndü, koştu. Bir ağacın gölgesine oturdu. Korkmuştu. Doğrusu korkunun ne olduğunu bile tam olarak bilmiyordu. Yüzünü yıkadı. Saçlarını ıslattı. Ağzına birkaç üzüm tanesi attı. Ama kulağının ta içinden yine seslendi şeytan.

Ey Âdem, dedi, beni duymuyor musun?

Böyle devam etti. Şeytan yineledikçe, Âdem kaçtı. Âdem kaçtıkça şeytan kovaladı. Kovalamaktan yorulmadı. Tanımaz değildi Âdem'i, tanıyordu. Hırsı, gururu, hayalleri, ruhu, teni, bedeni, benlik duygusu, ölümsüzlük arzusuyla bir arada özgürlük duygusu olduğunu, kutsal nefesle çamurdan bir ceset arasında durduğunu, mizacında kan dökücülük, tutarında kararsızlık olduğunu Âdem'in kendisi bile henüz bilmiyorken şeytan biliyordu. Ve Âdem'in hamuruna bir parça unutkanlık, epeyce sabırsızlık katıldığını, şu ân gözünün önündeymiş gibi görüyordu. Hasılı şeytan nereden vuracağını biliyordu.

Bir uyarmaya bakıyordu bütün bu uyuyan şeylerin uyanması, yanması, alev alması. Fırsat şeytanını bekliyordu.

MERAK

Fırsat çok beklemedi, şeytan fırsatın ayağına kadar gitti. Sindi arkasına, gövdesine sarıldı, dallarını kucakladı. Yapraklarını göğsüne bastırdı, yüzünü gömdü çiçeklerine, incecik sürgünlerini benimsedi. Süründü, meyvesinde bekledi. Yılan değildi ama cennetin hatırasına yılansı bir rivayet ekledi.

Seslendi. Sesi olmasa bir hiçti.

Orada ikisi, yine el ele, yine yüz yüze. Irmaklar boyunca geziniyorlardı. Başlarına lâl tomurcuklarından birer taç, göğüslerinin üzerine yapraklardan kolyeler takmışlardı. Havva arkadan tek örgü yapmıştı saçlarını. Ayak bileklerinde su damlasından bilezikler vardı. Ara sıra duruyordu. Etrafında gördüğü her şeye bakıyor, her şeyi yokluyordu. Kehribar kelebekleri konup kalkıyordu saçlarının arasına başını kımıldattıkça. Yanağının üzerinde bir yıldız tanesi parlıyordu. Alçacık bir sesle Âdem'ine bir şeyler anlatıyordu. Şiirler okuyordu cennet kelimeleriyle. Gülümsüyordu Âdem. Gülümsedikçe yüzünde billûr suyun ışıltısı. Sonra bu ışık yağmurları yüzünden boynuna, omuzlarına yansıyordu.

Duydukları sesi çoktan unutmuşlardı bile. Cennet saltanatında bile çocuklar gibi. O kadar kendilerinden geçmişlerdi. O kadar kendi hallerindelerdi ki, şeytan, sesini biraz yükseltti. Yoksa onu işitmeyeceklerdi.

Şu ağaç var ya, dedi.

O ağacı gösterdi.

Uzaktaydı ağaç, ama durduğu iç bahçeyi işaret etti.

Açıkça söylemişti. İlk kez adını zikretmişti.

Şu ağaç var ya!

Vardı.

Baktılar. Var olmaktan başka özelliği olmayan bir ağaçtı ilk bakışta. O kadar masumdu Âdem, ve ağaç ihtişamlı güzelliği içinde bile cennette o kadar sıradandı.

Fakat şeytan, şu ağaca bak, diye yineledi. Hiç merak etmiyor musun neden yasaklandığını?

Âdem hiç merak etmemişti.

Merak et, dedi şeytan.

Ağacı bir kez daha işaret etti. Âdem ağacı değil onun gölgesinde ellerini fark etti. Parmakları upuzun, bilekleri incecikti. Bu karanlık eller, bu nefti gölgeler işarette ısrar etti.

Şeytan ısrar etmeseydi Âdem ağacı görmezdi bile. Ama şimdi onun varlığını fark etmişti. Üstelik Âdem, varlığını fark ettiği ânda ağacın üzerine de siyah bir örtü tülü atıldı. Nesi varsa kapandı, saklandı.

Merak et, sedası yinelendi.

Nasıl bir ağaçmıştı acaba cennetteki ağaçların bu en gizemlisi?

Dalları, yaprakları, meyveleri nasılmış?

Camdan mı sudan mı ışıktan mı kokudan mı hazdan mıymış?

Âdem, meraktan uzak durmak için gayret etti. Bu gayretle, ağacın varlığını, önce tereddüt etti, sonra reddetti. Varlığını yok sayarsa onu merak da etmezdi.

Ama kalbine bir kez ağacın ismi düşmüştü ya. İsminin önünde bir yasak sıfatı duruyordu ya. Neydi bu yasağın sebebi? Ne vardı siyah örtüsünün altında acaba?

Bu acaba'yla ilk kez merak etti.

Merak bir gitti bir geldi. İçine bir doldu bir boşaldı.

Bütün gece uyudu uyandı Âdem. Ağacı unuttuğu ânların toplamı hatırladıklarından daha azdı.

I

SİYAH ÖRTÜ TÜLÜNÜN KALKMASI

Yasak ağaç teraslar üzerinde iç içe açılarak yükselen üç defne bahçesinin tam ortasındaydı. Bu haliyle hem uzaktı hem yakındı. Yani bir yandan korunmalı saklanmalı, öbür yandan çağırmalı kışkırtmalıydı. Fark ediş, gelip de kalbinin ucuna konunca Âdem duyduğu merakla ilk bahçeye adımını attı. Bir kez yanına gitmekten, yakından görmekten ne çıkardı?

Üstelik yalnız değildi. İkinci bahçenin yollarından geçerken bir baktı ki Havva da oradaydı. İlk kez birbirilerinden ayrı adım atmışlardı.

Üçüncü bahçeyi geçip yasak ağaca gidecekti ki Âdem, büyük bir defne ağacının altında durdu, dinlendi. Böyle bir yol cennette bile dinlenmeden yürünemezdi. Saçları dağılmıştı. Defne kokusunu içine çekti. Onu böyle görünce defnelerin sırtından bir ürpertidir geçti. Merak bir kez başlarsa, siyah örtü tülü bir açılırsa, artık önü kesilemezdi. Arkasından, ne gelecekse gelirdi. Öyleyse Âdem'i uyarmak gerekti:

Sakın, dediler, Âdem'e, sakın merak etme. Kaç bu bahçeden, bir daha da geri gelme.

Defne ağaçlarından biri söyledi diğerleri ses verdi. Dillerinde aynı cümle, birinin sesi zayıflasa diğerlerininki güçlendi.

Ama kolay değildi. Git, dendikçe Âdem gelmek istedi. Merak etme, dendikçe merakı ziyadeleşti. Bir ân için bastırsa merakını, o daha güçlü geri geldi. Bilmeye dair merakını öldürse Âdem, bu kez bilmediğinin ne olduğunu bilmek istedi. Sonu yoktu. Merak, kalbini deldi geçti Âdem'in tenini bile istilâ etti. Merak doğurdu merakı. Ter olsaydı cennette, Âdem kan ter içinde kalacaktı.

Böyle zorlanınca, etrafına çevirdi gözlerini, merakla bakındı cennetin sakinlerine, onlardan medet umdu. Bir cennetli elinden tutsundu. Yüreğinden bu burguyu çekip çıkarsındı. Merakın varlığını bile hatırlamasındı.

Cennetin kuşlarına baktı, merakı geri geldi.

Güzel gölgeli, zümrüt meyveli ağaçlara verdi sırtını. Bir şey fark etmedi.

Çevirdi başını. Yumdu gözlerini, gözlerinin önünde merak duruyordu.

Unutmaya çalıştı Âdem, olmuyordu.

Sel gibiydi merak. Önünden nasıl kurtulacaktı? Hiç yokmuş gibi yapabilse, başaracaktı.

Ama o ağaç, orada, cennetin ortasında vardı. Israrla vardı, inatla vardı.

Kimse yemeyecekse meyvesinden, o ağaç niye vardı?

Dalları yaprakları yüksekteyken meyveleri neden el hizasındaydı?

Ve neye yarardı bu güzellik? Muhatapsızsa neden yaratılmıştı?

Öyle varken, Âdem onu nasıl yok saysındı?

Fazla söze ne hacet! Bir tarafta yasak ağaç. Arada defne ağaçlarının gövdesi. Diğer tarafta, aralarındaki o sonsuz bağla, "ile" edatıyla, Âdem ile Havva. O ikisi.

Yani:

Merak ikisinin kalbini aynı ânda buldu. Önüne düşen her şeyi sürükleyen bir rüzgâr gibi ikisinin de yelkenini doldurdu. Birbirlerinden mecal almak, derman vermek istediler ama sel ikisinin de içini ayrı ayrı oydu. Zayıf kaldı dalları yaprakları. Kökleri gövdeleri neredeyse hiç yoktu.

Sonunda merakın hacmi, ağırlığı, baskısı Âdem'le Havva'nın toplamını aştı. Sabrın seli taştı. Ölçüsünün ötesine aktı. Onlar kendilerini dizginsiz ve iştahlı meraka bıraktıkları ânda ağacın da siyah örtü tülü kalktı. Sanki bütün cennet gölgede kalmış da bir tek o ağaç, üzerine düşen bir ışık salkımıyla ışıklanmıştı.

Önce Âdem'in başı döndü, Havva'ya yaslandı. Havva, tutunacak yer aradı, sendeledi, sırtını Âdem'e verdi. Çakılıp kaldılar oldukları yere. Adım atmaları mümkün değildi. Birlikte seyrettiler olup biteni.

Ağaç!

Ağaç, az gelirdi onu tanımlamaya.

Bütün bir bahçeydi. Baştan başa meşcerdi.

Hep aynı değildi. Değişkendi. Her defasında yenidendi.

Bir baktılar, meyvelerini saklamış, kökten uca yaprak.

Bir baktılar, bütün yapraklarını örtbas etmiş, sadece dal ucunda meyveydi.

Bir baktılar, yaprak meyve, kucak kucağa iç içeydi.

Yani ağaç, kimi, dallarını birbirine sardı, örttü kendini, kimi döndü gösterdi.

Ama meyveleri olmasa ağaçtan kim söz ederdi?

Gördüler ağacın meyvelerini. Hele içlerinden en fazla dal ucunda duran o birisini.

Evet! Işıktandı, sudandı, kokudandı, hazdandı.

Rengârenkti, camdandı.

Ne yedikçe tükenecek, ne eksildikçe bitecek gibi duruyordu. Tek değil çoktu. Ve bilinmedik ne vaadler taşıyordu.

Âdem oralı olmamaya çalıştı. Ama bir kez gören? Hiç görmemiş gibi olmanın artık imkânı yoktu. Havva'nın gözü parıltıya kaydı, Âdem de daha fazla dayanamadı, kendisini kokuya bıraktı.

Susuzluğunu giderecek denli tatlı ve olgun meyveler o kadar yakınındayken sıcaktan bunalışı. Susuzluktan yanışı. Kavruluşu.

Öyleyse:

Acaba tadı nasıldı?

Bilmek merakı bir burgu gibi oydu beyinlerini. Oysa daha fazla ne bileceklerdi?

Âh, *keşke bilselerdi.*

•

Onlar, bilmek merakıyla kendilerinden geçmişken, uyarıyı da yasağı da neredeyse unutmuşken, birden başlarına hiç beklemedikleri bir şey geldi. Âdem'in, altında yaratıldığı filbahri ağacı, dalları yapraklarıyla, gövdesiyle kökleriyle çıkageldi. Defne ağaçlarının bend olması yetmemişti ki, Âdem'le yasak ağacın arasına giriverdi. Merakın önünü kesmek istedi. Ne de olsa, aralarında derin bir hukuk vardı, Âdem bir filbahri ağacının altında yaratılmıştı.

Âdem, dedi, yapma dön geri. Yoldan çıkma. Şeytana uyma. O büyük uyarıyı unutma.

Koca ağacın sesinde sitem, bağrında ter vardı.

Âdem gözlerini önce koca ağacın yeşil yapraklarına, baygın kokularına, saydam beyaz çiçeklerine dikti, sonra utançla başını önüne eğdi. Kendine gelebildi. Yasağı ancak hatırlayabildi.

Yaklaştı yanına Havva'sının, hafifçe sarstı. Kolundan tutarak kaldırdı. Dedi, kalk gidelim. Ve bir daha da bu bahçeye geçmeyelim. Havva'yı tuttu elinden. İç içe üç bahçeden geçti. Geri geldi.

Ama aklı ağaçta kaldı. Kutsal ruhla balçık arasında, geri dönen bedeniydi.

VESVESENİN KALPTE DOĞAN AĞACI

Ama bu kadar merak hiç iyi bir şey değildi ve büyük yıkıcının yıkmak istediği her şey şimdi bu merakın üzerine kurulabilirdi. İnsan olan bu merakla, ne kadar kuvvetle verilmiş olsa da bütün sözlerini unutabilirdi.

Kışkırtıcıların ilki, bu güvenceyle, Âdem'le Havva'ya bir süre görünmedi, seslenmedi. Esmedi, nefeslemedi, hışırdatmadı eteklerini. Ateşinin alevlerini nefti gölgelerinde sürüklemedi. Tohumunu atmıştı bir kere. Onları kendi kendileriyle baş başa bıraktı. Merakın, içlerinde dal budak salmasına izin verdi. Nasılsa şimdi kendi kendilerine yeterlerdi. İçlerinin nasıl döneceğini, kalplerine neyin düşeceğini öyle iyi biliyordu ki.

Neden sonra karşılarına dikiliverdi. Onları bulduğu yer? Anlatılır gibi değildi. Cennetten kovulduktan bu yana şeytan hiç bu kadar sevinmemişti. O ikisi, merakla, bir kez daha, üç bahçeden geçerek yasak ağacın önüne dikilmişlerdi. Âdem'in güçlü adımları vardı Havva'nınsa ayakları minicikti.

Hedefine bir adım daha yaklaşmışların coşkusuyla şeytan sevincini gizledi ama sözünü esirgemedi. Kısa cümlelerini coşkun bir denizin uzun dalgaları gibi ardı ardına gönderdi:

Şu ağaç var ya!

Ne söylese yerine gidecekti şimdi, bu kadar yaklaşmışlarsa artık o kadar kolay direnemezlerdi, kolay kolay geri dönemezlerdi. Onların ayağını kaydıracak asıl vaadini cümlesinin ucuna dürdü, sürdü, ekledi.

Dedi ki: Âdem, hani sen ölümlüsün ya!

Bir süre sonra bütün bu saltanat bitecek ya!

Sizler gideceksiniz, geriye ölümsüz melekler kalacak ya, siz biteceksiniz bu bahçe burada duracak, esenlik cennetinde hayat sizsiz de devam edecek ya!

Hatıranız bile kalmayacak üstelik, var olduğunuzu siz bile hatırlamayacaksınız ya!

Kaldırdı başını. O ikisinin yüzlerine baktı. Âdem'in de Havva'nın da renkleri atmış, gözleri kocamanlaşmıştı. Uzun ve incecik parmaklarını dokundurmadan bile anladı, buz kesmişti dudakları. Devam etti. Az kalmıştı:

Ama bir kez şu ağacın meyvesinden yerseniz. Gözünüzün önünden kalkacak tüm perdeler. O zaman gerçeği göreceksiniz. Her şeyi bileceksiniz. Bilgi sizin olunca ey Âdem, böylece cennette, melekler gibi sonsuz bir yaşam süreceksiniz. Ölmeyeceksiniz.

Söylesene Allah aşkına ey Allah'ın sevgilisi,

ey Havva'nın Âdem'i,

ey Âdem'in Havva'sı,

melekler gibi olmayı, sonsuz yaşam sürmeyi, esenlik bilgisini istemez misiniz?

Onlara önce bilgiyi sonra gücü teklif etti. Büyük gerçeği, sonsuz yaşamayı vaad etti. Hepsi de neticede aynı şeydi:

Gitmeyebilir kalabilirlerdi.

Melekler gibi olabilir, yani ölmeyebilirlerdi.

Yeter ki şu ağacın meyvesinden yesinlerdi. Fazlasına gerek yok, yalnızca tek ısırık yeterdi.

Sustu. Daha fazlasını söylemedi. Gitti.

Alçaktan uçan kuşları göz ucuyla izlerken Ya Rabbi, dedi Âdem, nedir içimdeki bu duygu? Oysa ölümün adı anılana, kelimesi söylenene kadar ne ölmek korkusu Âdem'in umurundaydı ne de bilmediği bilgilerin farkındaydı. Yine de aklındaki yasağın korkusuyla hayır, diyebildi. Hayır hayır, diye yineleyebildi. Ama çok geçmedi. Hayır'ın nefesi hafifledi.

Vesvese öyle bir girdi ki kanına, Âdem kendisini büyük bir sırrın ortağı sandı. Bu sanıyla sanrılandı.

Acaba?

Kurdu kaldırdı. Kaldırdı kurdu.

Yoksa şeytanın dedikleri doğru muydu?

Ya gerçekten öleceksełerdi?

AĞACIN ÇAĞRISI

Kalbin kapıları vardı. Korunması kolaydı. Ama vesvese, kapıları bir bir aşarak girmiyor, kalpte doğuyordu. Olan, doğrudan kalp evinde, gönül hanesinde oluyordu. Neticede, vesvesenin kalpte doğan ağacı Âdem'in içine önce tohumunu bıraktı. Sonra tohum çatladı, filiz başını kaldırdı. Âdem'in içini kapladı. Başka da hiçbir şeye yer kalmamıştı.

Zemin hazır olmasaydı minicik bir tohum nasıl bu kadar kolay tutunabilirdi?

Âdem nihayetinde. İnsandı. Topraktandı bedeni.

Ve ağaç, belki de çok tanıdıktı, eyvanımızda bahçemizdeydi.

Merak, içine dokunmaya, vesvese bir kurt gibi oymaya başlayınca, Âdem'e öyle geldi ki güzel meyve de yenmek için yanıp tutuşuyordu. Ağaç da şarkısıyla Âdem'i çağırıyordu. Bilmek merakını kışkırtıyordu:

Ey Âdem! Gel! Benim ol sadece ve sahiplen beni.
Baksana elmaslarıma, zümrüt dallarıma, yakut yapraklarıma.
Görsene alev kandili gibi sarkıttığım meyvelerimi.

Ben de gizli saklı bir hazine değil miyim? Âdem, bil beni.

Sadece meleklerin bu lezzeti bilmesi yeter mi? Sen bilmezsen bu lezzet anlamını yitirmeyecek mi?

Sen de görün bana. Âdem oluşun bir anlam bulsun. Bildir kendini.

Âdem bu sesten uzaklaştı. Ama o uzaklaştıkça ağaç yaklaştı.

Dallarını yapraklarını uzattı.

Kollarını boynuna sardı. Sarmaşıklarıyla ellerini bağladı Âdem'in, filizleriyle gözlerini okşadı.

Saçlarının arasına girdi, göğsüne serildi, rüyasına sızdı.

Hiçbir çağrı bu kadar kuvvetli olamazdı. Dayanmak imkânsızdı.

Ağaç masumdu aslında. Onun ne kabahati vardı? Kendiliğinden Âdem'i kandırmaya yeltenmemişti ki hiç, kendiliğinden gel, dememişti. Ağacın ağzından konuşan, gövdesinden, ışığından, suyundan ses veren bambaşka biriydi. Ve çağrı, Âdem'in içindeydi.

Yine de biraz daha direnebildi, bir kez daha hayır, diyebildi.

Bu kadar çok hayır, diyebilmek için ne kadar büyük bir evet, demiş olmak gerekirdi.

ARZU

Olmadı.

Âdem'in kendisi görmüyordu nasıl zorlandığını, gözleri bağlanmıştı. Ama böyle zorlanmak yaman şeydi. Ağacın çağrısı Âdem'i de Havva'yı da ele geçirdi. Bu ele geçmişliği ikisi de gizleyemedi. İlk defa aynı özden yaratılmış ikisinin arasına bir şey girdi.

Üstelik uzak değildi bu şey. Âdem tarafından bakınca Havva, Havva tarafından bakınca Âdem gibiydi. Ağaç, Âdem'de Havva, Havva'da Âdem, birinden öbürüne, gitti geldi. Birinden boşaldı öbürüne doldu, öyle ki cennet sabahı doğarken, Havva Âdem'i, Âdem Havva'yı bir kez daha o ağacın altında buldu.

Ağaç aynı ağaçtı ama bu kez bambaşka bir ayartıcılıkla ayarttı. Önce öğretti şarkısını, sonra unutturdu. Birer çiçek bağladı kuşlarının kanatlarına, uçurdu. Aklı vardı Âdem'in, aklını başından aldı. Âdem daha fazla ayakta duramadı. Bir nefes çekti içine, ağacın gölgeliğine uzandı. Çağrının şiddetinden Havva'nın koynuna sığınmak, ona dayanmak istedi. Ama hayret! Ağaç, Havva'nın koynunda uyuyordu. Havva'dan çıkıyordu hayat dalı, Havva'ya dönüyordu.

Yine de, avut beni, dedi Âdem Havva'ya, akla beni, ne olursun unuttur.

Havva? Unutturacak gibi değil hatırlatacak gibi duruyordu.

Üstelik gözleri karşılaşınca anladı ki, Havva da Âdem'i merak eder gibi ağacı merak ediyordu.

Yumdu gözlerini Âdem. Kendisini düşüne, gördüğünü göreceğine bıraktı. Düş: Cennetin yasak ağacı.

Yasak meyve, düşünde bile bir kararda durmadı. Biçimden biçime, renkten renge girdi. Sürekli değişti. Biraz daha dikkatli bakınca. Cennet meyvelerinin en şaibelisi. En güzeli. Âdem'e öyle geldi ki yasak meyve Havva'nın ta kendisiydi.

Havva orada kendi kıvrımları arasında Tanrı hediyesinin de cennet meyvesinin de kendisi gibi dururken. Bir dokunulsa bütün evren titreyecek denli durgun bir su, bir dokunulsa bütün denizler yataklarından boşalacak kadar arzu. Âdem meyveyle yasak arasındaki denizin derinliğinde boğulacakken. Cennette bilmediği bir duyguyu tadacak, o duyguyla sarsılacakken.

Kendisini attı. Gözlerini açtı.

Baktı Havva'ya. Yanında bir beyaz güvercin uykusuyla uyuyordu. Fakat göğsünden geçen telâşa bakılırsa o da Âdem'in gördüğünü görüyordu.

Havva da kendi düşünde. O da yasak ağaca her baktığında tek bir şey görmedi. Değişiyordu sürekli. Bir, elma ağacı gibi geldi. Bir baktı, buğday başağına benzetti. Bir, ağzını arzuyla açmış incir, bir, buğulu kokulu mor üzüm salkımı. Bir daha baktı, yasak ağacın meyvesi sanki Âdem'di.

İlk kez Âdem'in cennetten bağımsız, biricik varlığını fark etti Havva. Şu düş haliyle hem Âdem'di hem cennetti. Hem de cennetten gayri bir şeydi. Birdi. Ve bu bir'lik, sadece Âdem'le Havva bir'leştiğinde gerçekleşen bir şeydi. Ama bu başka bir şeydi.

Gözlerinin kapalılığı arkasında bile Havva bu hayalden ürktü. Gözlerini açtı. Nasıl bir uyanmaksa, kendi uyanışının kopardığı velvelede sarsıldı.

Cennet erkeği, yanında, sanki korkulu bir rüyadan uyanmış, her zamanki gibi sağ dirseğinin üzerine dayanmış, perçemleri yanağına sarkmış, merakla kendisine bakıyordu. Havva, başını kaldırıp da onun yüzüne dikkatle bakınca, Âdem'in gözbebeklerinde yasak ağaç suretinde yerleşmiş bir Havva suretini fark etti. Kendisini hiç böyle görmemiş böyle seyretmemişti.

Haklıydı ateş. Ona yaklaşanın aynı kalması mümkün olmamıştı.

İkisinin de düşünde daha evvel bilmedikleri bir şey uyandı.

Arzu!

Öyle bir uyandı ki bir daha hiç uyumadı. Gerçekten düşe taştı. Bu duyguyu unutmaları artık imkânsızdı. Çünkü yarısı gerçekti yarısı rüyaydı. Dahası, tamamlanmamış, yarım kalmıştı.

HAVVA'NIN KENDİ GÜZELLİĞİNİ İKİNCİ KEZ SEYRETMESİ

Düşünden doğrulup da göğsünü serinletmek için suyun üzerine eğilen Havva defnelerin, minelerin, nergislerin, nilüferlerin arasında seyretti kendisini uzun uzun. Bu güzelliğe alıcı gözle baktı. İlk değildi, bu seyrin ilki vardı:

İlkinde, daha yeni yaratılmışken karşılaştığı, iki cennet dağı arasında, şelâle havuzundaki suyun aynasında bir yansımaydı. O zaman, kendi güzelliğini seyreden kadınların ilkiydi Havva. Suyun üzerine eğildiğinde dallar, yapraklar, kuşlar, rüzgârlar şenlenmişti. Salkım söğüt, akasya dalı, kayısı ağacı, hatta suyun kendisi, birlikte seyretmiştiler bu güzelliği.

İsimlerin Sahibi'nin her isminden bir tecelli vardı Havva'nın mizacında ya, en fazla da güzelliği fark etmişlerdi suyun aynasında. Bir sevinç dolmuştu içine Havva'nın. Yaratıcı güzelliğin, dahası Yaratıcı'nın güzelliğinin bir parçasını yüzünde yansır bulmuştu. Doğrudan görmemişti ama bilmişti ki Cemâl'in yansısıydı bu.

O zaman Havva O'nun güzelliğiyle güzeldi. Kendi güzelliğini, güzelliğin saf cevherini, O'nun güzelliğini sever gibi sevmişti.

Yüzünde, bütününe ayna olmuş parçanın masumiyeti, kendisine memnuniyetle muhabbet etmişti.

Kendi aynasında seyrettiği, kendisinden ötesi.

Verâ. İlâhi cazibe.

Havva'nın kendi suretinde tutulduğu ise: İlâhi cezbe.

Bilse de bilmese de.

Şimdiyse düşünden uyanan Havva kendi yüzünde gördüğü has bahçe, boğulduğu ışık, düştüğü yağmur, içindeki arzuyla. Aynı güzelliği ikinci kez seyretti. O zaman iki hikâye, iki Havva, iki ayna arasına fark girdi.

Suyun aynası aynıydı aslında, kendisine ne gösterilirse onu göstermişti. Havva da aynı Havva. Ama bu ikinci bakışta ilkinden farklı bir şey vardı. Havva artık kendi kendisinin farkındaydı:

Benim yüzümde seyredilen Tanrı'nın bana bıraktığı şeydir. Ama her şey gibi o da zıddıyla iç içedir.

Yani Havvaların bu ilki, öyle bir baktı kendisine, öyle bir gördü ki kendini. Suyun üzerinden doğrulup da Âdem'i yanıbaşında gülümser bulduğunda. Havva omzundaki güzel ben'i örten saçlarını elleriyle geri itiverdi. Ayağının dibinde açıveren biri alev ateş, kan kırmızı, diğeri beyazlar kadar duru iki cennet çiçeğinden beyaz olana baktı. Kan kırmızı, alev ateş olanı alıp saçlarının arasına kattı.

Suya eğilmiş yeşil zümrüt kuşunu bir endişedir sardı. İçtiği su neredeyse kursağında kalacaktı. Havva çocuklar kadar masumdu henüz, ama mademki bu güzelliği bambaşka bir gözle seyretmişti. Demek kalbinden bir vesvese geçmişti.

Güzelliği Havva'da saf cemâl haberinden çıkıp, nefse mi dönüşecekti?

Güzelliğini fark etmese masum, fark ettiğinde mücrimdi.

Bu hikâyenin varacağı yer besbelli:

Havva'nın, sanki arkasından bir gölge, üstünden kötü bir rüzgâr rüyası geçti. Tenine bir şey değdi. Kendi görüntüsü ile arasına biri girdi.

YALAN YEMİNCİ

Emekler, gayretler, kendine göre niyetler, cennete göre günlerle; iç bahçenin kıyısına gelip gelip dönmeklerle, içteki sesi sindirmeklerle; hep sebepler, hep tehirler, hep bahanelerle dolu olan bunca sayfa boyunca. Büyük ayartıcı, merakı kışkırttı, akla mantıklı delili üfledi. Vesveseyi kalp evinde doğurdu. Benliğe giden yolda bir gedik açtı. Tende arzuyu tutuşturdu.

Âdem de Havva gibi, bu süre içinde gitti geldi. Sendeledi ama düşmedi.

Amma. Büyük çağrıcı, dirençlerinin ne kadar inceldiğini fark etmişti. Uyanıyı da yasağı da unutmaları ân meselesi. Artık her şey hazırdı. Bir gitseler, bir daha dönüşleri yoktu. Bir düşseler doğrulması olmazdı. Bir darbelik takatleri kalmıştı. Öyle vurmalıydı ki bir daha kalkamasınlardı.

O da canını dişine takmıştı. Soğukkanlılığı kalmamıştı artık. Hırs kör etmişti gözlerini, görmesi yoktu. O da baştan başa kendisine göre gayret kesmişti. Bu gayretle son defa, en zayıf yerlerinden vurdu.

Öyle bir vuruş ki:

Bu kez gizlice değil açıkça vurdu.

Nereden vuruyorsa oradan yara almıştı. Neyi karalıyorsa aklı en çok onda kalmıştı.

Kendini suçlu hissetmese böyle saldırmazdı.

Güçlü olsa böyle vurmazdı.

Bir zümrüt denizinin kıyısında çıktı karşılarına. Bu denizi Âdem de Havva da ilk kez görüyorlardı. Bu kez suskundular; cilveleri bir gül yaprağı gibi kurumuştu. Havva bir şeyler anlatmıyordu dalgın dalgın, Âdem dinlemiyordu. Âdem kelebekler uçurmuyordu omuz başlarından, Havva iki göğsünün arasından pınarlar akıtmıyordu. Kendi içlerine dönmüşlerdi daha ziyade, ne varsa orada duruyordu. Ama yine de sarmaşık ağaçlar gibi Âdem Havva'yı, Havva Âdem'i sarıp duruyordu.

Şeytanın sesi, duyulası bütün sesleri bastırdı. Bu ses artık fırtına uğultusu, kasırga bulutu.

Doğrudan yaklaştı.

Dedi ki:

Ey Âdem'le Havva!

Dediklerimi hatırlayın bir bir. Vaadlerimi hafife almayın.

Feda edilecek ne varsa bu uğurda, çekinmeyin feda etmekten. Dağlar parçalansa gözlerinizi kapatın. Çünkü göze almazsanız hiçbir zaman tam anlamıyla bilemeyeceksiniz.

Isırın, sakın korkmayın. Atın korkularınızı bir tarafa, ısırın artık, dişinizi damağınızı, dilinizi genzinizi sakınmayın.

Bunu derken, eğilmiş dallardan birine baktı. Nefti gölgeli, incecik bilekli ellerini uzattı. Meyvelerden birini çekti kendisine, kopardı. Her parmağı arzu her zerresi iştahtı. Eşi görülmemiş bir hevesle ısırdı. Bakın, dedi. Bakın, işte hiçbir şey olmuyor. Aramızda ne fark var ki bana olmayan size olsun? Eşit bile değiliz. Hani ya siz en üstün olarak yaratılmışsınız. Bir yanı ruh, bir yanı topraktınız. Öyleyse benden daha güçlü daha korunaklısınız.

Ağzının kenarlarından yasak meyvenin yapışkan sıvısı akarken ilâve etti: Melekleşmenin bedeli ağırdır ama melek olmak ancak bu bedeli ödemeyi göze alanların hakkıdır.

Her şeyi bilmek ve sonsuzluk.

Neredeyse Tanrı gibi! Öyle değil mi?

O kadar körlükle açılmıştı ki gözleri, bir adım daha atsa, Tanrı olacaksınız, diyecekti.

Karanlık bir gülüş. Nefes nefeseydi.

Devam etti:

Yemin ederim ki.

Durdu, ekledi;

O'nun adı üzerine yemin ederim ki, hiçbir şey olmayacak.

O'nun adı üzerine inanın bana.

Bu.

Yetti.

Ebedilik vaadi. Ve melek olma özlemi. Ayağı kaydı Âdem'in, bir güzellik yanılgısına düşüverdi.

Bir güzellik yanılgısına düşerken, bir ebedilik vaadine inanırken, O'nun adına içilmiş bir yemine kanarken. Yolları önce meraka, sonra vesveseye uğramıştı. Sonunda ha bire yer değiştiren, herkesin karşısına farklı bir rüzgâr uğultusuyla dikilen meşhur uçurumun kıyısına geldi dayandı.

Toprağında acelecilik, mizacında sebatsızlık vardı Âdem'in. Ahdinde vefasız, varlığında azimsiz ve kararsız çıktı. Ve ki sözdü bu nihayetinde, unutması vardı. Öyle bir unutmak ki bütün bir insan soyu hatırlasındı.

Öyle unuttu Âdem. Kalbinden, zihninden, muhayyilesinden o kadar derin bir girdap, öyle ağır bir cendere geçti ki. Öyle merak etti öyle vesveselendi öyle istedi ki. Hatırlamanın zıddı unutmak. Âdem verdiği sözü hatırlamaya bile korktu. Yolunu kesen sözünü zihninin arka bahçesine itiverdi. Adımlarının önündeki engeli devirdi.

Diyelim ki neticede: Kâğıdın bir yüzü teslimiyet, bir yüzü Âdem'in kendisi. Kendi kendisiyle olan savaşında bir yanının öbür yanına direnci iyice tükendi. Bu güçlü merak, bu baskıcı vesvese, bu önlenemez arzu her şeyi unutturdu. Sonunda Âdem de Havva'sı gibi verdiği sözü unuttu.

Lâkin oruçlu olduğunu unutup suya kanmak gibi değil, kanatları olmadığını unutup da kendini uçuruma bırakmak gibi bir unutmaktı bu.

Âdem, en fazla unuttuğu ânda bile aklı başında, unutması ânında dahi sorumlu.

YASAK MEYVE ISIRIĞI

Yüzlerini çevirdiler yasak ağacın meyvesine. O kadar özlemli o kadar susamışlardı. Diğerlerine benzemiyordu bu gidiş, dönüşü yoktu. O hengâmede Âdem artık korkusuzdu.

Bir adım attı Âdem, cennet titredi.

Keskin, acı bir koku kapladı dört bir yanı, her yerdeydi.

Dallarını, yapraklarını, meyvelerini, güzelliklerini uzatmış yasak ağaç titredi.

Yeşil zümrüt kuşu, kursağındaki su damlacığını gerisin geri döküverdi.

Cennette ne oluyorsa Yer'de de onun gölgesi.

Henüz yaratılmıştı konuğunu bekleyen dünya. Ayak seslerini duydu uzaktan Âdem'inin. Konuğum, sahibim, derken yeryüzü titredi. Bir adım atsaydı Âdem Yer'in üzerinde, toprak ancak bu kadar titreyebilirdi.

Titremek fiiline sığardı ancak böyle bir eylem, dağların kendi üzerindeki gölgesi, suyun kendi üzerindeki rengi titredi.

Ve unutkanlık toprağında hatalarına doğru ilerlerken, attıkları her adımda, o hatayı Yaratan'ın yarattığı arşıâlânın bile içi titredi.

Ruhların Ruhu. Nefeslerin Nefesi. Kalplerin Kalbi.

Arşıâlâ böylesine, bir de Âdem yaratıldığı gün titremişti.

Ortalıkta şeytan filân kalmamıştı şimdi, o sadece kenara çekilmiş, seyirci. İçindeki ses de artık Âdem'in kendi sesi, ta kendisi.

Israrla tekrarladı:

Tat bundan.

Susacak gibi değildi.

Cennetin yasak nimetinden tatmak hevesi bütün benliğini kapladı Âdem'in. İçinde yasağı çiğneyecek gücü buldu. Söz? Nasılsa unutulmuştu. Lâkin böyle bir eylem gözü açık olamazdı. Kapadı gözlerini. Ne olacaksa göze aldı. Sanki hiçbir şey olmayacaktı.

İç bahçenin yollarına daldı.

Dolambaçlı.

Her zamankinden daha sıkıydı iç bahçenin defneleri. Dalları birbirine iyice geçmişti. Âdem onları araladı. Artık ne ayaklarına ne ellerine, ne de diline, dişine, damağına söz geçirebilirdi. Âdem artık Âdem bile değildi.

Yürüdü, tam ortadaki yasak ağaca doğru ilerledi. En fazla sarkmış, en büyük, en ağır, en zengin dalin altında durdu.

Ağacın gölgesi.

Yapraklar saçlarına, sürgünler yanağına dokundu. Başını kaldırdı. Rüzgâr geçti gözlerinin üzerinden.

Dal çiçeklerle, meyvelerle, yapraklarla, yeşillerle, allarla, renklerle, kokularla, camlarla, ışıklarla, hazlarla doluydu.

Uzandı iki eliyle Âdem. Dalı kendisine doğru çekti. En ışıklı, en güzel, en kokulu meyveyi seçti.

Bir temas ânı.

Kopardı.

Yasak ağacın yasak meyvesini eline aldığı ânda Havva'nın da elini kavradı.

Ani bir sevinç düşüncesi geçti içlerinden. Hiçbir şey olmamıştı işte. Bu sevinçle fazla uzaklaşmadılar. Ağacın altına, cennet toprağının üzerine oturdular. Hem yıldızların hem güneşlerin altında, el ele, kucak kucağa, ağız ağıza, diz dize, nefes nefeseydiler şimdi. Yer ve gök de göz gözeydi. Âdem Havva'nın elinden, Havva Âdem'in elinden. Birbirlerine sundular, tattırdılar yasak meyveyi. Ağırladılar, azizlediler birbirlerini.

Büyük ağacın altına ne biri sonra, ne diğeri önce geldi. Ne biri gecikti ne de öbürü acele etti. O ânda Âdem'le Havva ayrı ayrı değillerdi. Ama içlerinde dolaşan da ancak kendileri. Herkes o ânda ancak kendi kadardı. Üstelik arada bir ucu divaneliğe çıkan arzu, Âdem'in Havva'yı, Havva'nın Âdem'i zorlaması vardı.

Ne geldiyse başlarına birlikte geldi. Öznesi çiftti bu cümlenin. Eylemi tekildi. Suç tekti ama işleyeni ikiydi. İkisi ayrı ayrı tadına baktı, ayrı ayrı çiğnedi. Ama damaklarına aynı tat, dişlerine aynı kamaşma aynı ânda yayıldı. Bir bedende iki ruh, iki bedende aynı bir ruh olarak yediler yasaklanmış meyveyi. Kimse kandırmadı kimseyi. Suçu ne Âdem Havva'ya yükledi ne de Havva Âdem'ini itham etti.

Ancak çok büyük bir suçu paylaşanların duyabileceği bir yakınlıkla yakındılar şimdi. Yasak meyvenin tadıyla tatlanan Havva, Âdem kadar suçlu, Âdem kadar suç ortağıydı. Âdem de ancak Havva kadar suçlu Havva kadar suç ortağıydı. Tek nefisten yaratılmış, tek candan ayrılmışlardı. Suç onları birleştirdi. İkisi bir kez daha tek nefiste bir'leşti.

Havva Âdem'e, Âdem Havva'ya önce fısıldadı sonra haykırdı dilinin ucunda dönüp duran kelimeyi. Zahirde ismi vardı. Batında belâydı. Dilinden damağına, dişlerinden genzine yayılan lezzet, cennetteki hiçbir lezzetle kıyaslanamayacak kadar güzeldi. Ama yasağı çiğnemiş olmanın acı tadı da o lezzetin içinden geldi.

Şeytanın yalanında "doğruluk" payı vardı aslında.

Âdem bir ân için kendisini cennetin sakini değil sahibi sandı.

Ama sonsuzluğa en fazla karıştığı o ânda sonsuz olmadığını da anladı.

Ölümsüz olduğunu en fazla zannettiği solukla, ölümlü olduğunu kavradı.

Bir sonsuzluk vehmi. Bitimsiz bir şimdi. Lâkin geçti.

Hazdan acıya, arzudan utanca döndüğü ânda Âdem, henüz cenneti yitirdiğini bilmeden cenneti özledi.

Acıyı bilmiyordu cennet yurdunda, ilk acıyı sonsuzluk vehminde fark etti.

Hissettiği sonsuzluk vehim, duyduğu acı gerçekti.

Masumiyetli bir rüya bilincinden şuura, unutmaktan hatırlamaya geçtikleri o en gizemli ân'ın sonsuzluğunda.

Unutmak hatırlamaktı.

Hepsi de aynı ân'dı. Hepi topu bir ân'dı.

Yutamadılar bile. Boğazlarında kaldı, kokusu burunlarından geldi. Yasak meyvenin tadı, diline damağına yapışıp da Âdem dehşete uyandığında ateşin zorba efendisini, onun karanlığın içine gölge salan kapkaranlık yanını, alev üstünde ateş tarafını ilk kez kendi suretinde kendi şeklinde görebildi.

O.

Kıvrıla kıvrıla yanan dumansız bir ateşti.

Âdem'le Havva.

Bir sürçmeyle bir ayartı arasında. Ne kolay düşmüşlerdi.

UTANIYORUM, DİYEBİLDİ

Arşın kürsîsine hat çekmişti Âdem. Yediği yasak meyve, ilk bakışta tek bir cümle. Ama arşıâlâyı bile düşündürecek bu bir tek cümleyle, bütün bir metin yerinden oynadı. Lâkin cennetin sakinlerinde, göklerden gök beğenen meleklerinde bile, bak gördün mü, diyecek mecal kalmadı. Bir uğultu koptu zihinlerde. Bütün cennet şimdi sadece dehşet içinde.

Girdaplı bulutlar önce yarıldı, sonra birbirinin üstüne kapandı. Hızla ilerleyen nefti bir gölge bütün cennet toprağını kapladı. Aynı ânda keskin bir uğultu koptu. Derinlerden çoğalarak geliyordu ve hiçbir şeye benzemiyordu. Aniden çıkan soğuk bir rüzgâr ortalığı kasıp kavurdu. Cennetin iki büklüm ağaçlarını neredeyse köklerinden söküp atacaktı.

Hepsi de haşirden âyet, alâmet:

Neredeyse cennetin, gökleri yarılacak, yıldızları ışıklarını yitirip sönecek, savrulacaktı.

Dağlar un ufak olup dağılacak, kaybolup gidecek, yürütülüp serap olacaktı.

Güneş karanlığa gömülecek, ay yarılacak, denizler önce kabarıp sonra yataklarından taşacaktı.

Sular yerden fışkıracak, göklerden boşalacaktı. Şiddetli bir sarsıntıyla yarılacaktı yer, daha şiddetlisi ardında duracaktı. Toprak dışarı atacaktı ağırlıklarını.

Ve *zifirden bir zılli mağmum içinde; kapkara dumandan boğucu bir gölgede*... Kelimeler manalarına uymayacaktı. Göklerden gök, dağlardan dağ olarak bahsetmek mümkün değil, kâbus gibi çökecekti gün üzerlerine. Neredeyse cennette kıyamet kopacaktı.

Ki.

İlâhi öfke ân'ın derinliğinde, cennette kıyamet kopmadı.

Ama.

İlk ya da son fark etmez, insan günah işlediğini nasıl fark ederse Âdem de kendi kıyametini öyle fark etti. O zaman anladı artık onlar için geri dönüş olmadığını. Bir kez bu yolda yürüdükten sonra geriye dönülse bile hiçbir şeyin artık eskisi gibi olmayacağını.

Yasak meyve.

Bir kez yiyenin hiç yememiş gibi olmasının artık imkânı yoktu.

Yani bir kez bilince. Hiç bilmemiş gibi? Olmuyordu.

Hatır bu hatırayı daima taşıyacaktı.

Masumiyetin yitiği, bir unutamama hali.

Unutulur gibi değildi.

Yasak meyve: Şuur hali.

Her şey bu şuurla başladı.

Âdem bin yıldır görmezmiş de gözü aniden açılmış gibi gördü başına geleni.

Demek melek değillerdi.

Ama asıl göreceğini, şuurun asıl eserini, asıl eziyetini, kendi kendisine, bedenine, tenine bakınca gördü.

Dehşet içinde kaldı.

Gözleri neredeyse yuvalarından fırlayacaktı. Ayakta duramadı. Olduğu yere çöktü. Kollarını dizlerinin üstünde kavuşturdu. Başını dayadı. Ateş bastı bedenini. İliklerine kadar titredi. Düşünemez haldeydi.

Ama bildiği kelimeler arasından biri de ilk kez o ân dilinin ucuna geldi.

Utanıyorum, diyebildi.

ÖRTÜN BENİ

Bu utancı bir kez duyunca, kilit bir kez kırılıp da, ne var ne yok ortalığa saçılınca. Bir bakışın keskinliğinde aydınlandı her şey. Mahremiyetin cennet örtüsü kalktı. Bir ânda bütün kötülüklerin üstü açıldı. Doğru yanlıştan ayrıldı. Gözlerindeki perde kalktı. Kalkmaz olaydı.

Gördükleri, birbirlerine ve kendilerine bakmalarını engelleyen büyük bir utançtı.

Utanma. Libas-ı fıtrî. İçten gelen giysi.

Açığa çıktı.

Olmasa açığa çıkmazdı.

Çırılçıplak olduklarını fark ettiler çaresizlikle. Üstelik anladılar ki bu ürkütücü çıplaklık yeni de değildi, geçmişten beriydi.

Hep böyle miydi? Bu kadar mı yabancıydı kendi kendisine Âdem, bu kadar mı ikiydi? Demek kendi bedenine bile sonuna kadar sahip değildi; Âdem, Âdem'e bile ait değildi. Beden kendisine ait olsa, gören göz Âdem'in değildi. O kadar ki hiç kimse giremezdi araya. Kendisi bile girse kendisiyle arasına, yabancı gibi gelirdi.

Utanç sadece ikisinin değil bütün bir cennetin üzerine çöktü. Durgun su, bağrına kocaman bir taş düşmüş gibi bulandı. Bir daha da durulmadı. Böyle bir görüntüyü yansıtmasındı, saklamasındı. Ama suydu. Kaderi derinlikti. Gördüğünü hafızasında saklayan sular utandı. Dallar yapraklar utandı. Cennetin kuşları çığlıklarla havalanmaya çabaladı. Oysa kırıktı kanatları. Yeşil zümrüt kuşu, başını kanadının altına sakladı. Konuşkan hüthüt kuşunun bile sesi soluğu kesildi. Masumiyetli hayvanlar yuvalarına sığındılar gün ortasında. Herkes Âdem'le Havva'nın utancının ağırlığı altında kalmıştı. Nasıl olup da cennette kıyamet kopmamıştı?

O zaman; Âdem gibi tepeden tırnağa utanca bürününce, örtün beni, dedi Havva. Gözlerimi de örtün. Ne ben kimseyi göreyim ne kimse beni görsün.

Geceydi bütün günahları örten. Ayıpları yok eden. Ama cennette bir hata yoktu ki şimdiye kadar, gecenin de böyle bir örtüsü olsundu.

Bir kez daha, örtün beni, dedi Havva. Cennetin bütün örtülerini örtünsem, kalbimdeki bu utancın yoksulluğuna yetmez. Bu günahı gidermez.

Toprak olsam. Yok olsam. Örtünmek yetmez, gizleyin beni.

Cennet toprağı da sessizdi.

Nerelere gitse nerelere saklansa bu utançtan kurtulabilirdi? Sapından kırılmış bir çiçek gibi iki büklüm, etrafına bakındı. Cennette her şey kendisine bakıyor sandı. Sırtında ürperti, cennetin gözleri. Işık bile üzerine ağır geldi.

Elinden gelse cennetin bütün hafızasından silecekti kendisini. Ya da ruhunu bedeninden ayırabilseydi. Ne çare! Mümkün değildi.

O acıyla, kendisini elleriyle örtmeyi, kollarıyla sarmayı, saçlarıyla saklamayı aklına getirebildi. Ama elleri hiç bu kadar küçük, kolları bu kadar zayıf olmamıştı. Saçlarıysa, hani Âdem onları hazinem diye okşar, arasına gevherler bırakırdı, meğer ne kadar azdı.

Hiçbir şey bu büyük çıplaklığı örtmeye yetmeyince, duramadılar, bir yerlere sığamadılar. Sırtlarını büyük ağaca dönüp kaçmaya başladılar.

Âdem'in ayağı takıldı derken. Gölgesinde defalarca dinlendikleri söğüt ağacı onu perçeminden yakaladı. Sonra bıraktı. Dallar canlarını yaktı, sarmaşıklar kollarına bacaklarına dolandı, dikenler çizdi ellerini yüzlerini. Dizleri yara bere içindeydi. Düşünmeden, öylece, kendiliğinden, geniş gövdeli, çok yapraklı bir ağacın arkasına, sıkı gölgelerin karanlığına, sık dalların, keskin acı kokulu, sütlü meyvelerin arasına gizlendiler.

Havva dönüp Âdem'e baktı. Sitem yoktu bu bakışta lâkin tere ateşe batmıştı. Bütün bu yaşananlar? Âdem'e kader olsun diye mi bir kalbin altından çıkartılmış, bir eğe kemiğinden yaratılmıştı? Kaderini sevecekti, şu utanmak bir parça yakasını bıraksaydı.

Başını öteye çevirdi. Ne kendisine bakabildi ne Âdem'in kendisini görmesine tahammül edebildi.

Oysa daha önce de çıplaktılar.

Nasıl yaratılmışlarsa o kadardılar.

Utanmaya şimdi neden olan her ne ise, o zaman da onunlaydılar, oydular.

Bakardı Âdem Havva'ya.

Saçına. Göğsüne. Karnına.

Olgun bir meyveye benzeyen ağzına.

Kirli olan hiçbir şey olmazdı. Hazzın yüzü utanca bakmazdı.

Havva o zaman çıplaktı da Âdem'e çıplak gibi gelmezdi. Bu çıplak ten incitmezdi.

Oysa şimdi.

Bir kez daha bakınca Havva'ya.

Saçı. Göğsü. Karnı.

Olgun bir meyveye benzeyen ağzı.

Kadın kadınlığının; erkek, erkek olduğunun farkına vardı.

Aralarında birkaç cennet yaprağı.

O ânda acı meyve kokusu içini yakınca, Havva'nın aklına yapraklar geldi.

Cennetin esenliğini bozmuş olsalar da, yine cennetin yapraklarıyla örtünmeye çalıştılar. Ama ne fayda! Bir parçaları örtülse bir parçaları açıkta kaldı. Çıplak bedenlerini birbirinden saklasalar kendilerine aşikârdı. Çünkü gördükleri, örtünseler de artık hatırlarındaydı.

Birkaç adım attılar. İlk kez sırtlarını ayrı ayrı ağaçlara dayadılar. Bambaşka bakışlarla başka yönlere doğru baktılar.

Şimdi Havva orada Âdem'in bir parçası gibi değil, sadece kendisi gibi duruyordu.

Havva Âdem'inden, Âdem Havva'sından gerçek anlamda o ânda koptu.

O ânda ayrı düştüler birbirlerinden.

Hiç kimse bu közün üzerinde, kendisinden başkasının derdine yanamazdı.

Uzaklaşmış, başkalaşmışlardı.

Bir daha asla eskisi gibi eksiksiz bir bütün, kusursuz bir çift olamayacaklardı. Bir bütün olduklarını ne kadar sansalar da araya hep bir başkalık, yabancılık, lisan uyuşmazlığı katılacaktı: Kendileri.

Farklı ağaçların altında Biz değillerdi. Ben ve Sen'lerdi sadece şimdi.

Bir daha, Ben ve Sen'den farklı, ikisinin kopmaz-parçalanmaz-ayrılmaz yekliğinden ibaret, o üçüncü özne olamazlardı. Yeryüzü lisanlarında karşılığı olmayan o unutulmuş cennet öznesi onları şim'den sonra karşılamazdı.

Ne kadar bir araya gelseler de Sen ayrı Ben ayrı.

ÂDEM'İN ŞELÂLE SUYUNA GİRMESİ

Eti bu kadar sızıyı hiç bilmemiş, bedenindeki bütün uzuvların varlığını Âdem, böylesi şiddetli bir acıyla, bunca sancıyla hiç hissetmemişti. Kemikleri birbirinden, iliği kemiğinden, derisi etinden sıyrıldı sanki. Perçeminde söğüt dallarının zorlu sillesi. Yapraklar yetmedi. Âdem'i şimdi ne örterdi?

O dehşetle, ırmağın kıyısına koştu, büyük yağmur şelâlesinin altına girdi. O şelâle ki Âdem'le Havva'yı havuzunda kaç kez ağırlamış, onların şenliğiyle şenlenmişti. Yerden yükselen koyu bir buhar perdesiyle yüksekten dökülen çisentili bir yağmur sağanağının arasında, mavi ışıklar, gümüşlü sisler, çisentiler, selintiler ortasında. Bir kayanın üzerine oturuverdi Âdem. Ayaklarını bir araya topladı. Dizlerini birleştirdi, dirseklerini dizlerinin üzerine dayadı. Avuçlarını çukurlaştırdı.

Yağmur. Irmak suyu. Şelâle havuzu.

Âdem onca suyun ortasında, dikti gözlerini, avuçlarında biriken suya baktı sadece.

Bu kadar mı gafil olunurdu?

Ağzını cennet suyuyla çalkaladı, ellerini cennet suyuyla yıkadı. Gözyaşına, hıçkırığa, haykırışa, dolup da boşalmayışa karışan bir ırmak suyunda tepeden tırnağa, yıkandı.

Suyun içinde içi yandı.

Öyle bir yanmayla yandı ki, cennetin ağaçları neredeyse tutuşacaktı.

Rabbim, dedi, ey cennetin Rabbi, ey cehennemin Varedicisi.

Cennetinde bu kadar yanıyorsam cehennemin nicedir?

Korku düştü içine. Ateşe benziyordu.

Öyle bir korku ki anlatmanın imkânı yok. Anlatabileceği tek kişiydi Havva. O da aynı korkuyla korkuyordu.

Avucundan akan suları sessizce izledi.

Söyleyecek sözü yoktu.

İsimler her şeye yetmiyordu.

Şeytan? Daha ilk bahsinde kazanmıştı.

Âdem en çok da daha kendisini görmeden, soru suretinde şüphe etmiş olan melekleri haklı çıkarmış olmaktan utandı.

Kazazedeydi Âdem. Lâkin asıl acıyı Rabbinin rızasını kaybettiği için çekti. Şimdi. Hicabı Âdem'in, kendisinden razı değilliği.

Olanlar olmadan önce, yüzünde Rabbin rızasının izleri. O zaman parlaktı Âdem'in yüzü ve Rabbinden ona sözlü bir selâm gelirdi. Muhataptı. Biricikti. Buydu asıl safiyeti mutluluğun. O'nun cemâliyle arasına perde girmezdi.

Cennet cennet, dedikleri bir bahçeydi nihayetinde. Âlemlerin Rabbi kendi güzelliğinin yansıması olarak orada görünmeseydi, cennete kim kıymet verirdi?

DOKUNUŞ

Dehşetle açılmış gözlerine sinmiş pişmanlıkla. İlâhi kalpten sürgünlüğün azabıyla. Ne olacağının, o kalbe bir daha hiç mi giremeyeceğinin korkusuyla. En fazla da, sevilenin içinde kırılan yerin sevene armağan ettiği o büyük utançla, yani kendini kınamayla, başını önüne eğdi Âdem. Üzerinden ne kadar zaman geçti? Bilmedi.

Sonunda şelâle suyundan çıktı. Gidebileceği tek yere sendeleyerek gitti. Altında yaratıldığı filbahri ağacının geniş gölgeliğine sığındı. Gövdesine sarılmak, başını göğsünde saklamak için ağaca doğru bir iki adım attı. Yapamadı. Olduğu yere yığıldı. Utanç içindeydi hâlâ, uzanamadı, gösteremedi gövdesini, kıvrıldı.

Sorsalar şimdi, Kelimelerin Emanetçi Efendisi ne kendi ismini ne de Havva'nınkini hatırlayabilirdi. Başlarına gelenin ne olduğunu henüz tam anlamıyla anlayabilmiş değildi. Anladığını bile henüz kelimelere çevirememişti.

Neden sonra kimbilir hangi büyük meleğin kanadı usulca sırtına dokundu. Âdem bu dokunuşla kendine geldi. Başka dokunuşlar gibi değildi. Bakışına, duruşuna çekidüzen vermek istedi. Güç belâ doğruldu. Çok geçmedi. Bir ses duydu ve çok korktu.

Çünkü ses kendisinindi ama konuşan Âdem değildi. Kalbine doldurulan bilgiyi kendi sesinden ama kendisine ait olmayan kelimelere çevirdi. Ürpertiler içindeydi.

Gözleri bir noktaya dikili. Âdem kendi kendisine hitap etti:

Oku, dedi zihnindeki Kelimeler Kitabı'nı, tanıklık eden parmağını kımıldattı, esma gününde ileri geçemediği sayfaları işaret etti.

Kelimelerin ağırlığı Âdem'i titretti. Altında durdukları filbahri ağacının gövdesi, bir kez daha ter damladı, sonra dayanamadı boydan boya çatladı, en sonunda yarıldı. İnsanın kendisini bilme, kendi anlamına erme ânına tanıktı.

Âdem'in zihnindeki Kelimeler Kitabı'nın kapalı sayfaları da ilk kez o ânda açıldı. Âdem esma gününden kalan bulanık hatıraları, bir görülüp de bir unutulmuşları, ismi söylenmiş ama yaşanmamışları, sisli sayfaları ilk kez bu kadar aydınlık buldu önünde. Kelimelerini ayrı ayrı değil, bir bütün olarak fark etti. Hepsinin oluşturduğu o muazzam cümleyi bir araya getirdi, cem etti. Kıraat etti. Sayfaları çevirdi.

Birer isim olarak, Şuur'u, Mantık'ı, Akl'ı, Hürriyet'i, Seçme'yi, Tercih Etme'yi kolaylıkla geçti, İrade'ye geldi. Ama sıra İrade'ye gelince, sayfalarını en açık, kelimelerinin tamamını bir arada gördüğü o ânda Kelimeler Kitabı'nın bulanıklaştığını da fark etti. İrade, bu kitapta Âdem'in yarı kapalı yarı açık olarak görebildiği son kelimeydi. Ruh'a, Kader'e, Kaza'ya sıra bile gelmedi.

Yine de kendi irade'sini seçti Âdem, küçük harflerle yazılmış. O da büyük harflerle yazılmış İRADE'nin içindeydi.

Okudu:

İRADE içinde ama yine de irade'ydi.

İrade'ydi ama yine de İRADE'nin içindeydi.

Ve ki irade İRADE'yle çelişik değildi. Uzlaşıktı, birleşikti.

İRADE'nin içindeki irade: Gayret ve Niyet'ti.

O da Rahman'ın nefesi.

Öyleyse İRADE İRADE'nin içindeydi, İRADE İRADE'nin üzerindeydi. Hepsi de İRADE'ydi.

Bu muammanın nasılına niçinine akıl yetirmeye çalışırken, satırları izlemek, sütunları inmek, sayfaları geçmek için acele ederken, Âdem, harflerin iyice silikleştiğini, sayfaların tümüyle karardığını, kelimelerin yok olduğunu fark etti.

Sonrası sır, sonrası dokunulmazdı.

Sonrası Âdem'e karanlık, hele benîâdem'e kapkaranlıktı.

Senin bilme sınırın şimdilik buraya kadar, daha ileri geçemezsin. Daha fazlasına güç takat yetiremezsin.

En fazla bunu okudu.

İçini büyük bir bilmezlik duygusu kapladı Âdem'in. Bilmek, kavramak, kelimeye çevirmek, isimlendirmek isteyen insan yanıyla büyük bir eksiklik hissetti. Ama bu duyguyla da sınırını, hacmini, muhtevasını, gücünü ve güçsüzlüğünü bildi.

Bilmezlik duygusuyla en fazla dolduğu o ânda bildiği şeyi de hissetti. Demek bilebileceği son kelime Bilinmezlik'ti. Bir Bilinmezlik kelimesini söyleyebilmek için esma taliminin gözdesi bunca kelime bilmiş, bunca isim söylemişti. Belli ki o ilimden kendisine verilen *az bir şey*'le yetinecekti.

Ama Âdem, bilgisinin ulaşabildiği son sınır çizgisinde, aklının son devinimiyle aklını sınır dışı ederken, kendisine verilen isimlerden birinin, verilmeyen bütün isimlerin yerini tutması gerektiğini de düşünebildi. Kalb'i öyle seçti. Aklına sığmayanları Kalb'inde bir araya getirdi. Kelimeler Kitabı'nda Yaratan'ın ismi, Kalb'in içindeydi.

Son bir ân, Âdem, İyilik ve Kötülük bahsine bakabilir mi, merak etti.

Garip!

İyilik ve Kötülük'ün bir kısmı karanlık sayfaların arasında, Kader bahsinin içindeydi. Ama diğer yandan İyilik ve Kötülük, Âdem'in Kelimeler Kitabı'nın ilk iki kelimesiydi.

DİYEBİLİRDİ. AMA DEMEDİ.

Gaflet mi evveldi, isyan mı? Unutmak, ayağı kaymak mazur kılabilir miydi gerçekleşmiş gerçeği? Takdir Eden bilir. Ama Âdem kendisini bildiği için sorumluluğu da kimsenin üstüne atmadı. Kabullendi, üzerine aldı.

Bana bu kelimeleri Sen verdin.

Sonra beni bu kelimelerle itham ettin.

Beni topraktan yarattın, hamuruma nefsimi kattın. Sonra tuttun beni nefsimle sınadın. Hevesli kıldın da beni, heveskârlığımı suçladın.

DİYEBİLİRDİ. AMA DEMEDİ.

Sen yarattın bizi, Sen çizdin bu kaderi.

Kaderim böyleymiş, elimden ne gelirdi?

İsyan ettimse de Sen ettirdin.

Halim buysa da sebeb-i halim Sendin. Söyle! Başka ne yapabilirdim?

DİYEBİLİRDİ. AMA DEMEDİ.

Ben kendimi o yasak ağacın altında buldum. Adını Sen sınav koydun. Düşmekten başka yolum, yasak meyvenden başka azığım yoktu bu oyunda. Bunu Sen de biliyordun. Oyunu sen kurdun. Ben sadece oyuncuydum.

Yürüdüysem de Sen değil miydin yürüten? Öyleyse beni suçlaman neden?

DİYEBİLİRDİ. AMA DEMEDİ.

ÇÜNKÜ: Filbahar ağacının altında, büyük meleğin cümlelerini sese çevirdiği, zihnindeki Kelimeler Kitabı'nda İrade'den öteye geçemese de Kalb'e kadar gelebildiği o kendini bilme ânında, içindeki Rahmanî nefesin de anlamını bilmişti.

Kendi içindeki ruhumdan'lığın, yani ki O değilse de O'ndanlığın bilgisine ermişti.

Bu fark edişle, bu bilişle sorumluluğu kendi üzerine alırken, O'nun kendisine kattığı nefesin eylem gücünü de yüceltti. Bu yüceltmeyle kadrini kıymetini, oyuna rağmen oyunculuğunun sebebini hikmetini bildi.

Yine de Âdem'di. "Akletmeye" devam etti. Hepsi de soru çekimindeydi:

O Rahmani nefesin kendisine verdiği gücün eylemiyle, eylemin gücüyle; Âdem mi atmıştı adımını?

Olacak olanın olmadığı bu oluşta Rahman, kendi adımını bilir gibi mi bu adımı bilmişti?

Öyleyse kimse kimseye zorla bir şey mi yazmamış, bir şey mi çizmemişti?

Kendisine önerilen dümdüz yolda yürüyebilseydi, bütün bu yaşadıkları görülmemiş bir rüya olarak mı kalacaktı? Sadece Alîm Allah'ın ilminde mi var olacaktı?

O yol ayrımında Âdem biraz durmuş, beklemişti. Kendisiyle cebelleşmiş, sendelemişti. Düşmüştü sonunda, ayağı kaymıştı. Ama en fazla düştüğü ânda bile özgürdü, öyleyse o mu seçmişti o mu istemişti?

Sonu yoktu düşünmenin. Sorular sel sağanak. Başını çevirdi Âdem. Belli ki yasak ağacın altında ne tamamen mecburdu ne tümüyle başına buyruktu.

Boydan boya yarılmış filbahri ağacının gövdesinden geçirdi elini.

Bıraktı akletmeyi.

Alîm olan O'ydu, o kendisine talim ettirilenle yetindi.

SEBEBİ BAHANESİ

Suçlayabileceği tek kişi vardı şimdi. O da büyük ayartıcının alev ateş gölgesi. Nefti gölgeli, uzun parmaklı, ipincecik elleri.

Âdem onun da üzerinden geçti gitti.

İlk masumiyetinde, ilk hatasında bile, ayartı ne kadar güçlü gelse de, ayartıcının zorla bir şey yaptıramayacağının bilincindeydi.

Bana bunu o yaptırdı, demedi.

Sığınacağı yere sığınmak istemedi. Bildi ki kötülüğün sebebi yok sadece bahanesi var ve şeytan kötülüğün sebebi değil bahanesiydi. Çelişki? Yo! Bir burgaç gibi içinde içine dönen, dışından dışına savrulan bu çözümsüzlük, çözümün ta kendisiydi.

Ben yanıldım, dedi. O çağırdı ama giden ben'dim.

Öznesine Havva'yı dâhil etti.

Biz ettik kendi kendimize edeceğimizi. Bize kimse etmedi bizim eylediğimizi.

Bu cümlenin eylemi de eyleyeni de biziz. O çağırdı biz gittik. Gafildik. Kendimize biz zulmettik.

Söz buraya gelince, Zulm'ün tanımını da Kelimeler Kitabı'ndan buldu çıkardı. Tanık tutulduğu kendi yaratılışının merhalelerini hatırladı. Hamuru ahenk ve düzen üzre yoğrulmuştu Âdem'in. Ve insan olan ancak kendi doğasındaki ahenkte, düzende, güzelde, iyilikte dinlenebilirdi. Oysa; insanın kendi doğasına aykırı davranışı. Kendi kendisine yabancı kalışı. Kalbin kendini inkârı. Hiç ummadığı yerden yara alışı. Hiç ummadığı kadar zalimce yaralayışı. Kınadığını kendinde tekrarı. Bir yanıyla en güzel olanın hemen ardından en çirkin olması. En güzeli yaşatanın en korkuncu tattırması. Yasak meyvenin tadına bakışı hasılı. Başkaldırışı.

Zulüm, başka neydi ki?

Âdem bu kördüğümü çözdüğü o kıldan ince, kılıçtan keskin, bıçağın sırtında. Sonu yoktu bilmenin, bir kez daha kendisini bildi. Bir kendisi bir de Rabbi bilirdi.

Kaderi düşmekmiş? Düşmekle kalmadı.

Kalkmaya çalıştı.

Koşmadı kaderine. Kaderinden kaçtı.

Niyet ve gayret: Kaderin anlaşılabilir anlamı.

Niyeti halis gayreti yüksek çıktı Kudret'in iki eliyle yarattığının. Yaratan yarattığından bir kez daha hoşnut kaldı.

Büyüktü hataları. Ama. Ama'sı vardı. Bu kitapta Tevbe vardı Af vardı.

Asilik eğer başkaldırmaksa, başkaldırışıyla Âdem'in şeytandan ne farkı vardı?

Biri savını ispat etmek için kıyamete değin direnirken diğeri affın kapılarına, tevbenin mısrasına sığındı.

Fark tevbede. Geri dönmede. Ne dese ne demese de, affet, diyebilmekte.

Edepli durdu Âdem'le Havva.

Hatada ısrarlı olmadı.

Tevbeydi. Pişmanlıktı.

Gözyaşı? Daha fazlası nasıl aksındı?

Nasıl af dilenirdi, tevbe edilirdi?

Hiç olmamış gibi olabilirdi?

Elin yasak meyveye uzandığı ânın bir ân evveline dönülebilirdi? Her şey silinebilirdi?

Yo! Geri dönmek yoktu bu serüvende. Bu serüvenin çizgisi üzerinde ancak ileri gidilebilirdi. Ama düzdü yol. Düz yolda düşen erken kalkabilirdi.

Bu yüzden hatanın dönülebilir ucunda Âdem ve onun Havva'sı hâlâ, şerif değil eşreflerdi.

AFFET YAKARIŞI

Yerinden doğruldu Âdem. Gövdesi boydan boya yarılmış filbahri ağacının gölgeliğinden çıktı, şelâle suyuna yaklaştı. Saçlarını, bileklerini ıslattı. Göğsü hâlâ sıcaktı. Neden sonra kaldırdı başını. Denizler gibi akan göklere de avuçlarında biriken suya baktığı kadar baktı.

Gözlerini yumarken kelimeler döküldü ağzından bir bir.

Hatakârların bu ilki, cennet suyunun kıyısında iç parçalayan bir yakarışla yakardı.

Dedi ki: BENİ AFFET!

Bütün söyleyecekleri aslında bu iki kelimeydi. Ne söylese daha ileri geçemeyecekti.

Ama o devam etti.

Çok pişmanım, diye inledi.

Böyle bir pişmanlığı kıyamete değin hiçbir âdemoğlu bilmeyecekti.

Rabbim, dedi, benim Rabbim. Yani kulu olduğum.

Benim, dedi, benimsedi. Sahiplendi, inkâr etmedi. Benlik meramı gütmedi. Senlik-benlik davasına düşmedi.

Yaratan'ıyla arasındaki bağı reddetmedi. Örtmedi üzerini, gösterdi. Ruhunu O'nun ruhuna, adını O'nun adına raptetti.

Devam etti:

Ey gelmişin ve geleceğin Rabbi,

Ey isimlerin sahibi,

Ben ayağımın nerede sürçtüğünü, ben hatamı, ben yanılgımı adımı bilir gibi biliyorum.

Ben bin kerre kabul ettim kabahatimi. Sen bir kere affet.

Tevbe bir bilinç hali. Bir ilgi eki. Ben hatamla da Senin dairendeyim. Hâlâ Sana ait hâlâ Seninim.

Tevbemi kabul et. Af duama icabet et.

Sözünün daha başında nefesi tıkandı.

İki üç kelimeyi daha hatırlayabildiği yerlerden buldu çıkardı.

Bir şeyler daha demek istedi Rabbine. Onlarla hitaba devam etmek. Af dilemek, tevbe etmek.

Ama diyemedi. Diyebildikleri de yetmedi.

Kelimeye döndü. Ey kelime, dedi Âdem, hacmin neden bu kadar dar?

Kelime ne yapsındı, boynunu bükmüş bir köşede duruyordu. Kendi içine kıvrıldı. Yeşil zümrüt kuşu da o ânda geldi, bir dalın ucuna kondu. Kanatları düşmüş, tüyleri matlaşmıştı. Mahzun bir yürekle cennet arkadaşını dinlemeye başladı. Âdem yalvadıkça, yeşil zümrüt kuşu gözyaşlarını akıttı.

Rabbim, dedi Âdem, Senden af dilemeye bildiğim kelimeler yetmiyor, bana yenilerini ver.

Âdem'in kalbine ondan sonra indi tevbenin suret-i hali. Rabbi ona yeni kelimeler verdi. Belli ki Seslerin Sahibi'nin katında, Âdem'in yakarış sesi sevilmişti.

Âdem bu yeni kelimelerle, hatasının da tevbesinin de üzerinden yepyeni bir tefsirle geçti. Yakarışını, ellerinin parmaklarında önce tek tek saydı, sonra vaz geçti. Kendisini içinden gelen cümlelere olduğu gibi terk etti. Kalbinden koptuğu gibi, diline geldiği gibi söyledi. Kaldığı yerden, pişmanlık halinin hikâyetinden devam etti. Bir kere yanılmıştı kırk bir kere düzeltti.

***

Ya Rabbi, dedi, çok pişmanım. Ama enseme bir fısıltıyla sokulup sesini kulağıma yapıştırdığında, o ses derin suların altından gelen tatlı ezgiler gibiydi. İşitmemek, işitip de kulak kesilmemek mümkün değildi. Öyle güzeldi. Kim olsa dayanamazdı, benim gibi kulak kesilirdi. O sesle içime girdi.

Ama yine de. Zorla bir şey yaptırmadı ki bana. O söyledi ben dinledim. O gösterdi ben eyledim. Keşke hiç işitmeseydim. Keşke yer ile gökler kadar mesafe olsaydı aramızda, onun yanına hiç gitmeseydim. Büyük ağacın altında onunla karşı karşıya gelmeseydim. Yanı başımda durmasına, yüzüme bakmasına izin vermeseydim. İçimde uyuduğundan benim bile haberim olmayan o şeyi uyandırdı. Uyanmasına izin vermeseydim. Kendi içimde ne taşıdığımı görmeseydim.

Ağır geldi gördüğüm. Gördüğümü sevmedim.

Ben bu değilim.

Ey Alîm Rabbim, bilinenin bilinmeyenin, bilenin bilmeyenin yaratıcısı.

Sen ki her şeyi bilensin. Her şeyi gören ve işitensin. Benim niyetimi benden daha iyi bilirsin.

Sen ki kaderleri yazan, yazgısı içine düşmüş kalpleri okuyansın, ben ki en fazla ve sadece Sana malûmum.

Mizacıma, hamuruma neler kattığını. Nedenimi nasılımı. Çamurdan bir bedenle ilâhi nefes arasında durduğumu. Yaşanmış evvelim gibi yaşanmamış sonumu da Sen bilirsin.

Geçmişi ve geleceği aynı ânda konuşturan lisanınla bilirsin ki içimin Sana başkaldıran bir yanı yoktu benim. Gövdesinden hoş kokulu yağlar süzülen cennet ağaçları, şu dalın üzerindeki yeşil zümrüt kuşu tanık ki ben o vaade cennet diye, cennet diye aldandım. Sana daha çok varmak için Senden saptım. Eylemim şerdi ama niyetimde halistim. Senin adını sahte bir imlâ içre anabileceğini bilemedim. Böyle bir yüzle daha önce yüz yüze gelmiş değildim. Böyle bir göz görmemiştim. Gözlerim bağlıydı, tuzağı göremedim. Ama ilâhi nefesi taşıyacak güçte yaratılmış olan da bendim. Yani görebilirdim.

Öyleyse bu hesapta ben yanıldım.

Bu ağır yükü sırtıma ben kondurdum.

O çağırdı ben uydum.

***

Rabbim, Sen benimle ezelde ünsiyet peyda ettin.

Bir ayna kıldın beni, döndün, o aynadan kendine nazar ettin.

İsimlerini paylaştırdın cümle âleme de bütün isimlerinin yek-cümlesini bende söyledin.

Sen ki bana ruhumdan, demiştin. Melekleri, manamın önünde secdeye davet etmiştin.

Sen. Beni bana emanet etmiştin.

Ama ben. Emaneti koruyamadım.

Ama yine de ben. Gördüğümden hiç vazgeçmedim.

Bir kez sürçtüysem de hâlâ o ben'im.

O vakit o kadar çok şey idiysem, nasıl olup da şimdi hiçbir şeyim?

Canımı alsan, şu ölümlü bedenimi, çamurdan tenimi çıkarsan aradan benden geriye Senin nefesin kalır. Peki ben, varlığımdan hoşnut olmayım mı?

Sana kul ama Senin yarattıklarına üstün olmayım mı?

Bu üstünlüğüm hatırına.

Beni affet.

Ey Kelîm, ey Kelimelerin Sahibi,

Yaratan'ın ismi en büyük isim.

Yaratılanda Yaratan'ın ismi.

Senin isminin hatırına.

Bana verdiğin isim aşkına. Benim adıma. Senin adına.

Beni yaratan Sensin.

Sen. Kendi hatırına.

Rabbim hoş gör beni, yarattığını. "Yaratanımdan ötürü" beni bağışla.

***

Her şeye razıyım:

Cennetteyken daha içime düşen şu amansız kedere.

Anlamlarını ilk kez çözdüğüm şu kötü huylu kelimelere.

Hatta Havva'dan ayrılığa. Hatta cennetten sürgünlüğe, yitiğe, düşmeye.

Ama benim içime koyduğun Senden yanımla, yani yaratılmış olanın da Yaratan üzerindeki hakkıyla.

Şuna razı değilim ki kalbimin Senden haber alan kısmını kapatma. Beni Sensiz bırakma.

Ey Âlemlerin Rabbi, ey benim Rabbim,

İster sürgün et. İster kov, gönder bahçenden. Ama beni Senden gönderme.

Cennetinden düşürürken gözünden de düşürme. Kendi rızan için, benden vazgeçme.

Ne edersen et. Ama beni kendine dâhil et. Kendine merhamet eder gibi bana merhamet et. Sonra dön bak yarattığına, bir filbahar ağacının altında yarattığın günkü gibi kabul et, onu öylece affet.

Benim kalbim Senin nazarın. Bana bir nazar et.

Bulmuştum kaybettim.

Rabbim, Ey Âlemlerin Rabbi. Ben de Senin âleminden değil miyim?

Beni affet melek değilim.

Affet, diyorsam hâlâ Seninim.

Tanrım, ben şu kutsal ruhla, şu toprak bedene nasıl sığayım?

Şu yolda taş olsaydım, sarsılmaz kıpırdamazdım. Şaşmaz sapmazdım. Ama affet, insanım.

Ey âlimlerin Alîmi. Zamanın Sahibi.

Ey tevbekârların Tevvâbı.

Sen affı seversin. Rahman ve Rahim olan adınla, gaflete merhamet edersin.

Bana verdiğin kelimelerden okuyorum ki Sen, Sen'den dönenlere bile geri dönerlerse gel, diyeceksin. Altından buzağıya tapanları bile eğer af dilerlerse, affedeceksin.

Kıyas değil ümit. Beni de affet.

Ben kendimi affetmesem bile Sen beni affet.

***

Sözün ucu sabaha varınca Âdem'in ağzı dili kurudu.

Bildiği kelimeleri de unuttu, bu hikâye içinde iki oldu.

Yaş geldi gözünden. Kaldırdı başını göklere. Kelimelerim tükendi, dedi. Onların yerine şu gözyaşlarımı kabul et.

Düştüm, düşmüşlüğüm kimsenin değil benim yanılgımın eseri.

Düştüm. Düşenin dostu Allah. Tut elimden kaldır beni.

AFFETTİ

Avuçlarının içini göklere çevirdi. Yaseminler dökülmedi parmak uçlarından ama yüreği avucundaydı.

Kimbilir ki o halde ne kadar kaldı?

Baki Allah,

Rahman Allah,

Sübhan Allah.

Ya Allah, dedi sustu.

Öyle bir Allah, dedi ki Âdem, Azam isminin sahibi hoşnut oldu.

Hatasıyla asi, tevbesiyle kuldu Âdem. Başeğişi, başkaldıracak gücü de içinde taşıdığı için bunca muteberdi. Ve Âlemlerin Rabbi, isyana gücü olanın itaatini, bir kez gitmiş olanın dönmesini, affet yakarışını çok sevdi.

Hepi topu bir meyve ısırığı. O da kamaştırıcı bir lezzet. Bir buruk tat damakta. Yarım yamalak. Yutamamışlardı bile, boğazlarında kalmıştı. O kadar erken uyanmışlardı ki safiyetti bu hataya en uygun kelime. Bütün cennet saltanatlarının yanı sıra, çocuklardı. Bir rüya bilincinde kabahatleri bile masumdu.

Üstelik dünya çoktan yaratılmıştı, göklerin çatısı çatılmış, çivileri çakılmış, arzın yüzü döşenmiş, uzatılmıştı.

Âdem'in yolculuğu alnına ezelden karalanmış, takdirin kalemi hatayı çoktan yazmış, mürekkebi kurumuş, kâğıdı katlanmıştı.

O ikisi ilâhi emre karşı çıkarken bile ilâhi yazıya uymuşlardı. Hani, iradeydi ama İRADE'nin altındaydı.

Allahuâlem ki; fikretmenin sonu yok, bu kapılar kapıkullarına kapalı. İşledikleri suçun sırrının bir kısmı hikmetiyle hükmeden Tanrı'da kaldı.

Rab öfkelendi bu temsilde. Öfkesi temsilin gereği.

Tebessüm etti. Tebessümü gerçekti.

Yani: Rahmeti gazabını geçti.

Özündeki Rahmet ismiyle gaflete merhamet etti.

Affetti.

Öyle bir kabul olundu ki Âdem'in tevbesi,

Bütün insanlar için açık duracak bir belâ defterinin en başında duran kabahati affolundu.

Besbelli, af, yaradılış kitabının daha ser-namesinde duruyordu. Sözde değildi kendisine verdiği isimler, Tevvâb olan, tevbekârı duyuyordu.

Beden bile değişirken. Yenilenirken.

Acı pişmanlıkla aslına dönen ruh nasıl aynı kalabilirdi?

Ruhun mucizesi: Yenilenmesi. Hiç olmamış gibi olabilmesi. Sözleşme ânının safiyetine dönebilmesi.

Velhasıl:

Yaratan, bu hatayı, yazıcı meleklere unutturdu, içinde işlenen bahçeye, meyvesinden yenen ağaca unutturdu. Kabahati işleyen beden Âdem'indi. Tanıktı Âdem'in dili damağı, dişleri. Âdem'in uzuvlarına unutturdu.

Af, tanıklıkların ortadan kalkması.

Artık kıyamet gününde tanıklık edecek tanık yoktu.

Silinmişti, Âdem'in artık kabahati yoktu.

Âdem'in âdemliği kabahatle başladı, bilmekle biçimlendi, zehir menzillerinden geçti. Arınmakla tamamlandı. Afla mühürlendi. Suyla yoğrulmuş toprak bedeni hamdı Âdem'in, ateşlerde yandı, pişti.

O zaman, getirdiler, cennetin zemini akanyıldız bezemeli atlas örtüsünü, üzerine çekti. Sabah vaktinin lâciverdi. Akşamın tazeliği. Âdem'in örtündüğü ancak kendisine yetebildi. Bir adım atabildi. Sıyrılan bulutların arasından ışığın parladığını yapraktan değilse de gölgeden okuyabildi. Güneşe değilse de gölgeye bakabildi.

Sendeleyerek birkaç adım daha atabildi.

Ceylânların, mavi gagalı kuşların, turuncu gölgeli ağaçların, altın rengi derin uçurumların, süt ve bal ırmaklarının, incilenmiş köşklerin kendisine bakmasına tahammül edebildi.

Üzerinden önce bir yıkım sonra bir af geçmişti.

Kalbinin üzerinden o büyük ağırlık kalktı.

Çilenin sonuna geldiğini anladı.

Uyumamıştı ama kâbustan uyandı.

Bundan sonrası? Âdem'in yolculuğu.

Şimdi bir filbahri dalının altında gözlerini açtığı günkü kadar masumdu.

DÜŞME

Cennetin bütün yaratılmışları. Âdem'le Havva'nın utancının ağırlığından, ayıbının dehşetinden daha kurtulamamışken. Bu büyük isyanı unutamamışken. Ama affet yakarışını dinlemiş ve Âlemlerinin Rabbi'nin affettiğini de bilmişken. Ferahlamışken.

Çok geçmedi. Uğultu dindi, gölgeler seyreldi, karanlık hafifledi. Belli ki kelâm inecekti cennet sakinlerinin üzerine, ilâhi hitap işitilecekti.

Hitabın haşmetinden, kalbine inen azametten Âdem öyle ezildi ki gözlerini kapadı. Ateşler içinde kaldı. Dizlerine kadar cennet toprağına battı. Duyduğu ses daha evvel duyduklarından bambaşkaydı. Aslında ses aynıydı da Âdem'in duyuşu başkaydı.

Azap etme değil azarlama vardı bu hitapta. Sonsuz ceza değil, kaderin hükmü gerçekleşirken, vasıtasız aracısız son bir kınama. Ses sese katılırken, son bir hatırlatma, uyarma.

Azamet zamiriyle Biz, deniyordu.

Bundan sonrası: Meydan-ı kaza.

Önce başlangıcı duyuldu cümlenin, emir kipindeydi: *İnin.*

Arkasından asıl kısmı geldi: *Düşman olarak yaşayın.*

Hükmü tamamlandı: *Ve dünyada bir süre kalın.*

Yankılanan cümlenin öznesi çoğuldu. Görünürde Âdem'le Havva'ya hitap ediliyordu. Ama belli ki bu çoğulluk Âdem ve Havva'dan çoktu. Böylece Âdem ve Havva'dan çıktı iki özneli hikâye. Bütün insanların hikâyesi oldu.

Demek cennet burada bitiyordu.

Yerler gökler sustu.

Bahçeydi seçilmişliğin alemi, alâmeti.

Öyle büyüktü ki kaybı Âdem'in, insan neslinden hiç kimse bir daha bir cennet kaybetmeyecekti.

İkisi, başları önlerinde, yine el ele, suçlu çocuklar nasıl yürürlerse. Öyle.

Çıktılar cennetten.

Her şey geride kaldı.

Bir büyük kabahat ve bir utançla fark etmişti insan oluşunun sırrını Âdem. Bir acıyla sürgünlüğünü başladı.

O ikisinin çıkışıyla birlikte bütün bir insan soyunun önünde cennet yolu açıldı. Hayret! Bu çıkış, daha çok insan cennete girsin diye mi, düşünemediler bile. Esenlik dilemeye, veda etmeye, son bir kez meleklerle göz göze, yeşil zümrüt kuşuyla yüz yüze gelmeye de vakitleri olmadı.

Yola çıkmadan önce Âdem, dönüp geriye son bir kez baktı. Bulutlar dizi dizi. Yaslı filbahar ağacı. Sanki cennet her zamankinden daha güzeldi. Kulaklarında ilâhi cümlenin yankısı: Onlar düşecekti. Bu bahçe burada böyle kalacaktı.

Çok acı! Çok acı! Gözü geride kaldı.

Havva ise omuzları bir araya toplanmış, boynu bükük, başı yerde, gözleri minicik ayaklarının ucunda. Nereye gittiğini bile bilmeden, yürümek değil sürüklenmekti bu. Gözlerinden yaşlar süzülüyordu. Saçları alnına yapışmış, güzel burnu kızarmış, ıslanmıştı. O da son bir kez dönüp geriye bakmak istedi. Başını çevirdi. Ama öyle telâşlıydı ki, saçlarının arasındaki çiçeği düşürdü yere, fark bile etmedi. Havva gitti. Arkasında mavi bir suçiçeği kaldı. Meleklerden biri, aldı onu. Hani, Havva'nın yaratıldığı gün, seyrettiği güzellikten geriye, kalbinin üzerinde bir sezginin hüznü kalmıştı.

Büyük yalnızlığın korkusu evvelâ Havva'nın içini sardı. Gözünü açtığında Âdem'i görmüştü karşısında. Onsuz yaşayamaz, yaşamak ne kelime, adım bile atamazdı. Etrafına bakındı. Oradaydı. Kadın sezgisiyle, arkalarındaki büyük kapının kapandığını, önlerinde çok ama çok bilinmez bir yolun açıldığını hissetti. Ama uzun bir yol arkadaşlığı yapacaklarını düşünürken bile ne kadar uzak bir yere gideceklerini tahmin edemezdi.

Yol?

Daha yeni başlamıştı.

Ve, soluğunu enselerinden hiç çekmeyecek, eksik etmeyecek biri. Yanıbaşlarındaydı.

Bir cennet ömrüne musallattı.

CENNET AZIĞI

Her düşüş ya bir kopma ya da kovulma.

Her kovulan ya da kopan telâş içinde bir şey alıyor ya yanına. Onlar da bu hatıra hikâyesinden yanlarına bir şeyler almak istediler. Hepsi de temsil, hepsi de mecaz. Ama meleklerle, yeşil zümrüt kuşuyla bile vedalaşamadıkları. Gözlerini, ağızlarını cennet suyuyla son bir kez yıkayamadıkları bir zamansızlıkta, beklenmedik bir ayrılışta, böyle ani bir hazırsızlıkta. İnsan olan yanına neyi alabilirdi? Beraberinde neyi götürebilirdi?

Üç şey seçtiler cennetten çıkarmak için:

Bir: Kelimeler.

İki: Aşk.

Üç: Annelik duygusu.

Kelimeleri Âdem yanına aldı, annelik duygusunu taşımak Havva'ya kaldı.

Ama aşk çok ağırdı.

İkisinin de, aşkı tek başına taşıması mümkün olmayınca, ikisinin zembili de aşkı bir başına kaldıramayınca, bölüştüler yükü. Yarısını Âdem sırtlandı, aşkın yarısı Havva'ya kaldı.

Öyle sert düştüler ki dünyaya, bu fenaya, Âdem'in dizlerinin bağı çözüldü, ciğerleri yandı. Nutku tutuldu. Üçüncü defa, bildiği kelimelerin hepsini önce unuttu. Sonra bir kısmını hatırladıysa da o bir kısmını kıyamete değin unuttu.

Aşk? Daha yollarda sakin durmamıştı bir türlü. Kabına sığmamıştı. Bir yarısı yollarda kayboldu. Getirebildikleri ancak öbür yarısıydı.

O gün bu gün yeryüzü kelimeleri yetersiz, aşk bu dünyada kusurlu.

Annelik duygusu?

Havva'nın cennet duygusu.

Gönül evinde, kadın bedeninde, tastamam duruyordu.

III. SERENDİP YOLU

GELDİ

Cennetin bir yitik olduğu doğruydu lâkin şu koca dünya da bir ceza yeri değildi.

Sadece, muazzam oluşta bir sınav yeri.

O da yedi lâcivert denizin ortasında güneşe doğru yükselmiş bir küçük adada başlayıverdi.

Yeryüzüne kabahati ile düşmedi Âdem, kabahatsiz geldi. Ayağını bastığı toprak bir günahı karşılamadı, bir günahkârı ağırlamadı. Yeryüzü; geçmişinde dehşetli bir hikâye dursa da, masum bir varlıkla yüz yüze geldi.

Âdem gibi, Havva da dünyaya geldiğinde erkeğini baştan çıkaran, onun yolunu kaydıran ilençli kadın değildi. Bütün bir kadın cinsine üç büyük sancı, üçü de tende, armağan etmemişti.

Lânetlenmemişti.

İlk günahın yüküyle salınmadı bu ilk insan çifti dünyaya.

İlk hata: Evet.

Ama lânet?

Asla!

Yaratan yarattığını lânetlemedi.

Hayır. Lânetlenmiş değillerdi.

Ve Âlemlerin Rabbi.

Yaratan, sonra yarattığının eylemi karşısında şaşıran, gazaplanan, vuran ve vurduğunu dünyaya başıboş savuran bir Rab değildi.

O Âlemlerin Rabbiydi. Ne olduğunu elbet bilirdi. Yarattığı hiçbir şey beyhude değildi.

Dünya böyle yaratılmışken, yazısı böyle yazılmışken,

Âdem yasak meyveden nasıl yemesindi?

Dünyaya nasıl düşmesindi?

Nasıl gelmesindi?

Geldi.

Dünya, işte oradaydı. Vardı. Yaratılmıştı. *Dayanıp döşenmiş*'ti. Hazırlıkları tamamdı.

Konuğunu bekliyordu sadece.

Âdem, gelmeyip de ne yapacaktı?

O dünyaya uygundu dünya ona hazırdı.

Onunla tamamlandı dünya, Âdemsiz eksik kalırdı.

Dünya dünya olalı, dünyalığını böyle bilmemişti.

Geldi. Asıl sahibiymiş gibi dünya bahçesine girdi.

Her şey ona aşina. O her şeye efendi. Tanışıklık ezeli.

Geldi. Serendip'e indi.

BULDU REDİFLİ DÜNYA

Söz buraya gelince âdet de yerini buldu. Evveli ahiri cennetti Âdem'in. Araya, Buldu Redifli bir dünya doldu. Cennet sürgünü kendisini dünya yolcusu buldu.

Serendip. Bu kelime Beklenmedik Şeylerin Ülkesi, demekti.

Beklenmedik Şeylerin Ülkesi, ama orada Âdem yedi iklim dört bucağı, hayvanları, bitkileri, maddeyi, ilkeleri, bilgiyi kendisini bekler buldu.

Bir zerre sapma yoktu dünyanın yapısında, çatısında. İlk konuğu, mekânla sınırlanmış, zamanla kuşatılmış dünyayı, fazla fark yoktu arada, bugünküne benzer buldu.

Lâkin Âdem için, Âdem'e göre kılınıncaya değin dünya çok merhaleden geçmişti. Halden hale girmiş, munisleştirilmiş, müsait edilmişti. Nice türler var edilmiş, daha Âdem görmeden yok da edilmişlerdi. Velhasıl ne lâzımsa Âdem'e, varlığı Âdem'in gelişine yakın, ne lâzım değilse Âdem'e, onun gelişine uzak durdu. Âdem dünya üzerinde geçmiş zamanı buldu.

Bu ilgiyle Âdem bereketli ırmağın, suyu tuzlu denizin yaradılışını, suların göklerden inişini kendi gelişine yakın zamanlı buldu. Arzın sathı topraktı. Yer, patlayan bir yeşil sedef gibi, bitkilerle sarmaş dolaş, dolu. Işıklı, gölgeli, renkli. Yürüyen bir orman, sürünen bir örtü gibi güzeldi.

Güzellik aşkın özü. Aşk dünyanın evveli ve ahiri. Bülbül gülle eş zamanlı, ikisinin yaratılışı da Âdem'in gelişine yakın. Öyle ki Âdem gelişinin az evvelinde bir aşk hikâyesi buldu.

Bülbül ve gül gibi her bir şey de kendi türünde sabitti. Hiçbir şey başka bir şeye dönüşmemiş, bir şeyden diğerine evrilmemişti. Gür yeleli arslanlar, uzun boyunlu zürafalar, çizgili zebralar. Rengârenk ve binbir çeşit. OL, denmişti hepsine, Âdem hepsini olgun buldu.

Sürünenleri, uçanları, yüzenleri, koşanları gördü. Kendisini, kimini sever, kiminden ürker korkar buldu. Mağrur ve cazip kedi, o şimdilik yabani. Ama kendisini koruyan, avladığını düştüğü yerden bulup da çıkaran köpek, ilk gün bile sadıktı. Sadakat onun mahzun bakışlarından sorulacaktı. Arı, balını Âdem için çoktan hazırlamış, güzel tüylü koyun ve keçi de doğasına evcil yazılmışların arasındaydı.

Sözün özü Âdem, dünya yüzünde sadık dostlar buldu. Onlarla avundu onlarla hayata tutundu. Ama yelesi rüzgârlı at, evcil değildi henüz, uzaktaydı, yabandı. Garip! Demek onun kutlu dostluğunun vakti zamanı vardı.

Yolun üstünde yel, üstünün içinde üstün var. Bu ilk dünya sabahında bile mağara yoktu, mağarada yaşayan yoktu. Âdem kendisini dünyada evinde hissetsin diye, çatısı sazdan, zemini ottan da olsa, ev'i bilgisinin en kıymetlisi olarak buldu. Yani insan kendisini sıfırdan başlayarak değil, birdenbire uygar buldu.

Muazzam bir oluşta hiçbir şeyin varlığı diğerinden bağımsız değildi. Âdem her şeyi diğerinin içinde, yekdiğerine ilgili buldu. Hepsi de Âdem için hazırdı. Her hazırı kendisine nazır buldu.

Bulmakla yazdı Âdem ilk dünyanın redifini. Kafiyesini bu şiirin bir ben öznesi koydu.

Eksik olan bu şiirde bir Âdem bir Havva'ydı.

Âdem geldi, Havva henüz görünürlerde yoktu.

Sesi vardı dağın taşın.

Âdem kendisini kimi kulak kesilmiş kimi kör sağır buldu.

Alkış tuttu cümle âlem Âdem'in teşrifine. Hoş âmedi hoş âmedi.

Hoş buldu dünyayı, dünya onu hoş buldu. Koca cennete sığmamıştı Âdem, dünyaya sığdı.

SERENDİP YOLU: ÂDEM'İN KELİMELERİ HATIRLAMASI

Âdem kendisini Serendip adasının bembeyaz kumsalında, lâcivert suyun kıyısında bir hurma ağacının altında buldu. Dalgalarını ardı ardına gönderen büyük denizin uğultusunu duydu. Sanki gölgesinde yaratıldığı cennet ağacının altındaydı. Ve bir cennet rüyasından az evvel uyanmıştı.

Gözlerini açtığında zihni bir çocuk zihni kadar boştu.

Buraya nasıl geldiğini bile anlamadı.

Çok sürmedi, olup biteni bir ânda hatırladı. Eylemi affedilmiş olsa bile utancı unutulur gibi değildi. Bu acı hikâyeyi yeniden hatırladı, yeniden aklandı. Kabahatinin anısı bir elbise gibi sırtında taşıdı. Ruh dayansa bedenin, beden dayansa ruhun nasıl dayandığını anlamadı. Bundan böyle kalbinin üzerinde hep bir kırık taşıyacaktı.

İlk ânda Allah'ım, diyebildi. İçinde, yakan kavuran acı, derin bir kasvet uyandı. Büyük bir yeryüzü yalnızlığı geldi kalbini sardı. Merak, korku ve kederin yanında durdu. Şimdi ne olacaktı?

Gözleri önce kamaştı, hiçbir şeyi hiçbir şeyden ayıramadı. Ama her şeyin alışması var, gözleri ışığa alışıp da yerlere eğilmiş hurma dallarının arasından üzerindeki buluta bakınca, yattığı yerden yine sağ dirseğinin üzerinde doğruldu. Hiç bilmediği bir duyguyla yorgundu.

Çok sıcaktı. Teni yandı. İçi kavruldu. Susadı. Saçaklı hurma yaprakları üzerine gölge saldı. Yetmedi bu serinlik. Şu ilk susayışta bile dünyanın mizacındaki zahmeti tanıdı. Gel, deyince gelirdi cennette sular çağıldayarak. Oysa şimdi. Gel, deyince hiçbir şey gelmedi. Belli ki bundan böyle hiçbir şey Âdem'e gelmeyecek, hepsine o gidecekti.

Gözlerinde kum tanelerinin batması. Bir müddet o halde kaldı. Neden sonra kalktı. Sendeledi. Soluk soluğaydı. Tutunacak bir dal aradı. Durmakla olmadı. İlk adımını attı. Serendip yolu karşısındaydı. Ve Âdem için artık geri dönüş yok, gayri bütün yollar kapalıydı.

Şimdi bir Allah bir Âdem bir de dünya. Kalp kalbe, Âdem dünyaya karşı.

Âdem yaratılmış. Cennetinden atılmış. Yerin yüzüne salınmış. Bu dünyada içilecek suyu, yenecek lokması, çekilecek çilesi, sürülecek sefası varmış. Gelip de geçecekmiş dünya üzerinden, yürünecek yolu varmış. Ama önü deniz, arkası dağ. Üstünde gökler altında kara toprak. Âdem hepsinin ortasında şimdi yapayalnızdı. Havva yoktu yanında, bir başınaydı. Ve Serendip yolunun üzerindeki her şey Âdem için yeniydi, yabancıydı, başkaydı.

Bu yabancı yolda düşmemek için eline tomurcuklanmış, sıkı bir dal aldı. Ona dayandı. Güneşin izlediği yolu izleyerek yürümeye başladı. Beyaz bir sincap, bir kuş tüyü çıkınca yoluna yalnız olmadığını anladı. Gözünün gördüğü her şeyi önce isminden, her ismi gerçeğinden tanıdı. Kelimeler Kitabı zihninde açıldı. Fıtrat, öğretilmiş kelimeleriydi Âdem'in. Hepsi de kendisinde hazırdı. Bir bir hatırladı.

İsmini bildi her şeyin. Her şeyi ismiyle tekrar etti. Kalbinin niyetini, düşüncelerini, korkularını ve eylemini söze yükledi, sözden devşirdi. Manayı kuvve, kuvveyi fiil eyledi. İsimler, secde günündeki gibi, önce içine doğdu, sonra dilinden dökülüverdi. İlk dünyanın bilgisi kendisini Âdem'e kelime kelime sundu. Düştüğü ânlarda kelimeler kollarından tuttu kaldırdı. Çıplak ayaklarında ilk yaranın acısı, kelimeler olmasaydı Âdem Serendip yolunda adım atamazdı.

Önce göklere çevirdi yüzünü. Saçlarında rüzgârın uğultusu, ilk kez ses verdi, gökler, diyebildi. Kelimenin tınısı yerin yüzüne değdi, Âdem kendi sesini işitti. Acıyla gülümsedi. Sonra toprağa eğildi. Bu toprak, derken toprağı tanıdı. Kokusu, toprağın yağız kokusuna karışınca, nereden karılmış çamur bedeninin harcı, nereliymiş anladı. İkisinin arasındaki hatırlamaktan da fazla, Âdem kaderinin toprak bir sayfanın üzerine yazıldığını anlarken, toprak da üzerindeki harfleri tanıdı.

Gökleri ve toprağı hızla geçti Âdem, üzerine serilmiş gökyüzünü eksiksiz aynasında yansıtan büyük suya yöneldi. Sınırsız okyanusa baktı. Tuzlaları, dalyanları, mercanları tanıdı. Açıklardan koşagelen bembeyaz dalgaları, çapraz gün ışıklarını birbirinden ayırdı. Kumun beyazı, denizin mavisi, kayalıkların gri gölgesi. Kum setlerinin ağır ağır yer değiştirişi. Tatlı su bayırları. Denizin aniden coşup taşışı sonra aniden uysallaşışı.

Su ayaklarını yaladı Âdem'in, birkaç adım atınca dizlerine dayandı. Birkaç adım daha. Göğsü ıslandı sonra saçları. Tuzdan gözleri, genzi yandı. Âdem suyu kurutarak gözlerini okşayan rüzgârı tanıdı. Ayağının üzerinden renkli bir balık kaydı. Elini uzatsa dokunacaktı. Oyalanmadı. Gerisin geri döndü. Denizin kelimelerini zihninde sabitledi. Güneşi kaybetmeyerek yürümeye devam etti.

Bataklığı, sazlığı, nehir yataklarını geçti. Serendip yolunun kelimeler serencamında ağaçlara sıra geldi. Âdem, kimini yaprağından dalından, kimini meyvesinden kokusundan, kimini rüzgârından uğultusundan tanıdı. İtibarlı ve ihtişamlı kâfuru, portakal ve turuncu, limon, karanfil ve taflanı böyle seçti. Dik bir yamaç üzerinde heybetli sedir ağacıyla yüz yüze geldi, hemen yanında hoş kokulu mür ve kendisini rüzgârda ses, havada ıtır eden bir huş ağacı ile karşılaştı. Kıpkırmızı bir tarçın ile tanıştı. Bu büyük ağaçların büyük gölgelerine sığındı. Dünya gölgeliğinde dinlenirken bilgisine bilgi, kelimelerine kelime ekledi. Tanıdıkça tanımak istedi.

Dünyanın gölgesinde güneşinde, kıyısında köşesinde bambaşka isimler vardı. Hoş kokulu mersin dalları, orta boylu fındık fidanı, fındığın meyveleri, baharat kokuları, kahve taneleri. Yüksek eğrelti otları, ormanlardan süzülen ışık yağmurları, iç göller, ırmaklar. Yeraltından esen rüzgârlar, uğultular, kelebekler, yusufçuklar. Güney rüzgârı, güneş ve ay deltası. Sesler, kokular, tatlar.

Bunca dünya varlığının kimini ilk ânda tanıdı Âdem, kimini hiç hatırlamadı. Hafızası zorlandı. Her varlığın bilgisini onun kelimesine, heyecanını kalbine sığdıramayınca, kelimelerin kusursuzunu cennette bıraktığını anladı.

Güneş iyice alçalıp ufka yaklaşınca. Şekiller önce yumuşadı, sonra koyulaştı. Çok geçmedi. İlk defa üşüdü Âdem. İlk defa acıktı. Bir salkım meyveyi, birkaç şifalı taneyi, dağ çileklerini ağzına attı. Her şey ilkti bu ilk dünya gününde. Terinin kokusunu hissetti ilk kez. Kendi bedeninin, şu etten, ilikten, kemikten kafesin külfetini tanıdı. Ağır bir gözyaşı damlası, içinden geldi. Yanağından süzülüverdi. Kendisini koca dünyada yapayalnız hissetti Âdem. Ellerini yüzüne kapadı. Daha fazla dayanamadı. Hıçkıra hıçkıra ağlamaya başladı.

Neden sonra, kendi hıçkırıklarından yoruldu. Ağlamanın sonu yoktu, sustu. Karanlık inmişti iyice. Sırtını bir ağaca yasladı.

Saçlarında rüzgârın uğultusu, içinde dünya korkusu. Dağlara bakmaya başladı. Derken bir bulut çekildi usulca gözlerinin önünden. Dağların arkasından kocaman bir ay doğdu. Baktı Âdem. Mehtap, diye mırıldandı, hiç unutmamıştı ki hatırlasındı. Ama onun da aslı cennette kalmıştı.

Cennetteki pek çok şeyden dünyada da vardı aslında. Dünyada da ağaç vardı, su vardı, ışık vardı, gül vardı. Ama aralarındaki benzerlik sadece isimleri kadar, gerçekte ne kadar farklılardı. Cennet. Orada her şey sınırsızdı. Kusursuzdu. Burada ise güzelliğin sonu vardı ve her şeyin kusurlusu duruyordu. Hem cenneti hem dünyayı görmüş olan bu ilk insan çevresine baktı kederle. Ve dünya yüzünden gelip de geçecek bütün insanların cenneti hayal bile edemeyeceğini anladı. Çünkü tahayyülün sınırları vardı ve o da dünya gözünün bakışıyla sınırlanmıştı. Bundan böyle cennet, dünya insanı için sadece, temsillerdi, mecazlardı.

Bu ilk dünya gecesinde Âdem, olduğu yerde otların üzerine, önce uzanıp sonra kıvrılıp da, hiç bilmediği bir yorgunluğu üzerinden atmak için uykunun üzerine sinmesini beklerken. Bakışlarını gökyüzüne dikti. Bir yandan sesleri dinledi bir yandan gökleri seyretti. Gözü, cennetin göklerinden alıştığı bambaşka mehtapları, bambaşka yıldızları, bambaşka gök cisimlerini, ışıkları, parıltıları aradı. İsimlerini mırıldandı. Yoklardı. Demek sadece cennete mahsus kelimeler kalmıştı hatırında Âdem'in ve onların dünyada karşılığı yoktu. Hiç kullanılmayacaklardı.

Hatırladıkları, unuttukları.

Kendisini tanıyıp da ismini çıkaramadıkları.

İsmini bilip de kendisini bulamadıkları.

İç geçirdi Âdem.

Âh koca dünya! Hepi topu hatıra uyuşmazlığı, kelime farkıydı.

DÜNYA CENNET DEĞİLDİ

Dünya zamanı yaratılmıştı ve Âdem'in artık acelesi vardı. Ertesi sabah erkenden uyandı, bütün yaşadıklarının rüya olmadığını bir kez daha anladı. Güneş ağır ağır doğarken derin bir yar'ın kıyısından dünyayı seyretmeye başladı. Neydim ne oldum, derken, insan olanın ne oldum değil ne olacağım, demesinin anlamını kavradı.

Dört bir yanında ağır ve kırmızı meyveler. İstilâ kelebekleri. Nar dalları. Zeytin ağacı. Defne kokusu. Renkli kuşlar havalandı her bir daldan, ağaçtan. Âdem'i bu dünya sabahında suyun kırılgan aynası, sumru, suna, akbalıkçıl karşıladı. Tepeli toygar, tarla kuşu, göğsü sarı kiraz kuşu ağırladı.

Dünya ayaklarının altında, gözlerinin önünde uzanıyordu şimdi. Tatlı bir ışık dört bir yandan süzülürken, eşya altın sarısı bir aydınlığın içinde yüzüyordu.

Âdem'in yüzünde bir memnuniyet tebessümü belirdi. Gözlerinin içi gülümsedi.

Işıktı bu dünya.

Seldi, puldu, yağmurdu.

Kokuydu, suydu, sarmaşıktı.

Her şey cennetten nişaneydi. Emsalsizdi burası, ne güzeldi. Öyle güzel öyle sakindi ki sabahın bu vakti, içine bir güven doldu Âdem'in, korkusu hafifledi.

İnsandı işte.

Daha ikinci sabahında dünya ona cennet gibi geldi.

Evet evet, dünya sanki cennetti.

Ama o sükûnetin nasıl bir tekinsizlik içerdiğini, onun saklı bir yüzünün varlığını, dünyanın cennet olmadığını çok geçmeden anladı. Dünyanın fena yanıyla aniden burun buruna geldi. Kanlı ağzını seçti. Her şey gözlerinin önünde oldu. Âdem sanki bir temsil seyretti.

Olan şu ki, aniden bir kurt zavallı bir tavşanın peşinden seğirtti. Güzelliğiyle Âdem'i mutlu eden ceylan, su içerken can damarından canavara yenildi. Zehirli bir yılan kaydı otların arasından. Der demez, büyük bir kuş geldi, eşini benzerini öyle bir yaraladı ki Âdem'in canı yandı. Neticede o birini, biri onu, bir diğeri her ikisini. Yedi, yuttu, parçaladı. Kolunu kanadını kırdı, pençe attı, gagaladı. Hepsinin de kanı Âdem'in üzerine sıçradı.

Tepeden tırnağa ürperdi Âdem.

Bu muydu? Dünyanın düzeni bu muydu?

İlk kez akıtılmış kanla, acıtılmış etle, vahşetle burun buruna gelince. Derin yardan geriye güç belâ bir adım attı. Hoş kokulu otların üzerine kan ter içinde çöktü kaldı. Elleri dizlerinde, dehşet içinde, nefes nefese. Kendi soluğunun basıncından ciğerleri neredeyse patlayacaktı. Gözleri uçurumun boşluğundaki bir noktaya saplandı. Donakaldı. Yan yana uyurdu kurtla kuzu cennette. Sırt sırta dayanırdı ceylân ile pars. Kan yoktu orada. Vahşet yoktu. Burada ise pars ceylânı, kurt kuzuyu yiyordu. Hepsi de gaddarlıktı.

İliklerine kadar titredi.

Âdemlerin Âdem'i hayatın seyrinde değil işte tam içindeydi. Ama burası nasıl bir yerdi?

Güzeldi güzel olmasına dünya ya, bu güzelliğin içine bu fenalık nasıl sindirilmişti?

Hayır! Dünya cennet değildi.

Düpedüz cehennemdi.

Âdem öğrendiği ama anlamını bilmediği kelimelerin vahşi yaşanmışlığını o gün orada bir bir tecrübe etti. Hepsi de tek bir sözcükte özetlenebilir, zulmün harflerine sığabilirdi. Ama öyle fena idi ki dünya, içerdiği kötülüğe ân geldi Âdem'in kelimeleri gibi harfleri de yetmedi.

DÜNYA TACİZİ

Her akşam olduğu yerde korkuyla kıvrıldı, uyudu Âdem, her sabah telâşla uyandı. Gördüğü her gölgeyle kendisini yerinden attı, işittiği her sesle kalbi oyuldu. Her oh, dediğinde rahatı bozuldu. Ne zaman bir hayale kapılsa, kendisini cennette varsaymaya kalkışsa, dünya cennet olmadığını onun yüzüne vurdu. Çok kısa bir zaman içinde suyun da kokuştuğunu bozulduğunu fark edince Âdem, hiçbir şeyin ilk günkü tazeliğinde kalmadığını, dünya varlığının özünde bir çürüme mecburiyeti olduğunu kavradı. Bu kavrayışla dünyanın cennet olmadığını her geçen gün bir kez daha anladı. Sırtındaki dünya yükü ağırlaştıkça ağırlaştı. Lâkin günlerce sürdü yürümesi Âdem'in, düşünmesi durmadı.

Keskin sular, sert ayazlar, bir kökü olan ne varsa hepsini tutup da koparacak güçte fırtınalar, önüne geleni alıp götürecek denli coşkun yağmurlar. Günler günleri kovaladıkça bazı günlerin bıçak gibi kestiğini fark etti Âdem. Soğuk içine işledi. İlk kez hastalandı. Alevler ateşler içinde kaldı. Harikulâde bedeninde etin kemiğin ne kadar iğreti durduğunu anladı. İnsan. Ne kadar da nazlıydı. Yaşayabilmesi ne çok şartın bir araya gelmesine bağlıydı. Bu en güçlü yaratık en fazla da güçsüz olandı. Bir büyük ağaç kadar kavi ve heybetli, bir kuru dal gibi kırılgandı.

Dünya, büyüdükçe büyüdü. Âdem, onun üzerinde bir kum tanesi kadar kaldı. Acizdi. Üstelik yapayalnızdı. Çaresizlikle bir huş ağacının gövdesine baktı. Alışıktı ağaçların şefkatine, bu kez de bir teselli, bir şifa aradı. Ama ses seda yoktu ağaçta. Aradığını bulamayınca Âdem, bu kez bir pınar buldu. Ve. Eğildiği suyun aynasında kendisini tanıdı. Ama kendisini tanıyamadı. Dünyaya bulaşmış bir yüzdü bu. Kendi acısını duymuş, pek çok yandan yaralanmıştı. Ben, dedi, şaştı kaldı Âdem. İki kaşının arasında derin bir dünya kırışığı. O cennet sakini bu dünya yolcusu muydu?

Üzerine düşen ışık kararmıştı. Yüzü güneş yanığı, dudakları çatlaktı. Suyu uğuldatarak rüzgâr esmişti Âdem'in üzerine. Rüzgâr vurup yakmıştı, soğuk kırbaçlamıştı. Cennetten hatıra güzelliği parçalanmış, ipek teni alazlanmış, saçı sakalı birbirine karışmıştı. Cennette taşıdığı o gülümseme yoktu artık yüzünde. Uzun süre de olmayacaktı.

Kelimeler Kitabı'na baktı Âdem: Dünya hali. Acının evi, dayanılmaz raddesi. Elemler, kederler, türlü türlü hastalıklar, akla gelmedik felâketler. Varlığı bile bilinmedik kötülükler, musibetler. Belânın göze, kulağa, tene değmesi, kalbe inmesi. Gönül sarayının yıkılması, ateş geçitleri...

Durdu Âdem. Daha fazlasını okuyamadı. Buna göz gönül dayanmazdı.

Başını kaldırdı. Etrafına baktı.

Ey dünya, dedi, sesinde sitem gizliydi. Ey dünya, yabancıyım, buralı değilim, diye mi beni taciz edip duruyorsun?

Ses yoktu. Dünya kendi dilinde konuşuyor, kendi düzeninde akıp gidiyordu.

Ümitsizlik Âdem'in her yanını kapladı.

Nasıl dayanacaktı?

Dikili bir ağacı, tutunacak bir dalı yoktu. Neye tutunsa avuçlarının arasından kayacak, neye yaslansa üzerine yıkılacak gibi duruyordu. Dünyaydı burası. Kan kokuyordu.

ZÜMRÜT KUŞUNUN YABANCILIĞI

Bunca kan kokusu arasında Âdem, bir Serendip sabahında, cennet dostu zümrüt kuşuyla karşılaştı. Az ötede bir dalın üzerine konmuş, kuyruğunu sarkıtmıştı. Kanatlarını çırpıyor tüylerini parlatıyordu güneşin altında. Oydu işte, aynıydı, aslıydı. Mizacına bir yabancılık, kanına barbarlık karışmamıştı. Bu şarkıyı kim onun gibi şakıyabilirdi? Ta kendisiydi.

Âdem, yaban elde sıla arkadaşıyla karşılaşmış, eski bir dostla rastlaşmış gibi sevindi. Bir yangının ortasında bahtına bir cennet çiçeği, bir kâse soğuk su düşüvermişti.

Hani bir zamanlar, elini her uzattığında zümrüt kuşu gelir Âdem'in işaret parmağına narin ayaklarıyla tutunuverirdi. Sarkıtırdı kuyruğunu, tüylerini güneşe öyle çevirirdi. Şarkısını öyle söylerdi. O zaman Âdem, erguvan renkli gagasının ucuna bir öpücük bırakır, zümrüt kuşunun gözlerinin üzerinden parmak uçlarını geçirirdi. Başının üzerindeki yumuşacık tüylerini severdi. Kanatlarının üzerine yaseminler serperdi.

Bu hatıranın sevinciyle, elini uzattı yeniden, zümrüt kuşuna muhabbet etti. Parmaklarının ucundan yaseminler dökemezdi artık, ama göğsünden okşayabilir, pembe gagasının ucuna bir daha öpücük kondurabilirdi. Dertleşmek, cennetten söyleşmek istedi. Âh zümrüt kuşu gördün mü kendime ettiğimi, diyecek, toprağın sertliğinden, dünyanın döne kliğinden söz edecek; meleklerden, cennetin halinden sual edecekti ki. Âdem'in elini uzatmasıyla, zümrüt kuşu telâşla pervaz vurdu, daldan dala, ağaçtan ağaca kaçtı. Kayıtsızdı. Uzaktı. Âdem'i tanımamıştı.

Âdem'in canına sitem battı.

Sen de mi zümrüt kuşu, diye mırıldandı.

Sen ki cennette herkesten çok bana yakındın. Her halime haldaş, her sırrıma sırdaştın.

Havva eksikliğindeki özlemimi, yalnızlık hallerimi bile ilk kez sana söylemiştim.

Affet yakarışımı, kulak tıkamamıştın, bir dalın üzerinden dinlemiştin.

Zümrüt kuşu ne Âdem'in söylediklerini işitti ne de ona kendisinden bir şey bırakabildi, bir şey söyledi. Âdem kendisi söyledi kendisi işitti.

Bir unutmak girmiş ki araya her şey yarıdan az tanıdık, yarıdan fazla tanımadıktı. Dostlarını geri kazanmak için bile Âdem'e şimdi ne kadar zaman lâzımdı?

DÜNYA BİR CENNET BİR DE CEHENNEM GİBİYDİ

İçinde zümrüt kuşunun yabancılık acısı. Âdem ağlarken gülümsedi. Kanı terine, teri gözyaşına karıştı. Demek böyleydi burası, dünyaydı. Kimi isyankârdı yer kimi itaatkârdı.

Kimi bozguncuydu kimi uysaldı.

Dünya aynı ânda korku ve hayranlıktı.

Bu bilgiyle bir yanını hoş buldu koca dünyanın Âdem, ama daha çok diğer yanından korktu.

Bundan sonra bir yurdu ümitti Serendip yolcusunun, daha geniş bir yurdu korku.

Şu dünya âlemin mizacındaki kararsızlık. Âdem'i en çok da bu korkuttu. Meşrebi dönekti dünyanın. Fırtına hiç beklenmedik ânda patlıyordu. Onda her ân her şey olabilirmiş gibi duruyordu.

Her şey iç içeydi burada. Dağınıktı, düzensizdi.

Emniyetsizdi. Hiçbir şey sonuna kadar duru sonuna kadar masum değildi.

Dünya işte, bir cennet bir de cehennem gibiydi.

Her şeyin, asliyetinden başka bir şeye benzediği şu yerde Âdem, kelimeler arasından "gibi"yi seçti. Cennet gibiydi dünya. Neredeyse ona eş ona benzerdi. Göklerden geliyordu her şey. Ama sağlam bir aynaya düşmüyordu cennetin görüntüsü.

Belli ki dünyanın "âyinesi saf" değildi.

SAF UYUM

Cennetinden ayrı düşmüş Âdem Serendip günleri boyunca ayrılığı ruhu kadar bedeninde de sarsıla sarsıla yaşadı. İçindeyken gafiliydi cennetin ama hatırasının her ânını defalarca tekrarladı.

Bir kez olsun cenneti görmüş, onun suyundan tatmış, kokusundan almış bulunan, bu dünyaya, bu oyun alanına nasıl sığsındı, nasıl avunsundu? Ama bir yanı cennetliydi Âdem'in bir yanı dünyalı, ve Âdem'in isminde unutmaktan mana ve dünyada zaman vardı.

Üzerinde her ân açılacak bir lav ağzı, önünde her ân sarsılacak bir deprem yoluyla yaşamaya başladı. Her gün o derin yar'ın kenarında oturdu. Rüzgârın kırdığı dala, ayazın dondurduğu suya baktı. Ancak ilk insanın gözlerinde olabilecek bir merakla olup bitenin seyrine daldı. Her şey kırıktı, paramparçaydı. Dağınıktı, tutarsızdı.

Direnmekten vazgeçmedi başlangıçta. Kendisini olana bırakmadı. Bir türlü, olup biteni olduğu gibi kabule yanaşmadı. Ama neden sonra, zamanın devrini tamamladığı bir dünya sabahında Âdem, oluşu oluşa ekleyip de olanlar arasında bağlantı kurunca.

Suyunu tutup da tam kararınca indiren buluta,

gökten inen yağmurla canlanan ölü toprağa,

kurumuş dalların damarlarına bir gecede yürüyen suya.

Gecenin ve gündüzün birbirini izlemesine,

güneşin ve ay'ın evrelerine,

mevsimlerin dönmesine, tazelenmesine, bereketine bakakalınca.

İlk kez görüşü keskinleşti Âdem'in, kelimelerinin bilgisi yaşamının resmiyle birleşti, velveleli dünya kalabalığının arkasındaki döngüyü seçebildi. Haşin dünyanın kendi içindeki saf uyumunu görebildi.

Dengeyi düzeni bir bir fark etti.

Arzın sathında hiçbir şey sebepsiz değildi. Hiçbir şey keşmekeş değildi. Her şey aynı ânda iki şey, hiçbir şey aynı ânda tek bir şey değildi.

Her görünüş görmekteki niyetle perdeli, hiçbir şey göründüğü gibi değildi.

Üstelik hepsi de Kelimeler Kitabı'nda yerli yerindeydi.

Âdem, her şeyle her şey arasındaki dirlik ve düzeni, uyumu ve dengeyi bu bilgiyle öğrendi. Dağınıklığı derledi, topladı, bir'ledi. Bir, deyince alev alev yanan gözlerine huzurun serinliği serpildi. Görüşü keskinleşti.

Tohumun, ağacın tüm bilgisine sahip olduğunu. Haritasız göçmen kuşların okyanuslar aşabildiğini, gerisin geri yuvalarına dönebildiğini. Zalim kurdun da, acımasız arslanın da, yavrularına şefkat ettiklerini. Ve içlerinden en masum olanın bile yavrusunu koruma zamanı geldiğinde zalimleştiğini. Böyle bir zulme artık zulüm bile denemeyeceğini bu görüş keskinliğiyle fark etti.

Büyük balıklar küçük balıkları yuttuğunda içi acımıştı önce Âdem'in. Zavallı tavşanı dişleri arasında sıkan hunhar kaplanla karşılaştığı o uçurum kıyısında sendelemişti hani, öfke duymuştu. Bir lügat yanılmasıyla onun adını gaddar koymuştu. Fakat annelerinin getireceği azığı bekleyen üç küçük kurt yavrusu da öyle masumdu. O zaman kurt Âdem'in gözünde gaddarken, şimdi bir esma yansımasıyla cebbar olmuştu.

Hiçbirisinin nedensiz öldürmediği bu saf uyumun içinde aslolan öldürmek değil hayatta kalmaktı. Hayattan daha fazlasını istemek kimsenin içinden gelmezdi. Bütün bu yaygaranın nedeni bir fazla nefes dahaydı, ve hayat, ceylân kadar arslanın, kuzu kadar kurdun da hakkıydı.

Bu muhteşem denge oyununda her şeyin üstünde Bir Şey, uyum sükûnetini sadece o Bir Şey tutuyordu. O zaman kurtla kuzu, arslanla ceylân bir oluyordu.

Gaddarlıkla cebbarlık arasında bir helâllik farkı. O zaman av razı avcı razı.

Ne arslan davalı ne ceylân davacı.

Ne yılan şikâyetçi ne leylek yalvarışlı.

Ne kuzu kurttan alacaklı ne kelebek kurbağadan.

Yeter ki bu muhteşem şarkıya, bu sonsuz uyuma hariçten bir ses katılmasındı. Oyunu bozmasındı. Dengeyi sarsmasındı.

Bir ân Âdem'in aklından, kararınca olamaz mıydı her şey acaba, diye geçti. Kurt kuzuyu, büyük balık küçük balığı yemeden de olabilirdi. Denge, kimse kimseyi incitmeden de kurulabilirdi elbet. Her şeye Kadir olan buna da muktedirdi.

Gülümsedi Âdem.

Dünya cennet değildi ki!

Yitirilmiş cennete dönüş yolunun tuzaklarla dolduğunu Âdem kelime kelime öğrendi. Şu dünya âlemin türlü suret haksızlıklarına, iyiliği ve merhameti sonsuz olan Tanrı'nın kötülüğü neden yarattığına dair bilgiyi Kelimeler Kitabı'na baktı, sınav sözcüğünün içine sığdırabildi.

Cennetin yasak meyvesi? Bir şey değil.

Dünya, Âdem'in en sert sınanacağı yer olarak kayıtlara geçti.

BÜTÜN YOLLAR

Bir kez olsun bu mana ile gülümseyebilince Âdem'in görüşüne görüş katıldı:

Uzunluğu artan yağmurları, yeşeren otları, bereketli narı. Suyun üzerinde bir o yana bir bu yana salınan nilüferi. Çuha çiçeğini, boyun eğen sümbülleri.

Ateş almadan ışık salan böceği.
Kozasını yırtan kelebeği.
Tohumları uçuran rüzgârı.
Çiçek fırtınasını.

Gölge salan bulutu, yerden yükselen suyu.
Tîk ağacı, demir ağacı, abanozu.
Kıvrılan deniz kabuğunu.
Nefes alıp veren inciyi.
Akgünlük, akik taşı, gök yakut, sarı safiri.

Yedi denizleri.
Egemen dağları.

Kollara ayrılıp da kuru toprağın üzerinde hayat taşıyan ırmakları.

Kanat çırpmaksızın dalgaların üzerine yayılan, gökyüzünün içinde süzülen kuşları.

Sökün vaktini şaşmayan bıldırcınları, turnaları.

Bütün bunları kimse öğretmeden öğrenenleri.

Her şeyi ama her şeyi. Hiçbir şey müstesna değildi. Dili vardı dünyanın, lâl ü ebkem değildi. Âdem, *yedi gök, yer ve içindekiler*'i, *gökle yer arasında emir kendilerine süreklice inenler*'i ve *toprağın* üstü gibi *altındakileri.*

Gecenin derinlikleri gibi günün ortasında da.

Sessizce ve süreklice,

Âlemlerin Rabbini zikreder, O'na secde eder buldu.

Kiraz çiçeğinin rüzgârda uçuşan pembe yaprakları gibi arslan da ceylân da O'nu söylüyordu.

Tasayla bir adım attığında ayaklarından yakalamış da bırakmayacakmış gibi duran dünyada Âdem, bunca kusurun ortasında kusursuza giden bir yol buldu.

Başı boş değildi dünyanın, bütün yollar O'na çıkıyordu.

SECDE ÂNI

Bir elhamdülillah ânı kadar kanatlanabilirdi ruhu şimdi Âdem'in. Bir secde ânı kadar yükselebilirdi alnı. Dört bir yanında dilek dalları. Cennet ırmaklarından biri olmadığı malûm ırmağın kıyısında ellerini üst üste bağladı, başparmağını nabzına dayadı, bedenini rüzgâra bıraktı, derin bir düşünceye daldı.

Şu dünya fenasının daha ilk sayfasında pek çok şeyi yarım kalmış, birçok şeye hiç başlayamamıştı. Birçok şeyi anlayamamış ve aklı hep geride kalmıştı. Ama onca güçlüğe tahammülüyle ve bu hayatı sahiplenmesiyle Âdem insandı.

Şimdi: Cennete olan bütün özlemine rağmen, onu tekrar cennete götürecek biricik yol olan bu dünyanın imtihan sırrını sezmesiyle, onun hikmetini bilmesiyle.

Dönüp de geriye baktığında, nasıl taşımışım, nasıl ezilmemişim, şimdi olsa belki de yapamam, dedikleriyle.

Hissi kalbinin o kadar derinlerine indiğinde ki Âdem, ya Rabbim, artık bundan fazlası ölüm, deyip de ölmedikleriyle.

Oradan oraya savrulurken, güneşte kavrulurken, gecede donarken, iki büklüm olup da çığlık atamazken, Havva'yı özlerken, Rabbin rızasını bir kez kaybedip bir kez bulmuşken.

Hep susarken. Hep ketumken. Hiç şikâyet etmezken.

Kalbi sıkan iki elin aniden gevşeyişi, aniden haberin gelişi. Duanın kabul edilişi.

Bu duyguyla, daha fazla direnmedi Âdem. Dünyalığının hacmini bildi. Bir dünya sürgününün fetretinden sonra kayra kapılarından girerek sürgününü sıla edindi.

Şu fena dünyayı içine sindirdi.

Rabbim, dedi, beni nereye gönderdiysen, neye mal olduysa bu sürgün, kaybettiysem kaybettiğimi sevdim. Bulduysam bulduğumu çok sevdim.

Ben, şimdi mutmain ruhum.

Sana dönücü olmanın sevinci ve emniyetiyle, bulduğumdan hoşnudum. Bana verdiğin şuurun yol göstericiliğinde insan olmaktan memnunum. Neticede cennette de yerde de Sana kul'um.

Öyle ürperdi, kalbinin gerçeği önünde, kendi şerefli yerini öyle idrak etti ki Âdem. Melekler, önünde secdeye vardığı gün de, yasak meyve sonrasında o büyük meleğin cümlelerini kalbinden geçirip kelimeye çevirirken de, terlerken de, Kelimeler Kitabı'nın sayfalarını okurken de kendisini böyle bilmemiş, kendi manasına bunca erememişti. Kalbinde şeytanın kibre yasak koyan hatırası, bir yasak meyvenin acı anısı olmasa kendi güzelliğinden başı dönebilirdi.

Ama o, kendisinin değilse de kendinde tecelli eden büyük oluşun karşısında.

Duramadı yerinde. Kalktı.

Ellerini yıldızlı göğe uzattı.

Gökler başının üzerinde, Âdem kendi etrafındaydı.

Öyle genişledi ki Âdem'in kalbi. İçine, önemi çok olduğu için isimleri de çok olan muhabbet doldu.

Gökler doldu.

Yer kaldı geriye. Yer sığdı.

İsimlerinin hepsiyle Âlemlerin Rabbi sığdı.

Âdem dönüp baktı. Oradaydı.

Âlemlerin Rabbi. Sığdığı yer sadece inanan bir kalp kadardı.

BİR DAHA: BULDU REDİFLİ DÜNYA

O vardı her yerde. Âdem O'nu talep etti, O'nu buldu. Her nerede O'nu aradı, O'nu kendisine yakın buldu.

Cennet aydınlığında bile görmemişken O Zatı, dünya karanlığında O'nun görünürünü her şeyde, görünmezini *kişiyle kalbi arasında* buldu.

Baktığı yerde cemâlini gördü celâlini gördü. Lütfunu kahrını, rahmetini rahmanını, hilmini hiddetini.

Onun Rabbi lütfuyla da kahrıyla da güzeldi.

Yüce Sanatkârın eserinin seyredilmesi, gizli saklı hazinenin hem görmesi hem görülmesi, hem bilmesi hem bilinmesi içindi bunca temaşa.

Ama bu temaşada şuur lâzımdı ki hayranlık olsundu. İnsandı Âdem, kendisini bu oluşun en şuurlu seyircisi buldu. Bu şuurla, dünyadaki kulluğunu cennet kulluğundan daha değerli buldu.

Onun temaşası, onun bakışı, onun nazarı lâzımdı seyrin tamamı için. Haklı imiş melekler, kendisini Âdem, âlemin gözü gözbebeği buldu.

"Hoşça baktı zatına", bildi ki "âlemin özü özeti" oydu.

"Âlemin gözbebeği", Âdem'in gözünden bakıyordu.

Yaratılmışların en üstünüydü bu yüzden Âdem. Lâkin aynı şuurla, kendisini aşağıların da aşağısına düşebilir buldu. Başka hiçbir yaratılmışa verilmeyen hicapsız sözcükler de gelip gelip onu buldu. Bir baktı Âdem gözünü alamadı. İnsanı bu dünyada meşakkat içre buldu. Lâkin her meşakkatin kolaylığını da onun yanıbaşında buldu.

Yarattığını en iyi bilen onun Yaratıcısıydı elbet. Bir yanında meleklerin soluğu, her yanında kara katran bir çift şeytan kanadı. Yaratan, halifesini kör kuyuyla izzet-mekân, saf aydınlıkla pür karanlık arasında hayli kararsız buldu. Ama, yol göstersin diye elçiler gönderecekti, sözü vardı. Bu ilgiyle Âdem kendisini sadece ilk insan değil hem ilk peygamber buldu.

Bir yanıyla insandı. Çok yanıyla haberci. Her haber bir mucize. Konuşmak mucizeydi. Yazmak mucize. Âdem kendisini suhuf başında okur buldu.

Kelâm ilâhi özdü. Dünya kalem. Gök sahife.

Sözü sese ayırdı. Sesi şekle çevirdi. Âdem kendisini dünya kitabını okur gibi yazıyı da yazar buldu.

Örtüsünü öyle bürünmüştü ki dünya, Âdem bu kitapta olgunluğa bir virgül koydu, kemalin noktası ise görünürlerde yoktu.

Bir geçmişi yoktu Âdem'in dünya yüzünde, gök kubbenin altında. Ama o daha *su ile toprak arasında*'yken cennet göklerinde bilip ayırdığı, ruhuna nakşettiği, alnına mühürlediği harfi çok uzak bir geçmişi hatırlar gibi hatırladı. Onu geçmişten değil gelecekten tanıdı.

Âdem, ey Âdem, dedi. Kendisine seslendi. Sonra kendisine cevap verdi.

Gelişinin evvelinde ahir olanın sırrını keşfetti. Nûr-ı Muhammedî. Ebedi fehmederken, ezelde çözümlendi.

Bir beyaz gül remzinde akl-ı evvelin kelimesini söyledi: Mim.

Örttü kelimelerinin kapısını. Mirâc etti.

BULUTLAR VE FİLBAHRİ AĞACI

Bulutlar geldi.

Suyun üzerine gölgelerini bıraka bıraka ufkun üzerinden akıp gitti.

Yumdu gözlerini Âdem, sonra açtı.

Bulutlar bir varlardı bir yoklardı.

Âdem bir bulutlara bir gölgeye baktı.

Suretten sirete.

Kesretten vahdete.

Çoktan Bir'e.

Gölgeden ışığa.

Nakıştan nakkaşa.

Bir dünyayı gördü bir cenneti hatırladı.

Bir resim. Bir suret. Bir vehim.

Cennette vuku bulmuş bir bahse mevzu olan insanın hatırladığı rüya.

Bildi yaradılışının ve macerasının hikmetini.

Asıl, sürgüne göre sıla olan makamdaydı.

Birkaç adım attı. Serendip yolunda, kelimeler serencamında, ağaçlığın sonunda yer yer gölgeye boğulmuş, yer yer ışıktan doğmuş, çiçeklenmiş, filizlenmiş kocaman bir filbahri ağacıyla yüz yüze geldi. Beyaz ve hafif koku içine dolunca acıyla gülümsedi, acıyla hatırladı. Yaratıldığı ânı. Hatırasının ağırlığından kalbi neredeyse duracaktı. Elini, üzerine bastırdı.

Kalp: Aynı ânda bu dünya ve o dünyaydı.

İkilik aradan kalktı, cennet ve dünya diye bir ayrılık kalmadı.

Zaman yine o yekpare ân'dı.

O zaman Âdem, her zaman değilse de zaman zaman, birkaç sayılı ân, ufkun üzerine serilmiş bulutlar gibi filbahri dallarının da suretlerinin değil kendilerinin dünyada durduğunu anladı.

Mecaz değil sahilerdi.

Temsil değil gerçeklerdi.

Ayna değil aynılardı.

Hediyeydiler Âdem'e. Şu dünya fenasının üzerinde bir avunmalık müjdesi kadar asıllardı.

ÖĞRENDİ

Âdem ilk haberci, hem de ilk insanken. Yani bir yanı cennete ama bir yanı da adamakıllı dünyaya bakarken. Üstelik dünya hem zahmetken, hem nimetken, bir yanıyla cennet bir yanıyla cehennemken. İç içe geçmiş şaşaalı kelimelerin hayallerinden tanıdığı ve öğrendiği bu yaşamdaki renkten, ışıktan ve kokudan başı döndü Âdem'in. Güneş, ay ve yıldızların izlediği yolları izleyerek nereye gitse de geri döndü. Fazla uzaklaşmadı, suya sıkıca sarıldı. Neyi varsa ne'sini suyun kıyısında aradı. Bulduğunu da orada buldu. Suya yazdı yazısını, taştan okudu. Güneşten köprüler kurdu. Küçük dünyasının ipliğini dokudu.

Hayatı büyüdükçe kelimeleri çoğaldı. Kelimeleri çoğaldıkça hayatı tahsil etti. O kadar keskinleşti ki bilgisi, dünyanın bu ilk sakini, öğrenmesi gereken ne varsa hepsini öğrendi.

Ev kurmayı, korunmayı. Hasırdan şilte yapmayı. Kızgın taşların üstüne soğuk su dökmeyi, taşı çatlatmayı. Kuyu açmayı. Çıkrığı, kovayı. Kuyudan su çıkarmayı.

Bahçe kurmayı. Önüne çit çekip çevirmeyi. Kırmızı gövdeli kırmızı yapraklı tarçın ağacını o bahçeye dikmeyi. Hayvanları ehlileştirmeyi.

Taşların içinden, odunların gövdesinden kıvılcım çakmayı. Kavı tutuşturmayı. Kara ocakta ateş yakmayı, karşısında ısınmayı, deniz kabuklarından kandiller yapmayı, ışığı kandillerde taşımayı.

Tarla sürmeyi, toprağı işlemeyi, tohum ekmeyi. Ektiğini biçmeyi, bu işlerde kullanılacak âletleri, saban ve üç dişli yaba yapmayı, ağacı oymayı, toprağın madeni olan bakırı dövmeyi, eğip bükmeyi.

Bulutların renginden, denizin ne zaman sakinleşeceğini, ırmağın ne zaman coşacağını okumayı. Sığ derelerin ağzına kıstak kurmayı, kanallar açmayı. Sal bağlamayı. Yelken takmayı, denize açılmayı, balık tutmayı.

Şifalı otları, meyvelerden ferahlatıcı sular çıkarmayı, derde deva bulmayı.

Zeytini ezmeyi, berrak ve yeşil yağını sıkmayı, ipliği bükmeyi, saz liflerinden hafif sepetler örmeyi.

Resmetme sanatını. Boyamayı. Renk ve cilâ vurmayı. Ayna, bıçak, taş balta, cam şişe, koku kabı yapmayı.

Hepsini öğrendi.

Kolay değildi öğrenmek. Her defasında öğrendiği ayağına dolandı Âdem'in, eline bulaştı. Ama o sebat etti.

Üstelik ödülü vardı sebatın.

Dünya bilgisinin en kıymetlisi en sonda geldi.

Kara ocakta ekmek pişirecekti.

Âdem'di bu, âdemoğulları bir parça ekmek uğuruna onca cefa çekecek, bir parça ekmekle avunacaklardı.

İLK EKMEK

Âdem dünya nimetlerini bir bir tanıdı.

Nar, incir ve susamı, kokulu taneleri, kalın kabuklu meyveeri. Baharat bitkilerini, safran çiçeklerini, üzümleri. Tek tek tattı. imini çok sevdi. Kiminden hoşlanmadı. Kiminin tadı damağında aldı, kiminden geriye bir buruk tat kaldı. Neticede, nefsinde dünya imetlerine karşı derin bir arzu ve seçicilik taşıdı.

Ama bu dünyanın özetini çıkarmak için tek bir kelime isteeler Âdem'den, buğday, derdi. Çünkü dünyanın ancak bir buğday arlası üzerinden geçen rüzgâr kadar hükmü vardı. Ve Âdem buğdaa ama buğday da Âdem'e muhtaçtı.

Buğday ki zahmetti. Hazdı.

Sabırdı, çileydi. Meşakkatti, nimetti.

Ancak emekten sonra selâmetti.

O da kalıcı değil geçiciydi.

Âdem emek ve zahmeti göze alınca nimet gecikmedi, kendiiğinden geldi.

Otlar sarardı. Hasat mevsimi yaklaştı.

Bir sabah vakti Âdem buğday tarlasının kıyısına dayandı.

Bir süre rüzgârı dinledi. Başını serinletti. Altın rengi başak-
ların dalgalanmasını seyretti. Neden sonra içlerinden birisin
kopardı. Taneleri avucuna sıyırdı. Güneş gibi parlak. Bir taney
diğerlerinden ayırdı. Gözünü alamadı, uzun uzun baktı.

Şu esmer buğday hayata, ayakta kalmaya, yayılmaya ve dün
yaya dair ne varsa onun sırrına sahipti. Gevşek kökü, sert rüzgârla
onu alıp da götürmesin diye toprağı sıkıca kavrıyordu. Bir can taşı
yordu içinde ama yere düşmeden de o canı hayata uzatmıyordu.

Seyrettiği taneyi diğerlerinin arasına kattı Âdem. Hepsini d
bir avucundan diğerine akıttı. Defalarca tekrarladı. Avucund
kalanlara, toprağa akanlara baktı. Ter aktı boynundan. Döndü geri
ye baktı.

Meşakkat dünyasıydı bu dünya. Âdem hepi topu bir buğda
boyu yol almıştı. Ekmeğin bilgisini Kelimeler Kitabı'ndan seçti. C
da ateşle iç içeydi.

Kara ocakta ateş yaktı. Acıydı hatırası, ânında eli yandı.

Bir o yandan esti rüzgâr, bir bu yandan.

Bir sarsmakla yetindi, bir vurdu devirdi.

Ateşini söndürdü Âdem'in. Dünya çok sertti.

Ama Âdem de ezilecek gibi değildi.

Tekrar denedi. Tekrar emek verdi. Emeğinin karşılığın
aldıkça hayatla doldu içi.

Ufaladı taneleri. Öğüttü, inceltti. Kendisinden başka bir şeye
benzetti. Islah etti. Su kattı. Yoğurdu. Hal hamur etti, pürüzsüz hale
getirdi.

Her biçimi başka güzel, her hali nimetti. Buğday. Ne müba-
rekti.

Gözünü açtığında etler, elini uzattığında hoş kokulu meyveer bulmaya, tahtlara yaslanıp altın bezekli koltuklara uzanmaya ılışkın cennet âdeminin, bir parça ekmek uğruna gözlerine duman 'angını, tırnaklarının arasına is karası bulaştı. Alnından ter damlaılı. Bu ter ilk ekmeğin hamuruna karıştı.

Hamurunu Âdem, hamdı, müsait hale getirdi. Közlenmiş ıteşten geçirdi, pişirdi. Nihayet ilk ekmeği ortasından ikiye böldü. Kokusunu içine çekti.

Ekmek ve cennette yediği yasak meyve?

Bilmedi ki hangisi daha güzeldi.

Her defasında ekmek ateşinin karşısında yandıkça pişti Âdem. Ezildikçe inceldi. Üzerine bir olgunluk geldi, önce kalbine ndi, sonra gözlerinin içine yerleşti. Hoşnut oldu dünya zahmetinlen Âdem, dünyaya selâm etti. En fazla da ekmekle dünyalık olduğunu bildi.

Ekmek dünyaydı cennet değildi. Cennette ekmeğin adı yok, cennet âyetlerinin arasında onun adı bile geçmedi.

Hayır, Âdem'e cennetten bir ekmek hatırası kalmış değildi.

DÜNYANIN DA ÂDEM ÜZERİNDEKİ HAKK

Bir yandan selâmetlik dünyanın dilini öğrenirken bir yanda da kendi dilini dünyaya öğretti Âdem. Azgın fırtınalarıyla, korkun dalgalarıyla, yol vermez ağaçları, tehlikeli hayvanlarıyla baş edebil di, onlara boyun eğdirdi. Kendisinden yaratılmış olduğu toprağ kuşattı. Ona hükmetti. İnsandı, hükmetmek nefsine hoş geldi.

O zaman:

Bu tertemiz dünya henüz köhne değil gençken, koca deği yeniyken, körpeyken. Her şey terütazeyken.

Dünya, kendi cennetinden daha düşmemişken. Durgun göl ilk taş atılmamış, su bulanmamış, havaya cıva karışmamışken.

Güzel kuğunun boynu insan eliyle kırılmamış, kuşların kana dına taş bağlanmamışken.

Bembeyaz tüylü kar kaplanı için "Başlıca düşmanı insandır" cümlesi henüz kayıtlara geçmemişken.

İnsan, bir canlının ölürken çıkardığı nefeste hazlanmamış ken, hazlanmak için öldürmemişken.

Sair zaman olsa ölesiye utanacağı ve iğreneceği şeyi tam da onu utandıran ve iğrendiren yanlarının üzerine basa basa ve sadece o yanları için istememişken.

Yani dilin düğümü çözük, kapılar henüz açıkken.

Söz buraya gelince o büyük melek, Âdem'i, kanadıyla tekrar usulca okşadı. Âdem'e, dünyanın da onun üzerindeki hakkını hatırlattı. Derin yar'ın kıyısında, dünya göklerinin atındalardı.

Unutma, diye başladı:

Her şey senin için yaratıldı ama dikkat et sen her şey değilsin.

Dünya boyun eğicidir ama sen zâlim efendi değilsin.

Yeterli sayıyorsun kendini kendine. Oysa hiç yeterli değilsin. Muhtaçsın, ihtiyaçsız değilsin.

Her şey senin emrinde doğru, ama âmirliğe kalkışma.

Bil ki kalıcı değil geçicisin, sahip değil misafirsin. Sabit değil iğretisin.

Her ne ki var sende, ödünçtür, senin sanma.

Şımarma.

Yarı kısmın topraktır. Toprağı horlama. Dünyadan, yerine koyduğundan daha fazlasını alma. Onun dengesini bozma. Uyumuna musallat olma. Gülün rengiyle, sütün tavıyla oynama. Karıncanın yolunu kapama, kırlangıcın yuvasını bozma, yılanın dişini kanatma. Pınarların, nehirlerin, ince suların kurumaması için çaba sarf et. Göz kulak ol emanete. Bozma kıvamını, aldığın gibi iade et.

Hava-toprak-ateş-su da insandan alacaklıydı. Bitkinin ve hayvanın, dağın, taşın ve börtü böceğin, yaralı kedinin, hasta leyleğin, yırtıcı parsın, dayanıklı devenin de insan üzerinde hakkı, insandan razılığı vardı.

Büyük melek üst üste üç kez tekrarladı. Âdem'den söz aldı. Sözünü, unutma, diye başladığı sözcükle tamamladı. Kanadının okşayışı da sesi gibi hafifledi, uzaklaştı.

Âdem ter içinde kalmıştı. Güneş neredeyse batacaktı ama o yerinden bile kıpırdayamadı. Gün o gün oldu, bu uyarıyı hiç unutmadı.

Ama oğullar babalarına asi, insanın yasası unutmakla illetli. Onun oğulları, her şeyi görmek, her şeyi yaşamak, her şeyi hissetmek, her şeye sahip olmak, her şeyce sahip olunmak hırsıyla, hem nasıl da unutacaklardı.

ÂDEM'İN YALNIZLIK HALLERİ/ HAVVA SÖZLERİ

Âdem'in sırtına dünya gailesi çöküp de üzerinden sayıyla sayılır vakit geçince, bir varmış bir yokmuş'u seçti. Zaman göz kırpımı mesafe. Cennetten kovuluşu daha dün gibi. Bitmez geçmez dediği nice günü akşam etti. Her sabah tükendi her akşam yenilendi. Alışkanlık insanın mizacı. Âdem, gözü karanlığa alışır gibi dünyaya da alıştı.

Uzundu yolu. Dünya ömrü, ışığa nisbetle ışık. Âdem dağların taşların ağırlığını sırtında duydu. Ölümlüydü, kendisini ölümü bekler buldu.

Ölüm emir, ölüm kader, korkusu yoktu.

Lâkin Havva gelmeden öleceğinden korktu.

Kelimeler Kitabı'na baktığında, Havva'nın ilk harfinin kendi isminin ilk harfinden çok uzakta durduğunu anladı.

Döndü. Baktı. Bir daha baktı. Ruhundan bir şey iliştirdi o sayfaya. Diyelim ki Âdem Serendip'teyken Havva güllerin ülkesine inmişti. Bütün bunlar temsil. Gerçek o ki aralarındaki uzun bir mesafe uzun bir hasretti.

Bakındı çevresine. Renkli kuşları gördü dalların üzerinde Âdem, bir yerde bir göktelerdi.

Bulutları gördü, gölgelerini denizin üstüne sermişlerdi. Denizi gördü, kumsalın üzerine az gelmiş, bir az geri çekilmiş.

Uğultusunu işitti denizin. Sırma sim bir hilâl yükseldi.

Dünya dedikleri işte, hâlâ cennet gibiydi.

Ama Havva yoktu yanında, öyleyse dünya cehennemdi.

Yalnız gelmişti dünyaya Âdem. Dünyanın bir adının da yalnızlık olduğunu bildi. O kadar yalnızdı ki, dünya böylesi bir yalnızlığı son gününe değin görecek değildi.

Bundan sonrası, Âdem'in Yalnızlık Halleri/Havva Sözleri.

I-

Deniz bir batıya aktı, bir doğuya aktı.

Kimi gösterdi derûnundaki yıldızları kimi sakladı.

Öyle ânlar geldi ki Âdem, âlemi kendisidir sandı. Onunla yek-vücud oldu, onunla kucaklaştı. Ona karıştı. Varlığından memnun kaldı. Bir Âdem ömrüne sevincin daha fazlası sığmazdı.

Ama Havva yoktu yanında, hepsi eksik kaldı.

Evini kurdu Âdem. Havva yoktu.

Kızıl tüylü, yabani hayvanları ele geçirdi, sakinleştirdi, kendisine bend etti, Havva yoktu.

Yıldızları saydı bir bir, buğday ekti, hasat etti.

Ter döktü biçerken. Ateşin karşısında yandı, ekmek pişirdi, Havva yoktu.

Hiçbir işinde Havva yok, hiçbir yerde Havva yoktu.

Oysa olsaydı Havva şu bahçenin kenarında, pelinin, süsenin yanında, görüneydi şu kırmızı yapraklı tarçın ağacının altında, âh, ne olurdu!

Unutmak, diye bir kelime vardı Kelimeler Kitabı'nda. Unutucuydu insan. Öyle yaratılmış, kalbi öyle yasalanmıştı.

Ama Âdem bir Havva'yı unutamadı. Ne kadar zordu derin bir hasretin üstesinden gelmek. Unutur gibi bile olmadı. Uzaklaşmadı içinden hiçbir hatıra. Havva'yı hatıram, diye andı. Hatıralarını dağa taşa anlattı.

II-

Havva dünde kalsa da Âdem onu hep bugünmüş gibi bildi.

Hiçbir şey giderek uzaklaşmadı. Hiç olmamış gibi olmadı. Artık zaman vardı ve Âdem'in istemediği kadar çoktu. Lâkin Havva yoktu ve bir tek Havva'nın hasretinin üzerinden zaman geçmiyordu.

Yeryüzünün o zamanları bu zamanlarına uysaydı, Âdem'in kırk yıl ağladığı, seksen yıl beklediği, Havva'nın yüz yıl gelmediği bile söylenebilirdi. Ama mutlak olan sadece kalbin zamanı.

Kalbin zamanı: Cennet zamanı.

Canlıydı orada her hatıra. Onda unutuş yoktu.

Aşkın zamanı: Ân-ı ebedi: Bitimsiz şimdi.

Âdem kalbinin zamanında o kadar bekledi. Havva o kadar gelmedi.

III-

Havva'nın hasreti kalbinin zarına değince, fuadına inince, Âdem gecenin geç bir vakti denize karşı durdu. Göğsünü olan hasretiyle açtı. Bakışlarını bir denize indirdi bir göklere çevirdi.

Kalplerin Sahibi'ne seslendi.

Gökler sessizdi ama Âdem tepeden tırnağa sesti.

Rabbim, dedi, demelerin en içteniyle.

Semanın aydınlanma zamanı girdi. Göğün rengi yerde, yerin rengi göklerde yansımaya başladı. Yeşilin üzerinde yeşili, alevin içinde ateşi seçiyor şu gözlerim. Ama çok yalnızım. Koca dünya üzerinde bir başınayım.

Havva yaratılmazdan önceki yalnızlığıma hiç benzemiyor bu. O zaman varlığını bilmediğim bir Havva'nın yokluğuyla yokluk çekiyordum. Şimdiyse bir kez bulup da kaybettiğimin boşluğuyla doluyorum.

Onu bir kez tanıyan artık onsuz olamaz, beni şu dünya yolunda onsuz koma, beni Havva'sız bırakma.

Rabbim, dedi, aynı içtenlikle.

Ey Kalplerin Tartıcısı.

Çok bunaldım Senin uzaklığında. Senden habersiz, cennetinden kovulmuş.

Çok yorgunum.

Bana bütün haberlerin yerini tutacak bir haber gönder. Üzerime bir iyilik ve güzellik kondur.

Avunmalığım olsun, hiç ummadığım bir sevinç nasib et.

Lâtifsin, lütfet.

Lütfet. Bu gam denizinde tatlı bir dirlik olsun.

Sürgünlüğümün sebebi o değil ama mükâfatı Havva olsun.

Sen ki dağları dağlara kavuşturursun, "kavuşmamız kıyamete kalmasın", burada olsun.

Bir dünya yetmez Havva'ya doymaya. Ahretliğim de o olsun.

Ya Rabbi, dedi Âdem, ey kalpleri çekip çeviren, açan değiştiren.

Yokluğu yokluk ki, ben onu hâlâ yitirdiğim cenneti sever gibi seviyorum.

Şu arzın sathında cenneti bana onun kadar kuvvetle hatırlatacak biri daha varsa gönder bana.

Yoktu.

Arzın sathında bir Âdem bir Havva, aralarında bir büyük umman duruyordu.

Her şey kopmuş ayrılmış aslından. Bir Havva kalmış Âdem'e, arı duru, yekta. Gülün adıyla varlığı arasına mesafe girmediği, dünyanın o en saf zamanında. Aşk da sadece aşktı. Bunca bulanmışlıkla daha karşılaşmamıştı. Havva varlığında ne kadarsa, yokluğunda da o kadardı. Ve Âdem anladı ki cennette bile Havva'ya doyamamıştı. Değilse, geride söylenecek bu kadar çok söz kalır mıydı?

Âdem bu kez Havva'ya seslendi.

Dedi: Ey ismimin bütün harfleri, ey benim benliğim, benliğimin sen'i.

İçimde tecelli bulan lâtif esmasınca, her ânımın şimdisi. Her gecikmişliğimin telâfisi.

Arttır kelimelerimi. Göster yüzünü, cennetlik et beni.

Dünyanın son gününe değin yaşasam, bambaşka bir gözle görmüşlüğüm görülmüşlüğüm.

Çünkü cennette gördüğüm görüldüğüm.

Gençliğini gördüğüm, gençliğine görüldüğüm.

Bir esenlik bahçesinde zorlamışlığım zorlanmışlığım. Sınadığım sınandığım.

Sınavım. Kaybım. Kaybımda kazancım.

Yani kârım, kârgâhım. Nihayetinde kararım, karargâhım.

Bu nedenle yeri hiç kimseyle dolmayacak olan ve yerimi doldurmayacak olanım.

Etin etimden, kemiğin kemiğimden. Ay ışığında oku harflerimi ay ışığında yaz nameni. Senden önce öleyim ki ölümden korkma. Benden evvel öl ki ölümden korkmayım.

Öyleyse dirimim gibi ölümümde de arkadaşım.

Ey benim yaradılışım, yolunu kaybetmiş yol arkadaşım.

Kimin bağrındaki kemikten yaratılmışsan ona gel. Eksik parçamı arar gibi seni arıyorum ben. Sen de beni ara. Boşluğunu doldur, eksiğini tamamla.

Dünya dediğin bir kaza ertesi. Aç kapılarını. Elinle koymuş gibi bıraktığın yerde bul beni. Gel neredeysen. Cennet olsun yeniden.

IV-

Bir cenneti özlüyordu Âdem bir de Havva'yı. Görmek, özlemin ateşi. Görmese, belki ikisini de unutacaktı. Ama şurada. Şu çok dallı, zarif endamlı servi rüzgârda salındıkça. Limon ağaçları bahar bahçe, meyve çiçek bir arada açtıkça. Portakal dalları, turunç yaprakları, kokusunu ay ışığında rüzgâra bıraktıkça. Irmaklar konuşup sular toprağın alnına kapandıkça.

Geniş yapraklı incir, olgun meyveleriyle nar. Tadı buruk zeytin. Ağaçların arasına süzülen ışık yağmuru.

Beyaz sorguçlu kuşlar. Zarif ve masum ceylânlar.

Gülün kokusu. Rengi. Teni. Bütünüyle kendi. Katmerlenmiş bir son ek zaafıyla; gülün ta kendisi.

Göklerin ve yerin gizleri.

Dünyanın her hali. Her sebebi.

Bu sürgün yerinde Âdem ne yana baksa her yerde cennet her şeyde Havva'yı görüyordu. Her yer Havva, her şey Havva'dan oluyordu.

Mahzunluğu çok derinlere indi.

Düştüğü keder uçurumunda anladı Havva'nın kendisi için ne demek olduğunu. Mahremiyetinde sırrı. Utancında örtüsü. O olmazsa insan olmanın hem sınavı, hem sebebi, hem sonucu eksik kalacaktı. Bu yüzden Havva bir kez daha, Âdem'in Âdemliği. Sebebi, sonucu, sınırı.

Onun için özlemini küçültmedi Âdem. Bastırmadı. Sindirmedi. Küllemeye yeltenmedi. Onu, bir özleme kendisini gönüllü terk ederek özledi. Bir cennet sürgününe mal olan bu özleyişin Havva'sını belli ki kendisine bir avunmalık olsun diye vermemişlerdi.

Şu dağ, şu taş, şu toprak.

Şu, denizi uzun uzun seyreden yağmur kuşu şahit olsundu ki güzelliğin kaynağını böyle kuvvetle hatırlatmasa, Âdem, Havva'yı böyle hasretle beklemezdi. Aşkın tarihçesinin bile olmadığı bir tarihte onu böyle büyük bir aşkla sevmezdi.

Böyle çözülmezdi dizleri, kalbi dile gelmezdi.

Havva belli ki içinde değil içinden çok derindeydi.

Yandı Âdem bu yüzden yandıkça tükenmedi. Değil mi ki ondan sürgün edilmiş olsa bile, cennetin hatırasını yitirmeyen bir kalbe güvenilebilirdi.

Âdem yitirdiği cennetin hesabını dünya gözüyle yapmaya ancak o zaman başladı.

Havva'sız bu dünya, bir cehennem yurdu.

Oysa Havva olsaydı Âdem'in dünyası cennet olurdu.

V-

Cennetin hatırası, Rabbin bağışı.

Pervanelerin kanatları yandı.

Öyle daraldı ki içi, Âdem bu dünyaya sığmadı.

Bu dünya ona artık dar, anladı ki durmakla olmuyor. Ne kurduysa arkasında bıraktı.

Yolculuk zamanı geldi çattı.

Kapattı kapısını Âdem. Salının yelkenini bağladı. Ummanlara açıldı.

YOLCULUK

Temsilin yolculuğunda Âdem, kıyısız ummanlarda yol alırken, karardıkça kararan fırtına bulutlarına rastladı. Yıldırımların yardığı yepyeni gökleri tanıdı. Lâcivertten griye, siyahtan maviye. Üzeri tüllenen denizler gibi, görünüründen çoğunu suyun altında saklayan dalgaları da aştı. Deniz şelâlelerinden geçti. Hepsi birbirinin aynı dalgalara değil, güneşe ve yıldızlara bakarak yolunun işaretlerini seçti. Günler gecelere karıştı. Gün geldi bu zorlu yolculukta Âdem'in yolu ölüme kadar dayandı. Ama kavuşmak yazılmış ki alnına, sonunda güzel yolcu her kazayı her belâyı atlattı. Dünyanın ilk seyyahı yeniden karaya ayak bastı.

Bu yepyeni diyarda, dünya âlemin bambaşka çehreleriyle karşılaştı, bilmediği yanlarını tanıdı. Serendip'te ismi bile okunmayan buz kırağı mevsimlere, coşkun nehirlere, akıntılarının altında sakin sakin akan derelere. Meleklerden başka muhatabı olmayan hiç bilinmedik yabancı kokulara, yabani çiçeklere, hiç yaşanmamış zamanlara. Çok renkli kuşlara, ismi bir süre sonra unutulacak ve yerine yenileri konulacak olan hayvanlara rastladı. Ne kadar büyükmüş dünya! Âdem şimdi biraz daha şaşkın biraz daha hayrandı. Ama karar kılmadı oracıkta. Havva'yı bulmadan duramazdı.

Diyar diyar ilerledi. Sarp tepelerle yüz yüze geldi. Dayanmanın en zor olduğu ânlarda dayanabildi. Lâkin her defasında yeni bir tepe de karşısına dikildi. Gölgeden kalkanlarla dağların hücumunu savuşturmaya çalıştı. Kumdan ummanları aştı.

Cennet: Kaybettiği.

Havva: Bulamadığı.

Yıllarca Âdem Havva'yı aradı.

Dört unsur: Ateş-toprak-hava-su.

Üç oluşum: Bitki-hayvan-maden.

Dağlar taşlar elbirliği etmiş, onunla yürüdü.

Âdem yürüdükçe buğday tarlaları yürüdü.

Yanıbaşında sadık ve mahzun köpek, bahçesinde gülle bülbül.

Ardı sıra gür yeleli arslanlar, önü sıra katar tutmuş turnalar.

Bütün bir Asya'yı yürüdü Âdem.

Âdem yürüdü, Asya yürüdü.

Havva'ya doğru yürüdüğü yıllar boyunca Âdem. Hiç pişman olmadı. Şikâyet etmedi. Yoruldu ama yolundan dönmedi.

Kalbi hiç kaymadı. Bu uzun çile yolunda hiç yan basmadı.

Güveni hiç sarsılmadı. Aşkın ipi hiç kopmadı.

Başka türlü yol alamazdı.

Bütün yorgunlukları arkasında bırakmış, aşılmaz zannedileni aşmakla onanmış. Bir kere değil çok kere, bir şeyle değil çok şeyle sınanmış. Bir dünya yolculuğu geçmişti üzerinden Âdem'in. Ayakları suya ermişti. Ama belli ki cennet bir kez yitirilse de kazanılabilir bir şeydi. Baştan ayağa dikkat kesildi, Âdem, Havva'yı bekledi.

Onu yalnız Âdem değil bütün bir âlem bekledi. Belliydi Havva'nın geleceği, gelmeyecek olan böyle beklenmezdi.

Bir rayiha harfi gibi içine düşen umutla Âdem, bekliyorum öyleyse gelecek, dedi.

Bu kadar çok çağırdığı için. Bir devri kapadığını, bir devranı tamamladığını. Bir eşiği geçtiğini hissetti.

Ân geldi.

Yakıcı sıcaklar saklanmış, sular serinlemişti. Tatlı bir rüzgâr esiyordu dünya âlemin üzerinden, varlığın seyrüseferinden. Her şey nefesini tutmuştu ki dünyanın biri bir ucunda, öbürü öbür ucunda olan o iki kişinin, ilk dünyanın bu ilk iki sakininin bir araya gelmesi için izin çıktı.

Gerisi kolaydı, zor değildi.

Âdem, Havva ile, iki dünyanın birleştiği yerde bir araya geldi.

Giden Âdem'di ama Havva geldi.

Gelen Havva değil, yitirilmiş cennetti.

KAVUŞMA

Havva geldi.

Yer ürperdi önce. Denizin kıpırtısı, rüzgârın direnişi hafifledi. Ağaçlar kulak kesilirken vahşi hayvanlar iç geçirdi.

Daha önce böyle bir şey görmüş değillerdi. Bütün ilgileri bir seyir lügatçesinde toplanırken, Havva'yı ilk kez gören cennet sakinlerine benzemişlerdi.

Havva, bir başına değildi.

Akzambak, amber, inciçiçeği.

Vadi karanfili. Dağ lâlesi.

Bir çiçek saltanatını. Gül fırtınasını. Ardı sıra sürükleyerek geldi.

Gitmiş de vazgeçmiş gibi. Ölüp de dönmüş gibiydi.

Işıklı bir yağmurun içinde oldu buluşmaları.

Bir yerde değil her yerdeydiler şimdi. Adım attıkları yerde mor yapraklı kır menekşeleri bitti. Yüzlerinde onca yorgunluğun güzelliği, aynı yolların yolculuğu. Denk düştü sevinçleri, birbirine karıştı.

Dağ dağa kavuşur gibi Âdem Havva'ya kavuştu.

Âdem, Havva'ya doğru yürüdü. Bütün bir dünya macerası onunla birlikte yürüdü.

Uğultusuna rüzgâr, ırmağına su yürüdü.

Minicik adımlarındaki yorgunluğa bakınca Âdem anladı ki Havva da durmamış yürümüştü.

Dünya toprağının üzerinde, iki ırmağın iyice yaklaştığı yerde karşılaştılar. Diyelim ki Mekke cihetinde, evlerin en güzelinin makamı, ismi ezelden belli Kâbe toprağında, Arafat'taydılar.

Irmakların biri devam etti kendi yönünde akmaya. Diğeri dayanamadı, bu büyük buluşmaya karışmak istedi. Akış yönünü ters çevirdi. Şimdi artık Havva ile Âdem'in ayaklarının dibine doğru akan bir nehirdi.

Âdem, Havva ile yüz yüze geldi.

Dünya, nihayet "cennet gibi" değil, ilk kez cennetti.

Âdem'in dünya gözüyle ilk görmesiydi Havva'yı.

Tanışıp bilişmeleri, ısınıp sevişmeleri için zamana gerek yoktu. Ezelden tanışlardı zaten. Âdem karşılaştığı yüzü, hani konuşup kaynaştıydı, hatırladı. Cennet şelâlesinin, su damlacıklarını saçlarıyla savuran Havva'sını geçmişi hatırlar gibi hatırladı, geleceği tanır gibi tanıdı.

Cennet aşkına benziyordu bu hatırlayışta sevmek.

Her şey Havva'ya hatırasınca önemliydi. Zaten Havva da her şeydi şimdi.

Dünyanın o en tenha zamanında bile, bir çehreyi milyonlarca benzerinden ayırıp, işte bu, der gibi. Öyle tanıdı Âdem Havva'yı, öyle kendisinin bildi. Yine de bildiğini bilmek ister gibi sordu Âdem: Sen misin?

Benim ya ben, dedi Havva. Baştanbaşa sen'im.

Mavi bir bulut ışığında durdular. Cennetten sürgün edilmişleri de gölgesinde barındıran bir dünya ağacının altındaydılar.

Âdem, bir şeye dayanmak istedi. Ağaca baktı, Havva'ya yaslandı.

Havva döndü yüzünü, derin bir tebessümle elini uzattı, ağacın gövdesini okşadı.

Ağaç gülümsedi, eğdi başını.

Baktı Âdem. Havva. Yine güzeldi.

Ama su gibi değil ışık gibi de değil. Artık toprak gibi güzeldi.

Yanıktı teni, dudakları kavrulmuştu.

Alnında bir dünya yorgunluğu, bedeni ter damlası. Saçları rüzgâr kokusu, elleri tuz çatlağı.

Cennet masumiyetinde değildi artık bu güzellik. Ama yunmuştu yıkanmıştı. Yeniden saflaşmış, aslına varmıştı.

Yaratılış ânı kadar berrak. Bağışlanma ânı kadar inandırıcıydı.

Belli ki Havva da kaderin fırtınasından, kasırgasından geçmişti. Şimdi kaderini sahiplenenlere özgü güzellikle güzeldi. En fazla da gözlerinin derinine sinmiş şu dünya elemiyle güzeldi.

Havva şimdi Âdem'e, cennet kapısında son kez görüştükleri ân kadar yakın, araya giren dünya sürgünü kadar uzaktı. Onun yüzünde Âdem, kendi yüzünde değişenin de ne olduğunu anladı. Öyle buldu Havva'yı kendisine öyle rastladı.

Havva. Eksilmiyordu hâlâ. Hâlâ her ân yeniden doğuyordu. Öyle zenginleşiyordu ki onu ilk kez görmekle son kez görmek arasında hiçbir fark yoktu.

Yüzüne bir dünya çilesi çökmüş olsa da, hâlâ kulağının arkasında bir ırmak çiçeği, gözlerinin arkasında uzak uçurumlar vardı. Ve bedeni hâlâ cennetten sökülmüş bir fidandı.

Yani hâlâ Âdem'in tamam zannettiği her güzellik Havva'nın sadece bir parçasıydı.

Havva Âdem'in aşeka otu, sarıl-sarıl-sarmaşığı.

Dünya yüzünde gördüğü en güzel yüze baktı bir kez daha Âdem.

Yumdu gözlerini.

Bildiği her şeyi bir kez Havva'da unuttu. Sonra açtı gözlerini. Her şeyi Havva olarak hatırladı.

Koydu aşkın ismini. Bir kez unutmak sonra hepsini hatırlamaktı.

Yeni bir şeyi değil can yitiğini bulur gibi.

Zamanlarca kaybedip de sonra aniden kendini bulmuş gibi. Ama bulduğu, o eski kendisinden çok daha çokmuş gibi. Zor olan aşılmış, bundan sonrası olurmuş gibi.

Başını Havva'nın sağ omzuna gömüp de bin yıllık gözyaşıyla hıçkıra hıçkıra ağladığında. Bütün sesler kesildi. Âdem sadece Havva'nın, bırak üzülmeyi, artık ağlama, diyen sesini işitebildi.

Karardı gözleri, dahasını görmedi.

DÜNYA HAZZI

Cennette bütün sözcükleri öğrenmişti de Âdem, dünyada Havva'ya her Havva dediğinde güzel sözcüğünü yeniden ezberledi. Her şey aşka âşıkken, aşkın bir tek güzelliğe âşık olduğunu öğrendi. Galiba bu dünyada aşk arazdı da güzellik cevherdi.

Ne zaman ki dünya üzerine çöker gibi oldu, yer ayağının altından kaydı, Âdem bir dağın altında kaldı. Uzak durma, yaklaş bana, dedi Havva'ya.

Havva böyle zamanlarda tebessümüyle sardı, sesiyle avuttu Âdem'i. Bir çocuk gibi başını okşadı.

Sıcaktı teni, Âdem'in gecesine güneş kattı.

Havva olunca yanında, dünya? Katlanılırdı.

Dünya dedikleri bir cennet mahrumluğu.

Yaklaştıkça, Havva'nın yurdu cennet.

Ama sonu var, sonsuzluğu yoktu. Bir adım sonrası, Âdem düşüyordu.

Her defasında ışıklı, nurlu, selli pullu bir suya verdi kendisini Âdem. Başı göğe erdi. Her defasında can tene, ten cennete değdi.

Ama eksikti. Elinden gelse Âdem geriye hiç dönmezdi. Ama her defasında ardından sürgün geldi. O ne kadar kalmak istese de geri çevrildi.

Dünya hazzı! Âdem Havva'ya her dokunduğunda, gözlerini yumup da tepeden tırnağa Havva olduğunda, cenneti içinde hazır, kendisini cennete nazır buldu. Ama gözlerini her açtığında dünya yerinde duruyordu.

Havva?

Âdem ona bin adım atıp da o Âdem'e doğru bin bir adım attığında, yaklaştığında. Gözlerini yumdu. Âdem'le cennetlik olmuştu, Âdem'le dünyalık oldu.

Suyun suya karışması gibi değil, toprağın suyu kabul etmesi gibi kabul etti Âdem'i en derûnuna. Her defasında Âdem'den de ona cennet aktı. Ama dünyaydı burası. Her defasında yasak meyvenin yanıbaşındaki Havva'ydı. Ve gördükleri yarım kalan o rüyaydı.

Yasak ağacın altında bilmiş olmanın ona armağan ettiği suç ortaklığıyla, suçu işleyecek olan bütün kadınların annesi ve suçun diğer ortağı bütün erkeklerin de annesi olacak olan Havva.

Cennetten hayata geçtiği ânda.

Yüzündeki cennet izinin kedere döndüğü sırada. Kıyamet koptu.

Bunca zamandır dünya toprağındaydı ya ilk kez hayata karıştı Havvacık.

Bir damla kan. Rüyası bozuldu.

Bir damla kan. Cennet kadınını sürgünlük toprağının Havva'sı kıldı, ama aynı bir damla kan sürgünlüğün Havva'sını bütün bir insanlığın da anası yaptı.

Kanın olduğu yerde hayat ile ölüm, arı ile kirli iç içe.

İnsan olmak rahimlerde bir damla kanla başlıyordu.

Ana: İnsan olmanın isimlerini sıralayan Kelimeler Kitabı'nda taç sayfa oydu.

Daha yükseği yoktu.

CENNETİN HAVVA'YA HEDİYE GÖNDERMESİ

Gün geldi geçti kendi gözlerinin içinde bambaşka bir ışık buldu Havva, ruhtu, bir daha ruh oldu. Kendinde bir başkalık buldu. Bütün dünya nimetlerinden tiksinir oldu. Buğdayın taze ekmeğe sinmiş tadı, zeytinin buruk kokusu, otların sarı, yeşil, kahve rengi. Bir kokusu, rengi ve tadı olan her şeyden ikrah etti. Suyun kokusu, rengi, tadı yoktu ya Havva sudan bile iğrendi.

Nasıl olurdu?

Ama oldu.

Havva'nın canı bir tek taze kekik, yeşil elma, ekşi erik istedi. Öyle çok istedi ki. Şaşıp kaldı Âdem.

Hayret! Havva elma sevmezdi.

Zaten elma isteyen de Havva'nın kendi canı değildi.

O zaman anladı Havva canına can katıldığını. Tek değil iki can taşıdığını. Ve dahi üzerinden kaç yıl geçse de o canı hep taşıyacağını. Okşadı karnını. Elinin değdiği yerde gül bitti. Okşadı karnını bir kez daha, canına diken değdi.

Canım, dedi, canı yerine geldi.

Canım, dedi, canı eksildi.

İstekleri hiç bitmedi Havva'nın. Her istediğini az çok bulup getirdi Âdem. Ama Havva ne çok şey istedi. Sonra gün geldi bütün isteklerinden vazgeçti. Sadece bir isteğinde diretti. Fakat inanılır gibi değildi!

Havva daha evvel tattığı bir cennet meyvesini hatırlamıştı. Dünyanın nimetleri yetmemiş de, bir cennet yemişini, onun kokusunu, rengini, lezzetini arzulamıştı. Gelip cennetin kapısına dayanmıştı.

Âdem şimdi ne yapsındı? Havva'nın istediği o cennet yemişini bir türlü bulup da getiremedi. Olsaydı esirgemezdi elbet ama olacak şey miydi?

Olmayacağını Havva da biliyordu bilmesine ya yine de canı yandı. Güneşi renginde, ışığı suyunda, cenneti kokusunda saklayan o yemişi bir türlü aklından çıkaramadı. Üstelik dünyaydı burası. Unutmuştu cennet kelimelerinin bir kısmını Havva. O yemişin ismini bile tam hatırlayamadı.

Ama nereye gitse aklında o koku, o renk, o lezzet, o hatıra. Bir diş alsa ruhunun ağırlığı, bedeninin sızısı kalkacaktı ortadan. Bir ısırsa canına can katılacaktı.

Arzulamakla kalmadı Havva. Acı doldu içine. Bir meyveyi arzulamak nasıldır, hatırladı. Arzusundan utandı. Ama bu bambaşkaydı. Rahmetin eli dokunuyordu bu arzuya. Havva cennetteki kadar saftı.

Bu arzuyla uyuyamadı, bu arzuyla uyandı bir sabah. Yürüdü gün boyunca. Ter bastı ağırlaşmış bedenini. Saçları sırtına yapıştı. Yoruldu. Bir ağacın gölgesine sığındı. Ağaç orada dalları yapraklarıyla, yarısı yeşil yarısı allarıyla duruyordu. Filizleri çoktu ama meyvesi yoktu. Meyvesiz bir ağaç olmakla yazgılanmıştı ve dünya yüzünde yaratıldığı günden bu yana neden meyvesiz yaratıldığını hiç anlamamıştı. Başkaldırmamışsa da içi hep acımıştı.

Öyle bir ağırlık çöktü ki üzerine Havva'nın, ağacın altında, uzanarak değil yaslanarak uyudu. Sırtının ağrısıyla uyandı. Uyandığında, içindeki canın isteği yerinde duruyordu, üstelik eskisinden de çoktu. Mahmurluğunu üzerinden atıp da kendisine geldiğinde Havva başının üzerindeki geniş ve yeşil yaprakların arasında güneş renkli cennet elmasını buldu.

Elini uzattı. Alçacık dallardan birini kendisine doğru çekti. Kopardı hoş kokulu meyveyi. İlk ısırığı aldığı ânda cennetin kendisine bir armağan gönderdiğini anladı.

Havva ne de olsa, cennetten çıkarken annelik duygusunu yanına almış kadındı. Şefkatin elleri geçti gözkapaklarının üzerinden. Şefkate en muhtaç olduğu bu ânda Şefik olanın kendisini yalnız bırakmadığını anladı.

DOĞUM

Hafif bir yükle yüklüydü önce, gittikçe ağırlaştı. Bu yükün ağırlığıyla kadınlığın sırrına erdi. Hafif bir uyku bürüdü gözlerini. Attığı adıma dikkat etti.

İçinde eksik değil çoğalan bir parça vurup durdu. O parça ilk kıpırdadığı ânda, cennet yaklaştı. Böylesi hiç olmamıştı.

Ana rahminin sıcaklığında, Rahman ve Rahim olanın adıyla, evlâtlarını sakladı. Büyüttü, taşıdı. Dünya üzerine kendisinden bir sevgi bırakanın adını andı.

Doğum vakti gelince Havva'nın kasıklarına öyle bir sancı saplandı ki yüz üstü yere kapandı. Kıvrandı binbir büklüm. Olmadı. Ayağa kalkmaya kalkıştı. Duramadı. Tek başına. Dizlerindeki derman boşaldı.

Can havliyle en yakınındaki ağaca, cennet elmasına sarıldı. Ter, alnından damladı önce, sonra bedeninin her gözesinden fışkırdı. Fazla uzun sürmedi doğumların bu ilki. Canından can, teninden ten, etinden et koparken Havva artık tek çığlıktı.

Tek avazda kurtuldu.

Öyle bir avaz ki ama, yer duydu, gökler duydu. Havva'nın yaşadığı, o çok düşündüğü kıyametin penceresinden bakıp gerisin geri dönmekten farksızdı.

Korkunç sancılarla bedeninden kopan şeyi kucağına aldı. Saracak sarılacak ne varsa onunla sardı. Korudu kolladı. Öptü kokladı. Böyle tanıdı anneliği Havva. Âdem anneliğin ismini böyle hatırladı.

Bastırdı göğsüne yavrusunu annelerin ilki. Saçlarının kuytusuna gömdü cennet kokusunu. Göğsünden ilk sütü emdiği ân. Öyle yükseldi ki ruhu Havva'nın, başı arş-ı Rahmana vardı. Cennetten sürgün edilmiş kadının cennet şimdi ayaklarının altındaydı.

Havva'nın kucağındaki de Habil değil Kabil'di. Neydi ki annelik, bu hesapta oğul değil anne muteberdi.

Ve bu bahis sonunda söylemeli ki Âdem'in kelimeleri arasında iyi ki unutmak vardı.

Eğer unutmak olmasaydı Havva ve onun soyundan gelen hiçbir kadın bir daha asla, ikinci bir çocuk doğurmayı, canından can kopartmayı, kanından kan boşaltmayı göze alamazdı.

Lâkin geçen zamanın üzerinde unutuş vardı.

Nasıl yaratıldığını hatırlamıyordu Havva. Ama kendisi eğer gerçekten Âdem'in böğründen bir kez çıkarılmışsa, onun ana rahminin sıcaklığından ikişerli onlarca kez Âdem'ler dünyaya geldi.

Kelimeler Kitabı'nın isimler sayfasında, ikizleriyle birlikte, Kabil'i Habil, Habil'i diğerleri izledi.

ÂDEM: BABA

Âdem'e gelince. Hem cenneti hem dünyayı hatırında taşıyan Âdem. Bebeğin yüzüne baktı uzun uzun. Yanağını değdirdi yanağına. Dudaklarının üzerinden parmağını, gözlerinin üzerinden busesini geçirdi. Onunla göz göze geldi. Cennet kokuyordu, kokusunu içine çekti. Cennette bıraktığı o gülümseme bunca zamandan sonra ilk kez geldi Âdem'in yüzüne yerleşti.

Havva'yı dünya gözüyle gördüğü gün bile böyle gülümsememişti.

Ey oğul, dedi, nereden geldiğini biliyorum ben. Ama sen hatırlamayacaksın. Bir tek benim haberim var.

Umarım anlattıklarıma inanırsın.

Kabil ve Habil.

Her ikisi de saflardı, çocuklardı.

Melek değillerdi ama melekler kadar masumlardı.

Ne zaman ki Habil masmavi, yumuşacık bir bakışla ve Kabil kum yeşili gözlerinin yabanıl çekiciliğinde, bambaşka güzelliğinde boy verip de bambaşka bir bakışla baktılar Âdem'e. Baba, diye ses verdiler. O da oğul, diye karşılık verdi. Âdem kendisine öğretilen kelimelerin arasında, bu kez tam da kendisine ayrılmış sayfada, baba'yı ayırdı da oğul'u tam kestiremedi.

Ne de olsa Âdem, babaydı da oğul değildi.

Baba olmayı bildi de oğul olmak, onda sadece ilimdi.

IV. ATIN BU HİKÂYEYE GİRMESİ

ATIN BU HİKÂYEYE GİRMESİ

Bütün bunlar olurken, bunca sahife boyunca bütün bunlar size anlatılırken, dalların yaprakların arasından bir çift göz, açık değil gizlice, kayıtsızlıkla değil ilgiyle, kimi korkuyla kimi hevesle, ama hep de merakla Âdem'i seyretti.

Âdem onun henüz farkında değildi. Ama Serendip yolunu yürürken de, zümrüt kuşunun yabancılığıyla canı yanar, ilk ekmekle avunur, ilk kez hastalanırken de. Dünyayı önce cennete sonra cehenneme, sonra hem cennet hem cehenneme benzetirken. Nihayetinde Âlemlerin Rabbi'ne çıkan yolu her yanda görüp sürgününü sıla edinirken, dünyayı içine sindirirken de. Havva'ya bir dünya ağacının altında kavuşurken, kucağına aldığı ilk bebeğe oğul, derken de. Üzerinde bir çift gün ışığı sezdi. Teninde bulutların arasından sızan bir okşayış, seyrinde bir bakış hissetti.

Başını geriye her çevirdiğinde, alev saçan bir çift gözle göz göze geldi.

Henüz evcilleşmemiş at bu hikâyeye böyle girdi.

Henüz evcilleşmemiş at bütün bu hikâye boyunca Âdem'i sayfalarının arasında bir koştu bir durdu. Ayak sesleri bir kesildi bi duyuldu.

Bir gerçekti bir hayal oldu. Bir göründü bir yok oldu.

ATI ÂDEM'İN İLK KEZ GÖRMESİ

Kaçınılmaz karşılaşma, ikisinin de inmeye mecbur oldukları yerde, ırmağın kıyısında, ay ışığında gerçekleşti. Geceydi. Soğuktu ayın ışığı. Her şey maviliğin sükûnetinde yüzerken kendi teninde artıyor, gayrinde başkalaşıyordu. Bu hayal denizinde ses yoktu seda yoktu. Bir ses verme kabiliyeti olanların tümü susmuştu. Gece kuşlarının, en yırtıcı hayvanların bile dilleri tutulmuş, bütün bir tabiat nefesini tutmuştu. Göklerin kapılarının açılmasına ramak kalmış, meleklerin kanatları sürtünse birbirine duyulacaktı ki onu gördü Âdem.

Su içiyordu.

Ön ayakları bileklerine kadar suya batmış. Yansıması suyun parlak yüzüne yayılmış, uzanmış. Tatlı bir rüzgâr yalıyordu gür ve parlak yelesini. Ay ışığı güzel sırtını, sert sağrısını okşuyordu. Öyle zarifti ki, o su içerken, suyun yüzünden bir ürperti bile geçmiyor ve dalların yaprakların gölgesi, hayır, onunla birlikte eğilmiş su içmiyor, sadece onu seyrediyordu.

Işık saçıyordu. Ânbeân karanlıktan sıyrılıyor, gecenin içinden çıkıyordu.

Bir tutam deniz köpüğü, bir içimlik suydu sanki. Ama, ay ışığında bile fark etti Âdem, alnından burnuna doğru çatallanmış damarlarına ve burun deliklerinin açılıp kapanmasına bakılırsa öfkeli bir ateş mağarası da onun içinde gizliydi.

İnkârcıyken teşvikçi. İsyan ederken muti.

Reddederken razı. Yalanlarken onaycı.

Çetin ve inatçı. Aynı zamanda ölene dek bağlı.

Çok güzel. Çok değerli.

Ve çok soylu. Çok soylu.

İlk bakışta anladı Âdem onun çetrefilini. Yerden göğe kadar, aynı ânda birbiriyle uyuşmaz iki şeydi. Ve şimdilik gelmekten çok gitmek gibiydi.

Ürperdi Âdem. Ses çıkarmadı. Büyülenmiş gibi, olduğu yerde dondu kaldı. O kadar ürkek duruyordu ki, onun yok olmasından korkarak, bir adım bile atamadı. Dalların yaprakların arasına saklandı, sadece baktı. Gözlerini, gizlice gördüğünden alamadı. Baktıkça doyamadı. Bakmaya kıyamadı. İçine çekildiği bu güzelliğe, bu dostluğa, bu sıcaklığa, bu çekiciliğe ama bu mesafeye, ilk ânda bulup da bir isim veremedi. Onu, tanıdığı canlılardan hiçbirisine benzetemedi. Neden sonra bildiği kelimeler arasından at'ın ismini seçti.

Çok geçmedi. Suya kanmıştı at. Gecenin içinde aniden belirdiği gibi, aniden de gitti. Ondan geriye kalan, suyun üzerinde iç içe açılıp kapanan bir yığın sessizlikti. Bir tül hayaleti.

Sular tüllenirken Âdem bilmedi ki, gördüğü, rüya mıydı gerçek miydi? Bildiği, kelime gerçeğinden, rüya bilgisinden öteye geçmedi.

At, diye mırıldandı bir kez daha. Ama yetinmedi. Her şeyin ismini koymaktı Âdem'in mizacı. Onu bir cins olarak bütün benzerleriyle birleştiren bu ismin dışında, sadece ona has ona mahsus bir ismi de bulup bir yerlerden çıkarmak, ona o isimle seslenmek yani onu sahiplenmek istedi. Ama o isim bir türlü dilinin ucuna gelmedi. Âdem, Leylî diyemedi.

Yine de. Parmağının ucuyla göklere, su içen bir at resmi yaptı. Ay ışığını da ihmal etmeden gölge resmini tamamladı.

ATLA ÂDEM'İN İKİNCİ KEZ KARŞILAŞMASI

İkinci kez kahve ağaçlarının altında karşılaştıklarında vakit sabahtı. Güneşin yalansızlığında arıydı duruydu dârıdünyanın renkleri, gölgesizdi, seçikti, ve at da en az Âdem kadar gerçekti.

Âdem'in dikkatini en evvel onun perçemleri çekti. Tarçın ağacının kabukları kadar kırmızıydı bu perçemler ve atın gözlerine kadar inmişlerdi. Göz gözelerdi şimdi. Lâkin gözlerindeki bakış hariç tutulursa at, bir taş kadar hareketsizdi.

Âdem neşeyle gülümsedi.

Kırmızı perçemleri gözlerine, gür yelesi boynuna, güzel teri koynuna dökülmüş atı, bu güzel varlığı tanıdı. Hani, bir gece önce ırmağın kıyısında, ay ışığında karşılaşmışlardı.

Âdem'in bedeninin özü topraktı. Ama at, hareketsiz dururken bile uçmaya hazırdı ve sanki göklerden inmiş, en soylu seher rüzgârlarından yaratılmıştı. Ve eğer gerçekten rüzgârdan yaratılmışsa, şu saçak saçak perçemler, gözlerinin üzerine, alnının ortasına her halde onu Yaratan'dan armağan, son bir övünç nişanesi olarak bırakılmıştı. Çünkü bütün güzellikler bu perçemde asılıydı.

O kadar çok, zamanın zamansızlığa, bedenin ruha, koşmanın kanatlanmaya, imkânın imkânsızlığa karıştığı karar noktasında, bu dünya ile o dünya, gerçek ile rüya arasında duruyordu ki at, Âdem merak etti. Bu güzellik bir tek isme sığmazdı. Baktı Kelimeler Kitabı'na. Birden fazlaydı isimleri. Hepsini bir bir gözden geçirdi. Ümmetlerin lisanında at, kimi zaman hayal, kimi zaman akıl, kimi zaman ruh anlamına da gelen sözcüklerle adlandırılacaktı. Gülümsedi Âdem. Başka türlüsü? Zaten olamazdı.

Âdem zihnini tekrar yokladı. Sayfaları başka bir cihetten çevirdi. Kelimeler Kitabı'nda at, "insanın kutlu dostu, evvel, evcil" hanesine sicillenmişti. Lâkin bu sicilde de bir çetrefil gizliydi. Çünkü Âdem şimdi, karşı karşıya durdukları şu ânda onun ruhunu okurken, ruhundan öte yazgısı da önündeydi. Ve atın hamurunda özgürlük duygusuyla insana hizmet arzusu birlikteydi. Doğası özgürlük, yazgısı insana hizmetti onun. Fakat yazgısı ile doğası arasında, doğası baskın gelecek gibi görünüyordu. Yani en fazla boyun eğdiği ânda en fazla başkaldıracak olan da oydu. Fakat susuzluktan dili damağına yapıştığı ânda bile çağrıya uyacak, emre itaat edecek, pınardan geri dönecek gibi duruyordu. Ne garip bir hesaptı bu!

Üzerinde fazla durmadı Âdem. Seyrine devam etti.

Yabandı. Henüz hiçbir insan eli gözkapaklarına, alnına, ipeksi tüylerine dokunmamıştı. Kuyruğuna düğüm atıp sağrısını okşamamıştı. Uzun, kavisli ve güçlü boynuna sarılıp, hüznünü yelelerine saklamamıştı. Kulağına bir sözcük fısıldamamış, derdini ona anlatmamıştı. Kendini ona bırakmamış, gözyaşlarını gözlerine akıtmamıştı. Yüzünü yüzüne, gözlerini gözlerine sürmemişti ve gözpınarları gibi kirpiklerinden de öpmemişti.

Ama atın ona dost, ona arkadaş, ona en sadık olarak yaratıldığını da okudu Âdem kelimelerinden. Birlikte atılacak adımları vardı. Yan yana olunca kuşkusuz daha çabuk yol alacaklardı. Öyleyse, bir yerde buluşmaları kaçınılmazdı.

Bilgisinin tatlı sevinci ve içinin güvenciyle bir adım attı Âdem. Sadık dostuna bir tanışlık vermek, ondan bir tanışlık almak, boynunu okşamak istedi. Biliyor musun bütün bir insanlık seninle yürüyecek yolunu, diyecekti ki:

Celâlle sıçradı yerinden at.

Yelesi rüzgârda savruldu. Terliydi. Yay gibi gergin ve hiddetliydi. Soylu bir öfke saklıydı kaslarının seğirmesinde. Ama düşman da değildi.

Âdem hayret etti fakat yılacak gibi değildi. Peşinden seğirtti. Âdem de dünya üzerinde en az kırmızı perçemli at kadar gençti.

***

Hayır! O kadar basit değildi. Ele avuca gelmesi imkânsızdı atın. Boynuna bağ sırtına dağ vurulmaz gibi duruyordu. Âdem koştukça o kaçtı. Ama her kaçışında Âdem'in kokusunu ayırdı rüzgârda, ona kendi kokusunu bıraktı. Âdem yoruldukça o hızlandı. Âdem kovalamaktan yoruldu da kızıl perçemli at kaçmaktan yorulmadı. O koşarken Âdem'in dünya zamanına dair bütün bilgisi alt üst oldu. Sür'ati, zamanla bile yarışılabileceğini fark etti.

Ân geldi Âdem durdu, Âdem durunca at da durdu. Gözlerini dalların budakların boşluklarına uydurdu. İnsanın onu merak ettiği kadar o da insanı merak etti. O da galiba insan gibi, üzerinde ilgi görmeye istekliydi. Göğsü inip kalkarken kızıl perçemlerinin arasından derin derin baktı. Sanılır ki ne kadar güzel olduğunu bilerek baktı Âdem'e, güzelliğini göstermek arzusundaydı.

Günlerce sürdü bu kovalamaca.

Her defasında aralarında sabit bir mesafe kaldı. Âdem ona ancak uzaktan baktı.

Ama tanımasına tanımak kattı.

Her defasında farklı bir yürüyüşle yürüdüğünü fark etti onun. Hareketlerinin bütün gizemi, ruhu, duyguları, kalbinin vuruşları ayaklarının ucundaydı. Adımları, mutluysa farklı, öfkeliyse farklı. Neşeliyse, canı oyun istiyorsa daha da farklı. Çapraz adımları, iki yanlı koşar adımları, dört ayak-bir toplanış-bir açılış koşmaları, neredeyse uçmaları vardı. Âdem onun en fazla da her ayağını yere farklı zamanlarda vurduğu dört zamanlı yürüyüşüne hayran kaldı. Böyle zamanlarda ayakları yerden kesiliyordu, uçuyordu bir ân için. Sonra yine yere dokunuyordu.

Bunca adım, bunca koşma arasında bir defasında Âdem ona bir boy mesafesince yanaşmayı başardı. Onu ilk kez bu kadar yakından görüyordu. Daha fazla yaklaşmaktan korktu. At da bir adım atmadı boynunu uzatmadı.

Ama bu kadar yakındayken Âdem gördü göreceğini. Gördüğü de ancak güzellik sözcüğünün eşanlamlılarına çevrilebilirdi.

Uzun kirpiklerle gölgelenmiş, kahve ağaçlarının rengindeki, içi hayal ile dolu gözleri. Ağır ağır kirpik indirişi. Hüzünlü ve mağrur bakışlarla, sükûnetli bir meydan okumayla, sevimli bir merakla Âdem'i seyredişi. Başını çevirişi, aniden yön değiştirişi. Boynunu eğişi, alnını rüzgârda serinletişi.

Hiçbir meziyeti, hiçbir mahareti olmasa bile. Bu görünüş. Bu güzellik. Vallahi yeterdi. Her şeyi güzeldi. Her şeyi sevilebilirdi. Hiçbir şey yapmazken bile. Büyüleyiciydi.

Fakat Âdem onun en fazla da ruhuna bağlandı. Çünkü bu ruh. Neredeyse dile gelecek, konuşacaktı.

Diğer yandan asi ve kibirli. O kadar kibirli ki bu kibir ancak boyun eğmeyle yatışabilirdi. Gelgelelim onun içinde saklı bu ruha, eğer biraz dikkat etmezse insanoğlu tutsak olabilirdi.

Öyleyse önce bu ruha bend olmak onu kayıt altına almak lâzımdı. Cesaret etti Âdem. Bir adım ilerledi. Bir ân için onun terli ve sıcak sırtına dokunabildi. Hayat vurdu bileğinde. İçine öyle tatlı bir dostluk aktı ki, neden hâlâ bu kadar uzaklar birbirlerinden bir türlü anlayamadı.

Neden hâlâ bu kadar yabancılardı?

***

Oysa Âdem onun ismini her düşündüğünde bir resim geliyordu gözlerinin önüne. Kırmızı perçemli bir at. Buna benziyor fakat tam olarak da bu olmuyordu. Farklı olarak, beyaz bir akıtma seçiliyordu alnının üzerinde. Damla biçiminde. Geliyor ve hafifçe kişniyor, Âdem'i çağırıyordu.

Git, demiyordu bu kez, kalıyordu.

Yelelerini akıtıyordu uysallıkla, başını bırakıyordu. Ve bütün bunlar Âdem'in kapısının önündeki pembe çiçekli, kırmızı gövdeli, kırmızı yapraklı tarçın ağacının altında oluyordu.

Pembe çiçeklerini açmıştı çoktan tarçın ağacı. Irmak bulutu. Yağmur sabahı. Resim aynı. Mevsim aynı. Öyleyse atın şimdiye değin çoktan gelip Âdem'e boynunu uzatması gerekmiyor muydu?

Ona sadık, ona yakın, ona dost.

Böyle olması gerekiyordu ama işte olmuyordu.

At bir kez boyun eğse, küçültse gözbebeklerini, dönüşü lmazdı, başlayacaktı dostluğun hikâyesi.

Ama.

Hafifçe kişnedi. Toynak vurdu toprağa.

Korkuttu Âdem'i. Asilik gösterdi.

Boyun eğmedi, küçültmedi gözbebeklerini.

Kelimelerinden şüphe etmedi Âdem. Hafızasına güvenme- neyi yeğledi. Demek zamanı şimdi değilmiş, dedi. Eğer kelimesi ʼazılmışsa, bu gerçekleşmeyi nasılsa kimse engelleyemezdi. Sabırsızlıktandı Âdem'in hamurunun mayası ama yavuz dünya ona, abrı da öğretmişti.

Üstelemedi. Beklemeyi bilirdi.

Fakat beklediği o uzun süre içinde onu hezaran çiçeklerinin, fundalıkların, ufukla nerede birleştiği belli bile olmayan çayırların ortasında, bulutların hizasında uçarcasına koşarken her gördüğün- de. Âdem'in diline ata ilişkin o kadar çok kelime eklendi ki; keli- melerin emanetçi efendisinin çiçeklere, barınmaya, beslenmeye, hayata tutunmaya ilişkin kelimeleri bile bu kadar çok değildi.

ATIN ANNE OLMASI VE...

Zaman zamanı, yıllar yılları kovaladı. Baharlar, pembe çiçekler gelip geçti tarçın ağacının üzerinden defalarca. Çocuklar, bahar fidanları gibi boy attı. Günlerden bir gün Âdem, bir yanında Habil bir yanında Kabil, kızıl perçemli atın gezindiği yerlerde buldu kendini.

Ne ki bir gariplik vardı. Kızıl perçemli at yoktu ortalıkta, görünmüyordu. Yamaçlara vurmuyordu kendisini, menevişli bulutlara baş çekmiyor, sonra tutup bir ağacın arkasına saklanmıyordu. Gözlerini dalların yaprakların boşluklarına uydurarak Âdem'e bakmıyordu. Onu kollamıyordu.

Çağırıp da kaçması gerekirdi, oysa ne çağırıyor ne de kaçıyordu.

Çok geçmedi. Ses, varlıktan önce. Hafif bir inilti duyuldu. Âdem bir adım attı, derken çalılığın arkasında kendisini onunla yüz yüze buldu. Sağrısına bir ân için dokunabildiği günden sonra, hiç bu kadar yakın olmamışlardı. Böylesine uzun bakışmamış, nefes nefese duruşmamışlardı.

Kızıl perçemli at kendisini kuru yaprakların, sararmış otların arasına atmıştı. Güzel başını, sıcaktan ufalanmış, dağılmış toprağın üzerine bırakmıştı.

Ter akıyordu boynundan. Perçemleri alnına, yeleleri göğsüne, boynuna yapışmıştı. Sırılsıklamdı kuyruğu. Burun delikleri genişlemiş, damarları neredeyse çatlayacaktı. Gözleri kocaman açılmış, yuvalarından fırlamış, kanlanmıştı. Ve yanağına doğru bir gözyaşı, damlamıştı, sızmıştı. Çok acı çektiği her halinden belliydi ve belli ki her haliyle çaresizdi.

Âdem'le göz göze gelince yerinden doğrulmaya, bir hamle yapmaya bile gücü yetmedi. Kendisini hiç bu kadar ele vermemiş, oluruna terk etmemişti.

O ân anladı Âdem kızıl perçemli atın ne halde olduğunu. Sancısını gözlerinden okudu. Rahatını kaçırmaktan korkarak, elini hafifçe onun boynunun, şahdamarının üzerine koydu. Uzun, ipek kirpikli gözkapaklarından geçirdi parmaklarını, gözyaşını sildi. Alnını okşadı, perçemlerini yana doğru taradı. Bir serinlik akıttı ona sesinden. Karnını hafifçe sığarken, korkma, diye fısıldadı, hep böyle olur. Çok sancı çekersin ama çektiğine değer. Anne oluyorsun.

Çok geçmedi, Âdem yaratılışın mucizesiyle bir kez daha yüz yüze geldi. Armağanlar dağıtıcıydı ya at, bu kez çok ama çok kıymetliydi hediyesi.

Âdem, gördüğünü Kabil'le Habil'e de gösterdi. Şu tüyleri yapış yapış, ayakları üzerinde duramayan, adım bile atamayan çelimsiz yavruya bakarken gülümsedi. Biricik ve soylu. Annesinden farklı olarak beyaz akıtması alnının ortasındaydı ama annesi gibi onun da gözlerinin üstüne düşen övünç nişanesi, mutluluk salkımı, kızıl perçemleri vardı.

Yorgun ve güzel anne takatsizlikle yumarken gözlerini yavru havayı kokladı, vakit harcamadan hayatın kaynağına, annesinin süt dolu memesine uzandı.

Belinde asma lifinden bükülmüş ip ve kıvrık bir kanca vardı Âdem'in. En savunmasız olduğu böyle bir ânda, hayatının ta başında, yavruyu bağlayabileceğini apaçık gördü. Yavruyu bir kez bağlasa anne zaten her defasında Âdem'indi. Ve biri bir kez Âdem'in olsa bütün bir at soyu da evcilleşmiş demekti.

Ama kıyamadı Âdem. Yine sabretti. Yine hayalindeki o muhabbet resminin tamamlanmasını, onun gelip kendiliğinden, tarçın ağacının altında kendisine bağlanmasını bekledi.

Fundalardan destek, kuru yapraklardan yastık. Duru su, taze çimen.

Bir eli Kabil'in elinde diğeri Habil'de.

Usulca geri çekilecekti. Dönüp gidecekti.

Ki.

Ölüm, yönlerini bozdu.

Silkindi yerinden anne at. Kalkmaya yeltendi. Ön ayaklarının üzerinde yarı doğruldu. Arka ayaklarını taşımaya gücü yetmedi. Düştü. Bir daha denedi. Bir daha gücü yetmedi. Olduğu yere yığıldı. Devrildi. Güzel ve uzun boynunu hayatın bütün nefeslerini içine çekmek ister gibi son bir kez kaldırdı. Başını göklere uzattı. Fazla dik tutamadı. Bıraktı. Keskin bir kişnemeyle boşalttı içindeki hayatın nefesini. Burun delikleri titredi. Uzun kirpikli güzel gözleri kapanırken, görmediğini bile bilmediği yavrusunun hayalini gözlerinin içine hapsetti.

Yavrusunu bıraktı arkasında, kendi gitti.

Kaza vardı kaderin gerçekleştiği ânda ama perçemleri annesinin perçemleri kadar kızıl, ve en az onun kadar yabanıl bu küçük atın kör doğduğunu ne Âdem, ne de annesi ve kör atın kendisi bilebildi.

Görülmeyecek ne gerçeği, görülecek ne rüyası vardı?

Neye tanık olacaktı, neyi tamamlayacaktı ki düşmüştü bu devrana, bu dünya fenasına gelmişti?

ÖLÜM DEDİĞİN BUYSA

Kızıl perçemli güzel at ölürken Âdem'in oğullarının ikisi de ağladı. Oysa insan cinsinden henüz kimse ölmüş değildi ve ölüm, Âdem için bile henüz sadece bir kelimeydi. Ürpertici ama uzak bir bilgiydi.

Sakinleştirmek niyetiyle aldı götürdü oğullarını suyun başına babaların ilki. Su iyi gelirdi. İkisini de aynı taşın üzerine oturttu. Yüzlerini yıkadı, alınlarını ovdu. Ellerini aldı avucunun içine. Birinin sağ birinin sol, üst üste koydu. Kendi geniş avucunu da bu ellerin üzerine kapattı. Cennetin yağmurlarını toplamış, semenlerini güllerini dermiş, dünya toprağında sertleşmiş bu eller merhem olmasa, bu minik elleri başka ne avuturdu?

Habil. En rüzgârsız havalarda bile başı daima eğik duran ağaçlar gibiydi. O ne kadar suysa ağabeyi o kadar ateşti. Habil sessiz sedasız, gözyaşlarını içine akıtarak ağlıyorken, Kabil'inse hıçkırıkları durmak bilmedi.

Saçını rüzgâr okşarken, henüz kalbinde kin, elinde taş yokken. Mizacındaki ateş tutuşmamışken. Kabil'in göğsü olan hacmiyle gözyaşının duasına, meleklerin armağanına açılmıştı. O kadar ki Âdem'in tesellileri yetmedi, oğulcuğunun gözyaşları dinmedi.

Oğulcuğum, dedi Kabil ile Habil'in babası.

Şimdiye kadar hiç, oğul sözcüğünün arkasına o iki hecelik eki, kalbindeki o şeyi, o engin denizi, bastırılmasa taşacak o sevgiyi, izni ilâhi kattan gelmiş o muhabbeti eklemeden, yalın bir kelimede oğul, dememişti.

Tekrar etti: Oğulcuğum, neden ben seni teselli edemiyorum?

Aldığı cevaptan Âdem bile korktu. Nasıl korkmasındı? Böylesini beklemiyordu.

Kabil, o atın ölümünde ölümü gördüm, dedi. Ölümle aynı mesafeye geldim, bir hizada durdum. Ölüm ölüm, dediğin buysa ey baba, ölüm kamet, ölüm kıyamet. Atın, yavrusunu zamanlarca beklediğini, o zahmeti, o meşakkati sen söyledindi. Şimdi o gidecek ama yavrusu geride kalacak. Bu yemyeşil çayırlarda annesi olmaksızın koşacak. Ya annesi? Onu hiç mi hatırlamayacak?

Fazla söze gerek yoktu. Yine de Kabil, durmaksızın hıçkırıklarıyla bölünen cümlelerle anlatıyordu. Kelâmın neticesi, bu körpe yaşında öyle bir dal budak atmış, öyle derinlere kök salmıştı ki, bu dünyaya ya hiç gelmeseydik ya da madem geldik gitmeseydik, diyordu.

Oğulcuğum, dedi Âdem, kendi sesini duymak için bekledi, cümleyi cümleye ekledi:

Oğulcuğum, ölüm her nefiste bir kıyamettir. Ama yine de ölmeliyiz. Ölmezsek hepimiz ölümsüzlüğe kalkışabiliriz.

Oğulcuğum, geçiyorken uğradık biz, bu dünyaya kalmaya gelmedik ki. Kulluk kaydıyla indik, saf hazla mutlu olmak için değil ki.

Çetin bir sınanmanın ortasındayız. Örselenmemiz incinmemiz bu yüzden. Ama seni Allah'ın yarattığının, kalman için değil geçmen için bu dünyaya saldığının, bir gün mutlaka ama mutlaka ona dönücü kılındığının sen de farkındasın.

Hüküm cümlesinin sonuna bir "değil mi" eklemedi Âdem. Sual etmek, onay istemek şüpheye işaretti. Henüz endişeleri de şüpheleri de yoktu ki Âdem'in. Ama. Korku! Bir ân, kalbini yokladı. Kabil! Başı eğik suya bakarken, kimbilir şu güzelliğin içinden neler geçiyordu? Korkusunun üzerinde fazla durmadı Âdem. Oğulcuğunun yüzüne muhabbetle baktı. Kum yeşili gözlerini okşadı.

Kabil yine o eski Kabil şimdi. İki kaşının ortasında bir masumiyet çiçeği. Habil göklere kaldırırken başını Kabil kendi gölgesini seyretmeye koyuldu. Gölgesiyle eğlendi gölgesinde duruldu.

Sanki bir yağmur fırtınası, çıkacakken aniden vazgeçmişti. Kayaların arasından sızan yomsuz sayhalar dinmişti.

Ama aniden çıkacaktı bu hikâyede rüzgâr. Fırtına sessizce gelecekti. Öyle sessiz ki, geliyorum, bile demeyecekti.

BELÂ SABAHININ BULUTLARI

Çok geçmedi.

Birkaç bahar daha geçmişti ki fırtına çıkageldi.

Oğulcuğum, dediği o ikisi arasına mesafe girdi.

Ne kadar çok zaman geçmişti Serendip sabahının üzerinden.

Her şey değişmiş, her şey eskimişti.

Dünya bile artık o eski dünya değildi.

Dünya dedikleri hepi topu bir göz kırpımı mesafeli rüya, Âdem apaçık gördü ki bu rüyanın üzerinde bir belâ sabahının bulutları serili.

Habil de Âdem'dendi, Kabil de Âdem'indi. Ve Âdem ummadığıyla sınanıp sarsılacakların, kavmince taşlanacakların sonuncusu değil ama ilkiydi.

Taş, Âdem'e hiç ummadığı bir yerden geldi. Oysa Âdem, iki oğlunun da üzerine böyle eşit bir muhabbet bıraktıkça bu bütünlük bozulmaz zannederdi.

Peygamberdi Âdem. Kavminden evvel oğullarında tecrübe edildi. Kabil'in karşısına sadece baba değil peygamber vasfıyla da dikiliverdi.

Bundan böyle bu kitabın sayfalarında Âdem'e düşen uzun uzun söylemekti.

V. KÖR ATIN RÜYASI

"SİDRE"

Habil'le Kabil'i, Âdem'le Havva kadar meşhur bu çifti kurban taşının önüne kadar getiren, bir ateşin sınavından geçiren neydi?

Kurbansa kurban. Kansa kan.

Ama hakikat neyse de araya bir şey girdi.

Kabil'i yolundan çevirdi.

Bütün hikâyeyi tersyüz etti.

Hakikat tekse de rivayet muhtelif. Belki rivayet edildiği gibi Kabil eş-karın kardeşini, o güzeller güzeli dişiyi istemiş olabilirdi. Gönlü, ceylân ürkekliğinde, sırtı yay gerginliğinde o dünya güzelliğine düşmüş olabilirdi.

Her şeyi gözden çıkarmış bir o kadarını göze almış, neticede gözünü karartmış olabilirdi. Üstelik hakkı olmayana göz dikerek gözden düşmüş de olabilirdi.

Sevmek, bir görmek görülmek hikâyesiyse eğer, onu gördüğü ânda, bu benim olmalı, benim olmazsa ne ben ne o, demiş olabilirdi. Dediğim dedik, kulaklarını her sese tıkamış, ayak diremiş olabilirdi.

Kurbanının seçkin tutulmamışlığı? Toprağa kök salışı? İlk cinayet için ilk aşkı bahane kılışı. Bütün bunlar sebep değil neticelerdi. Kabil'in kimliğine giydirilecek bütün yorum denemeleri, anlatılmış bir hikâyeye yeni bir dil giydirmek hevesi.

Bir hikâye dilinde ikisinin arasına giren o şeye "Sidre" diyelim. Diyelim ki o "şey" de Kabil'in imtihanı. Sadece bir muhalefet şerhi değil, bütün inkârlar manzumesinin simgesi, "sidre"si, yasak ağacı.

Kabil'le Habil arasındaki sadece bir teslimiyet farkı.

Her şeyin üzerinde Bir Tek Şey var.

O Şey'e birinin kendini bırakışı da diğerinin bırakmayışı.

ZİYARET

Zaman deli rüzgâr gibi geçti. Dönekti dünya. Âdem rüzgâr ekmese de fırtına biçebileceğini zaten biliyordu ama bu kez yaman öğrendi. Hiç durmayan yürüyüşlerinden birinde yolu oğullarının yoluna çıktı. İkisi de suyu, tuzu, ekmeği bölüştükten sonra kendi gündelik yollarına koyulmuşlardı. Âdem önce Kabil'e uğradı. Güneş doğmamıştı henüz. Ama gökler erken bir fecirle aydınlanmıştı.

Bir ırmak ovasının bağrında hafif rüzgârın sesini duydu Âdem. Serindi. Ürperdi. Kabil'i gördü uzaktan, bir süre ses çıkarmadı. Bir asma kütüğüne dayandı, oğulcuğunu şefkatle, muhabbetle seyretti. Güzelliğini bir kez daha fark etti. Ama şu kısacık bakışla bile defterini görebildi onun, hikâyesini okuyabildi, tefsirini çözebildi. Ve gördüğünü çok sevmedi.

Kabil ırmağın kıyısında, bağlarının bahçelerinin ortasında, olgunlaşmış, ağırlaşmış salkımlarının arasında zahmetle eğilip doğruluyordu. Su veriyordu toprağa. Ayrık otlarını ayıklıyordu. Cömertti toprak, o da aldığına karşılık veriyordu. Ama ağırdı verdiğinin bedeli. Kaldırmak için eğilmek şarttı. Esirgemiyordu Kabil, baş eğiyordu.

Âdem dikkat etti. Her bir asma fidanıyla Kabil de toprağa kök salıyor, yere bağlanıyordu. Yaptığı, toprakla uğraşmaktan çok ona tutsak olmak gibiydi. Ama bu tutsaklıkta toprağa taslanan bir efendilik de gizliydi. Kabil kendi efendiliğine adanmış bir köleydi.

Topladıkça topladığını sırtına yükledi. O kadar ağırdı ki bu yük, toplamakla yetinmedi, çoğaltmanın, büyütmenin, biriktirmenin hazzını tattı. Sonra öyle bir baktı ki toprağa, Âdem'in içine bir endişe sızdı. Zira Kabil'in üzerinde dünyanın parıltısına, âlâyişine dalan bir taraf vardı.

Yaklaştı Âdem. Selâm verdi selâm aldı. Her zamanki gibi oğulcuğunun omzunu okşadı. Hal hatırdan sonra, oğulcuğum, dedi usulca. Uyarmak istedi. Bu kadar efendilik azmi iyi değildi.

Benim, demek: Ben'im, demek.

Benlik: Kibir. Mülk: Hâkimiyet.

Hepi topu gelip geçici dünyada kalıcılık hevesi. Oysa önünde sonunda misafirlerdi şu dünya toprağında. Gidecek değiller miydi? Öyleyse gerekenden fazlası? Niyeydi?

Kabil, buğulu bir üzüm salkımını asma yaprağının çukurunda babasına uzatırken iri, mor bir taneyi de kendi ağzına attı. Güzel saçlarını parmaklarıyla geri itti, gülümsedi. Kum yeşili gözleri ilk ânda şenlikliydi. Ben, diye başladı. Benim, diye devam etti. Gülümsemesi giderek yerini kapanık bir bakışa bıraktı. Babasının endişelerini, gidermekten çok doğruladı.

Bak ey baba, dedi. Madem merak ediyorsun, anlatayım. Uyarıyorsun, kendimi savunayım. Hatırla toprağın evveliyatını. Şu bomboş kara toprağı bereketli bir bağa ben dönüştürdüm. İşledim onu, emeğimi verdim, benim kıldım. Hükmettim. Yayıldım üzerine. Günden güne onunla büyüdüm, onunla genişledim. Benliğimle birleştirdim. Ayrılık gayrilik kalmadı aramızda. Artık toprak ben'im.

Hal böyleyken bu toprağı bırakıp da gideceğimi hesaba katmamı benden nasıl istersin?

Gitmem. Gidecek olsam da gitmeyecekmiş gibi yaparım.

Öyle bir kazarım ki ismimi toprağa, gitsem bile benim olarak kalır, benim adımla anılır.

Dünya sabahında sular aydınlandı. Âdem'in içi sıkıldı. Şu safiyetle bakan da Kabil'di tekinsiz vurup geçen de geçmeyen de, hep oydu. Farklıydı, farkıyla bütün olandan kopuyordu. Tek başına dikiliyordu çoğul olanın karşısına. Ve gelip de babasının karşısında durunca, babasına karşı duracak oğulların ilki oluyordu. Ama bir yanıyla da Âdem'in bir yanına benziyordu.

Âdem'in iç sıkıntısının asıl nedeni şu ki, Kabil'in dilinin altında başka bir ses, başka bir kelâm vardı. Ama bu sesin ne söylediği henüz açık değil kapalıydı. Âdem bir parça ferahladı. Demek Kabil'in içindeki, engellenemez değil katlanılırdı.

Sormadı. Üstelemedi. Yerinden doğruldu. Kabil'den döndü, Habil'e doğru yola koyuldu.

Habil, taze otlaklara yayılmış parlak tüylü ve gamsız hayvanlarının az uzağında, bir vadi uçurumunun ağzında, kendisini yamaç rüzgârına bırakmıştı. Bir elinde filizlenmiş bir dal, toprağın üzerine çizgiler çizerken, beyaz tüylü bir kuzunun sırtında gezdiriyordu diğer elini. Dalgındı ama sakin değildi. Âdem onun da omzunu okşadı. Onu da sığadı. Habil kaldırdı başını, Havva'nın mavi gözleriyle babasına baktı. Bir su tebessümü yayıldı yüzüne. Doğası derin göllerin dinginliğine yakındı ama suyun yüzü yavaş yavaş kırıştı.

Ter damlıyordu şakağından, perçemleri alnına yapışmıştı. Bir daha dokunsa Âdem, kırılacak, dağılacaktı.

Âdem, ona da neden, diye sormadı. Ama onun, gölgesi susarken yüzünde haykıran şeyi, görmemek imkânsızdı.

Biri su biri ateşti. Aralarında kötü bir rüzgârın gidip geldiğini Âdem keskin bir bakışla fark etti.

İkisi de oğluydu.

Ne oluyordu?

FIRTINA

Fırtına çok yakındı.

Ve belli ki acımasız olacaktı.

Âdem günü zor geçirdi. Kabil'in dönmesini bekleyemedi. Güneş alçalırken tekrar ırmağın kıyısına, kıvrım kıvrım sürgünlenmiş asma bağlarına gitti. Her şey sakindi görünürde. Ama Âdem'in gözünden kaçmadı. Kabil'in içi içine sığmıyor, bir şey içini kemiriyordu. Sığmıyordu kabına, taşıyordu. Huzursuzdu, soluğunu öfkeyle alıyor, aldığını geriye hınçla veriyordu. Demek ki, açık değil kapalı tuttuğu şey, Âdem'in daha bu sabah zannettiği kadar katlanılır değildi. Ha döküldü ha dökülecekti.

Âdem bir giriş yapmak için dilinin ucunda biriktirdiği bütün sözcükleri geri iteledi. Uzatmadı. Söze hemen girdi. Ey oğulcuğum, diye başladı, anlat bana, ne'n var, ne haldesin? Görüyorum ki her zamanki sen değilsin.

Fazla zorlaması gerekmedi. Çok geçmedi, Kabil'in içinde sandığından çok daha büyük bir yanardağın kaynadığını anladı. Kabil, Habil'e yazılmış Sidre'ye sevdalanmıştı.

Sevilen tekse de seven ikiydi şimdi. Üstelik Kabil'le Sidre arasına emri büyük kattan gelmiş bir olmazlık eki çoktan girmişti. Lâkin Kabil de geri dönecek gibi değildi.

Âdem'in, ilk ânda eli ayağı buz kesti. Ama hatırası bunca güçlü olan sözüne güvendi. Konuşmakla ikna ederim, zannetti.

Dili vardı o zamanlar Âdem'in kalbinin. Dalgalanırdı ırmağın yüzü, üzerinden bir kelimesi geçtikçe. Ondan birisine söz zahmetsizce gidip gelirdi. Yorulmazdı kelimenin kabında hiçbirisi. Konuşmak, iç ruhla anlaşmak gibi bir şeydi.

Oysa şimdi Âdem, mucizesi konuşabilmek olan bu ilk haberci, kelimelerin dünya sahibi, konuşmak anlatmak için ne kadar zahmet çekmesi gerekti. Ama erinmedi. Söylemekti vazifesi. Söyledi. Söylemekle kalmadı üstelik. Üsteledi.

Sözlerinde Âdemce bir samimiyet açık, peygamberce bir tecrübe gizliydi. Oysa sanki dağlara taşlara, titreyen alevlere, bulutla yer arasında düşmeden kaybolan damlaya, boşlukta döneduran fırtına kuşlarına söylüyordu sözlerini. Hepsi duyuyordu da bir tek Kabil işitmiyordu.

Kabil mi anlamak istemiyordu? Yoksa farklı mıydı artık konuştukları dil? Âdem bilmiyordu.

Anlaşmak, karşılıklı bir bilişmek eylemi, bir işteşlik haliyse.

İşte, şimdi birbirlerini anlamıyorlardı.

Ne olmuştu?

Olan o kadar basit değildi. Tek bir şey bile değildi.

Belli ki olanlar olmuştu.

İçindeki Kelimeler Kitabı'na baktı Âdem. Kabil'e kimin sağdan soldan, önden arkadan yaklaştığını anladı.

Adımlarının sesini duydu uzaktan. Ağır ağır bile değil, doludizgin geliyordu.

BU DEFTERİN ORADA KAPANDIĞINI MI SANDIN?

Kurtlar, kuşlar, dağlar, taşlar dünya gecesi boyunca uyudu. Âdem ırmak boyunca yürüdü. Suya doğru birkaç adım attı. Bir taşa dayandı. Geri döndü. Altın renkli kumların üzerine gâh oturdu gâh uzandı. Bütün gece uyuyamadı, yıldızları saydı. Ve sanki sadece şu tek rüyayı görmek için gün doğarken kısacık bir uykuya daldı.

Âdem aslında gördüğünün gerçek mi düş mü olduğunu bilmedi ama yasak meyve gününden beri işitmediği sesin de gelip ensesine dayandığını hissetti. Kıvrımlı, boğumlu ateş önce gözlerini yaktı. Sonra bir fısıltı halinde anlattı. Âdem'in korktuğunu doğruladı. Fısıltısında bile heyecan vardı.

Dedi ki:

Ey Âdem, gördün mü olanları? Olan bir şey değil, bekle ve gör olacakları. Bu dünya sürgününün kazasız belâsız geçeceğini, bir daha karşılaşmayacağımızı, o defterin cennet kapısında kapandığını, bir daha açılmayacağını mı sandın? Öyle zannettiysen bir kez daha yanıldın. Oysa bak, sana en yakın olana senden daha yakınım. Sen daha benim alnımın ateşiyle bile tanışmadın. Dinle; olup biteni, ve dahi olacak olanı sana anlatayım. Senin aklın yetmez, ben açıklayayım:

Sağından geldim oğlunun, solundan girdim. Meşrebinden, mizacından, lisanından bilgilendim. Mukavim yanlarında durmadım, zayıflıklarından denedim. Mülk, hakimiyet, toprak, derken sonunda buldum asıl yolumu. Kan gibi dolaştım damarlarında. Onu güzellikte kışkırtmayı denedim. Kibrini besledim.

Dünyanın bütün güzelliklerini serdim Kabil'in önüne.

Bana mısın, demedi. Dünyanın bütün güzellikleri yetmedi.

Üzerine Sidre'nin güzelliğini kattım. Kalbine, muhal bir davanın ismini attım. Aklına da aşkında haklılığın gerekçelerini fısıldadım.

Fazla bir sermayesi yoktu aslında Sidre'nin. Sahip olduğu, gelip geçici bir güzellikti. Senin Kabil'in şöyle bir sendeledi. Ama düşmedi. Kalbine de tenine de söz geçirebildi. Direndi.

Ey Âdem, bana verdiğin isimle anayım şimdi kendimi: "Büyük Ayartıcı" uygun yolu bulmuştu. Son bir darbe yetecekti Kabil'in düşmesine. Bütün güzelliklerin ve güzeller güzeli Sidre'nin güzelliğinin üzerine, ölçtüm biçtim, bir kez daha ölçtüm biçtim, Kabil'in kendi güzelliğini ekledim.

Bir ayna kıldım Sidre'yi ama arkasında ben sırlandım. Sonra tuttum yüzüne, o aynada Kabil'e kendi güzelliğini gösterdim. Kendi kendisini baştan çıkarmasını hazla seyrettim. Seyrettiğimden hem ürktüm hem büyülendim. Bu kadarını ben bile tahayyül edemezdim.

Kabil kendi ruhunun derinliğinde esrimeyi öğrendi. Omzundan pınarlar akıttı. Güçlü göğsünü duru sulara bağladı. Gölgesinde gördüğü şeyden hoşlandı. Öyle bir varlık yorumuna girişti ki kibir kapladı içini. Bir seçilmişlik vehmiyle bu güzelliğin beyhude olmadığını zannetti. Bu varsayımda diretti. Sidre'yi sevdiğini sanıyor ama aşkında ayak direndiği sadece kendisi.

Şimdi bu aynayı kaybederse Kabil kendisini de kaybedecek. Sidre'ye duyduğu aşkla kendisine duyduğu aşk arasında önce kırılacak, sonra binbir parçaya bölünüp dağılacak. Parçalanacak.

Bu yüzden Sidre'nin yokluğuna dayanamaz.

Çünkü Kabil kendisi olmadan yapamaz. Artık onu kimse durduramaz.

Anlayacağın ey koca Âdem, ey cennet seçilmişi, ey Allah'ın sevgilisi! Allah'ın Sevgilisi derken sesi, secde günündeki gibi titredi, devam etti:

Senin oğlun, Kabil'in,

Sidre'den evvel kendi güzelliğinde yitip gitti.

Gayrin güzelliğinde sendelemişti. Kendi güzelliğinde devrildi.

Devrildi, kelimesini söylerken ses hafifledi. Âdem bir parça kendine gelebildi. Bir şeyler söylemek, haykırmak, zalim gölgenin üzerine yürümek, kovmak, taşlamak istedi. Ama bir el sakalından saçından, boğazından bağrından yakalamış, öyle bir karabasan çökmüştü ki üzerine. Âdem'in, uyanmasız uykularda eli kolu bağlandı, nefesi tıkandı. Haykırmak istedi de ağzını bile açamadı.

Ter içinde kalmıştı ki ses iyice tükendi.

Âdem kendisini kurtardığında güneş çoktan yükselmişti.

Serendip gününden bu yana dünya sabahını Âdem ilk kez seyretmemişti.

—

NERGİSLER, NİLÜFERLER, DEFNELER

Âdem, teri kurumadan, Kabil'e koştu. Onu pınarın aynasında buldu. Nergisler, nilüferler, defneler arasında, üzerine sarkmış salkımların, filizlerin, ince sürgünlerin gölgesinde, bir taşın üzerine oturmuştu. Âdem'in düşünü, düşündeki sesin söylediklerini doğruluyordu.

Suya eğilmişti. Su, gözünün değdiği yerden alev alırken o, kendisiyle söyleşiyor, sev-mek'ten türemiş bir fiille, kendisiyle sev-i-ş-i-yor-du. Sidre'yi seyrederken bile kimse böyle görmemişti onu. Sidre'yi severken bile böyle olmuyordu.

Âdem bütün sorularını soran bir bakışla ona bakınca, baktığıyla yetinmeyip hafif bir sesle ismini söyleyince, söylediği isme bir endişe ekleyince, Kabil başını kaldırdı. Yanağından dudağına doğru birkaç damla şebnem aktı. Bir tebessüm yayıldı yüzüne. Üzerinde dünkü yangınından eser kalmamıştı. Suyun üzerine yazılmış bir şiiri okur gibi konuşmaya başladı. Âdem'in henüz sormadığı soruları cevapladı.

Gizlisi saklısı yoktu, açıkça sıraladı.

Bütün özetini de haddizatında ilk cümleye sığdırdı:

Güzelim ben ey baba, diye başladı. Bir baksana şu gözlerime, alnıma, şakağıma. Şarkıma bak, saçlarımın rengine, ellerimdeki derin denize. Bileklerimdeki gamzeye. Sümbül parmaklarımda su olup akan şiirlere, karanfil tırnaklarımda kendisine dönen, dönüp secde eden göklere.

Suyun aynasının gösterdikleri kadar gösteremediklerine de bak. Yani bir var bir yok tenimden fazlasına, aklıma, aklımdan geçenlerin eksiksiz çokluğuna, parlak zekâma, kavrayışıma. Bir söyleneni ikinci kez söylenmeden zihnimde tutuşuma, hafızama. Dilimden dökülen çok manalı ırmaklara. Alnımdan geçen şakıması bol kuşlara. Ruhumun engin denizlerine. Açtığım kapılara, gördüğüm gerçeklere, çıktığım yücelere. İşaret ettiklerime, bildiklerime, bilmediklerime.

Bu kum yeşili gözleri, bu engin denizi, bu tatlı teni, bir görende bir daha görmek neşesi uyandıran bu kıvırcık siyah sümbül saçları inkâr etmek Âdem'in harcı değildi. Kabil'in miracı da aklı da hafızası da saklı değildi. Şarkısı şiiri boldu, üstelik bildikleri kadar bilmedikleriyle de zengindi.

Ama belli ki onun istediği, her güzelliğin istediği onayla, doğasının masumluğuyla sınırlı değildi. Saf güzellik değil kendi kendisine hevesti.

Hele sözü? Bitecek gibi değildi, devam etti:

Sadece ben değil, bütün ağaçlar ve sular da benim güzelliğimde kendinden geçiyor. Cennet, diyorsun ey baba, hepsi de hiç görmedikleri bir cenneti ben yürürken benim gölgemde seyrediyor, sesimde dinliyor.

Güzelsem, bu hazine bana benden dolayı hediyedir. O halde ben daha ezel gününden ayrıcalıklıyım. Farklı yaratılmışım diğerlerinden, üstün tutulmuşum, başkayım. Herkesin ölene dek elde edemediklerine doğuştan sahibim. Üstelik bir kör bakışında kendinden habersizlerden de değilim, farkındayım kendi değerimin.

Söyle, sen de görmüyor musun benim gördüklerimi, suyun göremediklerini? Ey baba, seninim ben. Beni kendinle onaylasana. Kime nasip olur benim gibi bir oğul? Bana sahipliğinin farkına varıp sen de benimle onansana. Tutma sıradanlarla bir sırada, beni ayrı bir yere koysana, onları bağlayan kayıtlarla bağlamasana!

İçi önce bahar suları gibi bulandı Âdem'in sonra sözüne sitem erişti. Sözünü esirgemedi. Ağır ağır dedi ki:

Oğul, elbette kıymetlisin, elbette güzelsin. Ama dikkat et, zordur güzelliğin taşınması, zorlanma. Niceleri kendi güzelliğinde boğulup gider bu dünya kitabında. Sen de onlardan olma.

Mirac ettin, bari yükseldiğin yerde kal. Kendi miracından düşüp de ezilme kendi ağırlığının altında, kendi derinliğinde vurguna uğrama. Işıklar saçarak yükselirken, kendi üzerine devrilen yıldızlar gibi solma, kendi ışığında kararıp kaybolma, kendi ateşinden alev alıp da yanma.

Gör senin bakışlarında seni seyreden o çetrefili. Hayat doğuramayan bir görüntüye tutunma, su üzerinde bir var bir yok bir hayalde kendine sapma. Seyrettiğin kendi bakışında sana dönen bu ifrattan hoşnut olma artık. Kendi efendiliğinde kendi köleliğini tanıyıp da şımarık varlığınla takdiri karartma. Bu güzelliğin de hesabı var, verilecek unutma.

Buldun makamı, bari düzene ekle.

İtina et kendine, yüzünü hayaller içinde yok etme.

Bu kadar kibirlenme ey oğul, başını özün olan toprağa doğru eğ.

Mütekebbir olanın kibrine göz dikme.

Âdem sözünü bitirdiğinde Kabil, ey baba, dedi, aç gözünü kör olma. Şu tenha dünyamızda kimsesizlikten bunaldığımda, gölgemden önce suda gördüm suretimi. Başka gözlerden önce ben fark ettim kendi değerimi. Hiçbir aynaya göz atmadan geçmedim. Gölgemi hiç çiğnemedim. Yüzümdeki, kalbimdeki bunca şey bana bile çok gelirken nasıl göstermeyeyim? Gölgemin arkasından nasıl gitmeyeyim? Bir başkalık bir farklılık gizlidir bende. Uykularım, neşelerim farklıdır başka uykulardan başka neşelerden. Sarhoşluğum bu yüzden. Sözümün gücünden titriyorsa ağaçların yaprakları evvelinde, sonunda ben büyüleniyorum. Güzelliğimde en evvel ben kayboluyorum. Bunun adı kibirse. Kibre de hakkım var benim. Dünya benim etrafımda dönmüyorsa eğer başka hiçbir şeyin de etrafında dönmemeli. Senin ismini bildiğin-bilmediğin ne varsa, kelimelerinin o meşhur kitabına sığan da sığmayan da, kızgın ateşte vurulmuş kelebekler gibi benim eteklerime düşmeli, benim önümde secde etmeli.

Kabil devam ettikçe etti. Âdem bu sözlerin sonu nereye çıkacak merak etti.

Gecikmedi. Kabil niyetini sözünün ucuna ekledi. Attı ağzından o kelimeyi.

Ben en güzelim, dedi, Sidre de en güzel. Öyleyse benim olmalı.

O benim hakkım.

Benim güzelliğimi ondan başka hiç kimse onayamaz!

Bana o lâzım. Bu görüntü başka bir aynaya sığmaz!

Geldi, başladığı yere eklendi. Sidre'yi isterken bile kendisine hevesliydi. Bir zamanlar cennet göklerinin altında söylenmiş meşum cümleleri tekrarladığının farkında bile değildi.

ŞEB-İ YELDÂ SOHBETLERİ

I. MUKADDİME

Âdem bir uçurum yatağının yaklaştığını rüzgârın uğultusundan duyunca oğullarını bir daha çekti dizlerinin dibine. Ayrım yapmadı aralarında ama bir araya da getirmedi. İlk ata ocağında, kara ateşin etrafında önce Habil'i dinledi sonra Kabil'i öğütledi.

Bir kandil yaktı. Ateşin bir yüzü soğuk, ortaya bir şey çıkmadı. Oysa aşk iyi bir ayrıştırıcıydı. Kimin özünde ne varsa o çıkardı açığa. Habil'de bir razı oluş fark etti Âdem, lâkin Kabil'deki bir göze alıştan fazlası değildi.

Habil başı önünde dinledi. Bir Tanrı yazgısıyla kendisine verilmiş olana el uzatılmasına, göz konulmasına görünürde ses etmedi. Ama sesini, Seslerin Sahibine emanet etti. Sessizliğinde su gibi, yazanların en büyüğünün ne yazdığını sessiz sedasız bekledi.

Sözün edepsizliğine ne hacet! Yani Habil teslimdi. Fazla kalmadı. İzin istedi. Kalktı ve gitti.

Kabilse lav olukları tıkanmış kızgın dağlar gibiydi. Babası sormadan o söyledi. Dinlemesi de anlamaktan çok anlamamak içindi.

Âdem uyarmakla başladı. Yaklaşan fırtınadan, fırtınanın büyüdüğünde kasırga olduğundan söz etti. Huzursuzdu koca dağ. Endişe kesmişti yollarını. Abartmadı, hafifletmedi, olduğu gibi söyledi:

Oğulcuğum, dedi, gel vazgeç bu haksız öfkenden, ayak diremenden, hep ben, diyen taleplerinden. Sabret biraz, ne olur biraz bekle, bu kadar aceleci olup da boğulma ümitsizliğinde. Dikkat et tehlikeli yoldasın. Akla kendini. Aman ayağın kaymasın.

Yoluma, dedi Kabil, o kadar bahsettiğin ama bir insanın yüzünde hiç görmediğim ölüm çıksa bile dönmem. Ölürüm de vazgeçmem.

Her zamanki gibi, ilk cümlesi bile bitiş mührü gibiydi. Ama sabaha kadar sürdü söz en uzun ve karanlık gecede. Bu, daha mukaddimeydi.

Gece boyunca Kabil sözünü esirgemedi, içini gizlemedi. Kendisini cümle cümle gösterdi. Perde perde kaldırdı üzerindeki örtüleri. Her gördüğüyle bir kez daha sendeledi Âdem ama düşmedi. Yeniden dikildi oğulcuğunun karşısına. Bırakmak istemedi. Yakasından, perçeminden, kolundan, yeninden ama mutlaka bir yerinden tuttu, gerisin geri çekeledi. Göz göre göre gelen bu selin karşısında direndi. Bir cennetten bahsetti, bir cehennemle gözdağı verdi. Bir nefisten söz etti, bir ölüm var, dedi. Bir fıtratın aslını hatırlatmak istedi, bir ezelden söyledi. Kara ateşin başında sözü söze eklerken, kimi taze dallar kadar esnekti kimi fırtınalar kadar sertti.

Kâr etmedi.

Kabil her defasında eskisinden daha çok gitti.

Ateşten gemlerini yakan benliğinden kibir, kibrinden azamet, azametinden cehalet sökün etti. Hırsı nefret, onu da eziyet takip etti. Hepsi de kıskançlık hesabının dahilindeydi ve direnci katı bir mantıkla güçlendirilmişti. Kalbinde sınanırken aklından yakalandı. Parlak aklı bilgeliğinin önünü tıkadı. Zengin benliğini bildiğinden bu yana içi karardı.

Hem gayra gadretti hem özyıkıcılık etti. Öyle bir meydan okuyan davaya düştü ki bu yolun çıkışı yoktu. Bir çırpıda yok etti hasıl-ı ömrünü Âdem'in, semere-i hayatını, hepsinin de üzerinden, çiğnedi, geçti.

II. NEDEN

Neden, diye başladı Âdem. Neden?

Neden, diye karşılık aldı Kabil'den.

Değişen, çatlayan, çınlayan, içinde badireler açılan bir sesle sözünü yineledi: Söyle, dedi Kabil, neden? Neden bana bu tutkuyu, bu arzuyu verdi? Ben'imin benliğini o arzuda seyrettirdi? Sonra da beni ben yapan yanımı koparıp atmamı istedi? Benimle Sidre'nin arasına ezelde o şeyi koyan kim? Sonra tutup, vazgeç, diyen kim? Bana bu nefsi veren, bu isteği, bu hevesi hamuruma katan, sonucundan niye beni sorumlu tutuyor? Kim kimi suçluyor?

Sorusunda sormaktan çok cevap vardı. O da hepi topu bir isyandı: Neden?

Âdem baktı ona. Siyah bir bağ geçirmişti alnının üzerinden, saçlarını omuzlarına akıtmıştı. Kum yeşili gözlerinde alevli ateşin öfkesi. Halleri: Kıyasın dilleri.

Çağlayanlar gibi dökülüyordu cümleler ağzından ama alfabenin daha ilk harfinde takılıp kalmıştı. Çünkü kavradığı ancak kendi kendisi kadar tamdı. Onu da evrenin gövdesinden koparıp ayırmıştı, kör bir bıçakla oyup çıkarmıştı. Bütünü değil parçayı görüyordu. Bunu ona nasıl anlatmalıydı?

Öyle sağlam kuruyordu ki mantığını, bu mantıktan aldığı güçle, temelden kusurlu bir davayı ayrıntıda üstün ehliyetle savunuyordu. Ayrıntıda akıllı, bütünü kavramada yetersiz. Şu haliyle, açıklarda kolaylıkla yol alıp da sığ sularda dengesi bozulup kırılan okyanus dalgaları gibiydi.

Ve Kabil'in dedikleri, yasak meyve ardından Âdem'in diyebilecekken demediklerinin cümlesiydi.

Âdem, DİYEBİLİRDİ. AMA DEMEDİ'ydi.

Kabil'se, DİYEBİLİRDİ. VE DEDİ.

Çünkü, nedenleri soruyordu da ÇÜNKÜ'lerden habersizdi.

III. BÜYÜKLÜK SIRALAMASINDAKİ YANILGI

Kalbinde duran kıyamın cüssesi Âdem'i aşıp da Âdem'in işaretlerine ulaşınca, Kabil bir inkârlar manzumesinde her bahse ayrı bir başlık attı. Âdem, oğlu adına oğulcuğundan korktu, görmeyenin gözünü karartması ne kadar kolaydı. Hatırlattı:

Oğulcuğum, dedi, yasak emri bu kadar büyük yerden gelmiş, bu kadar kesin kılınmışken. Gideceğin yeri nasıl bunca şaşabilirsin, nasıl bu kadar ters yönde koşabilirsin? Bu inadın sonu ateşe çıkar, farkında değil misin?

Ben, dedi, Kabil, ateşe bundan daha fazla nasıl düşebilirim? Daha fazla nasıl yanabilirim? Sidre gelince aklıma, her şey gözümün önünden siliniyor. Geriye hiçbir şey kalmıyor. Aşktan büyük emir mi olur?

Kabil'in büyüklük sıralamasındaki yanılgı Âdem'i iliklerine kadar titretti. Bir şey Sidre'nin suretine bürünmüş, Kabil'i sürükleyip duruyormuş, fark etti. Âdem'in içinden aşkın bu yanılsamasına dair bir bunaltı geçti. Bu, aşk değil başka bir şeydi.

Olur, dedi. Aşkının neyin üzerinde değil neyin altında durduğuna dikkat et. Sıralamana itibar et. Aşkı nefisten o zaman ayırırsın. Nefsinin altında bıraktıkların kadar eksik, üzerine koyabildiklerin kadar fazlasındır ancak. Çünkü aşk küllîdir. Bütünler, bir'ler. Ama küll ile cüz arasında mesafe başlayınca, parça bütününden kopunca hiçbir şey artık eskisi gibi kalmaz. O zaman aşk, aşk olmaz. Ey oğul, aşk deyip de aşkı darıltma. Allah'ın işine karışma.

O zaman Kabil. Önce başını babasının omzuna dayadı. Sonra hıçkıra hıçkıra ağladı.

Her şey siliniyor, dedi gözümden. Bir güzellik kalıyor geriye. O da Sidre.

Güzelliğin sırrı aşk suretinde kalbine bir ân dokundu geçti.

Lâkin yitirdi o ânı Kabil. Üzerinde durmak istemedi. Gerçeği. Âh! Dokunduysa da hissedemedi. Hissettiyse de ifade edemedi. Gördüyse de gördüğünü fark edemedi. Bulduğunu bilemedi. Kibir kapladı içini, daha ileri geçemedi.

Yürüdü üzerinden. Bir kez daha ezdi geçti.

IV. BELÂ AŞKTAN BÜYÜKTÜR

Söz gece içinde genişledi, ân geldi Kabil bir denge bozulmasında, direnmesine bir yüreklilik hali, bir göze almak cesareti yüklemeye yeltendi. Aşk aşk, diyecek, aşkına bir ölçüsüzlük cesareti giydirecek, göze alırım kendi bedelimi, öderim diyetimi, diyecekti ki yerini bir aşkınlık telâffuzunda belirledi. Belirlediği yerde büyüklendi. Kolay olanı değil zor olanı seçmekle kibirlendi. Sesi yüksek perdeli, gözleri alev alevdi.

Âdemse usul usul, açık seçik söyledi. Bak bana, dedi. Uzun gece ırmaklarına benzeyen bu söyleşmekler sırasında sesini ilk kez yükseltti:

Aşk, diyorsun. Ölçüsü olmaz ya, varsa da ölçüsü, neler yapabildiğin değil, neler yapabilmediğindir.

Aşk aşk, diyorsun. Aşk adına yapıp yapabileceğin, olup da biteceğin bu mu senin?

Oğul, dedi, senin keşfettiğini ben çoktan eskitmişim. Aşkı bana mı öğretiyorsun?

Ve içine düşen huzursuz bir sezgiyle, gözlerini Kabil'in gözlerine, bu elâ mehtap hatırasına dikti.

Dikkat et, dedi:

Belâ aşktan büyüktür, Allah hepsinden.

Sesi yine eski sesiydi.

Kabil ikna olacak gibi değildi. Baba, dedi. Demekten çok diklendi. Sesine bir zorbalık eklenmişti, ve ilk kez baba sözcüğünün ne sonuna ne de başına iyeliği eklememişti. Benim, dememişti, benimsememişti. Babasının bir yanını eksik bıraktığını fark bile etmedi. Durdu, bir ân için söyleyeceğinden kendisi de korktu. Ama içinde tutmadı. Bir alev dilini, kıyasının boşluğuna bıraktı.

Sen, dedi, sen derken yüzüne kan hücum etti, sen her gece, uğrunda bir cennet feda ettiğin, dünyalar güzeli Havva'nın koynunda uyuyorsun. Sonra tutup bana nefsin vaazını veriyorsun. Yapma! Bana söylevler verip durma! Boşuna tüketme nefesini. Parlak sözlerini onlara inanacak uydum akıllılara sakla.

Âdem dehşetle baktı onun yüzüne.

Oğul, dedi, edep her türlü davanın üzerindedir. Ve insan ancak dili kadar edeplidir. Bilmediği kelimeler kadar edepli bildiği kelimeler kadar da edepsizdir. İnsan olan her hesabı aşar da bir kendi sözcüklerinin ağırlığı altında ezilir. Ne kadar hicapsız sözcükler üşüşmüş diline senin. Bu kelimeleri sana ben öğretmedim. Nereden öğrendin? Ve oğul, utanmak ki nimetlerin en değerlisidir. Utanman yok mu senin?

Âdem de, ilk kez, oğul sözcüğünün arkasına sahiplik ekini eklememişti.

Sustu. Araya, ağaçları iki büklüm eden rüzgârın sesi doldu. Âdem yasak meyve sonrasındaki büyük çıplaklığı hatırlayarak şimdi Kabil'in yerine de utanıyordu.

Kabil. Sanki bütün söylediklerini söylememiş gibiydi. Bir müddet ses etmedi. Sonra, döndü babasına, neden susuyorsun, dedi. Bana karşılık gelecek bir kelimen yok mu? Sen ki kelimelerin sahibisin. Haydi, bul da söyle, çıkar hazinelerinin arasından bir mucize, bana da göster birini. Utanmanın da üstündeki davamdan caydırabilirsen caydır beni. Şimdi de sen akla kendini.

Cevabım, dedi Âdem, yaşadıklarım.

Cennette zuhur etmiş bir mucizeyi miras olarak bırakıyorum sana. Bundan daha iyi bir sözü bulup da sana ne anlatayım?

V. SANKİ İKİ KİŞİ

Araya derin bir sessizlik girdi. Şu, perçemleri alnına dökülmüş olan, sanki biraz evvelki o değildi. Bu ateş parçasına her bakışında Âdem, sanki Kabil'di ama sanki Kabil de değildi. Korktuğuna uğradı Âdem. Kimseyle değildi aslında Kabil'in davası. Bütün alıp veremediği kendisiyle kendisi arasında, Âdem bu savaşın tam ortasında kaldı.

Âh oğul, diye inledi.

Kendisine uyumlu kendisine tezat.

Bir güzel kâğıt üzerine yazılmış neden bu kadar kötü bir hikâyesin?

Kimi kanat kimi kırbaç. Sen niye böylesin?

Saklamadı, söyledi dilinin ucuna geleni:

Ey oğul, sen kaç kişisin?

Âdem'in sesine bir acılık geldi oturdu. Ama durmadı devam etti:

Ey oğul, dedi, bu söyleyen sen değilsin.

Nereden aldın bu sözleri? Sana kim akıl verdi?

Kimlerin halleriyle hallendin? Kimlerin diliyle dillendin?
Örneğin yok bu dünyada, söyle, kime benzedin?

O böyle söyleyince Kabil baktı babasının yüzüne.

Dedi: Bak kendi içine.

Yapraklanmış ağacımın kimden tohum aldığını, kökümün nerelere dek uzandığını orada göreceksin. Gör kendini, fazla uzaklara gitme, o zaman benim kime benzediğimi bileceksin. Hepimizin babası atası sen değil misin?

Oğullarda babaların sırrı vardır. İkimiz aynı dağız aslında. Yalnızca, ben çöktüm sen yükseldin. Sen örttün ben gösterdim.

Âdem acıyla gülümsedi.

Doğruluk payı vardı bunda. Kabil'den etrafa saçılan kötülüğün kapısı, Âdem'in yasak ağacın altında unuttuğu anahtarla açılmıştı.

VI. MİZAC İMTİZÂC EDER

Kabil'in söyleyeceklerini içinde tutması, söylemesinden daha zordu. Sorularına cevap bile beklemedi. Hiç durmadı, devam etti. Bu kez bir ateş söylemini sahiplendi. Ateş geçitlerinden geçerek konuşurken eritilmiş kara katran kazanlarına batar çıkar gibiydi.

Bak ey baba, dedi, sesinde bir gözdağı gizliydi. Günah günah, diyorsun. Bu eskimiş kelimeyi ağzında öğütüp duruyorsun. Ben mazurum günahımda, tabii eğer bir günahım varsa. Bunu dağ, taş, göller ve buğday başağı biliyor. Bir sen bilmiyorsun. Mazeretimi görmüyorsun.

Hangi mazeret, dedi Âdem. Dağ, taş, göller ve buğday başağı benim bilmediğim neyi biliyor?

Mazeretim, dedi Kabil, mizacım. Mizac imtizâc eder, ben böyle yaratılmışım.

Yaratıcı'nın kurallarından büyük fıtrat mı var ki ey oğulcuğum, dedi Âdem, ısrarında mazeretin olsun?

Yeniden oğulcuğum, demişti. Ama Kabil bu sahiplenmeyi fark etmedi. Fark ettiyse bile oralı değildi. Fırladı yerinden, öfkeli doğasını, kavgacı mizacını ele verdi. Bir iki adım attı. Neden sonra, gör artık, senin nefis dediğin şey benim öz cevherimdir, diye haykırdığında sesi dışarıdaki ağaçları, kış gecesini sarstı. Gözleri kocaman açılmış, bakışları başkalaşmıştı.

Devam etti, kendisine gösterilecek bütün delilleri peşinen çürütmeye niyetliydi:

Sakın öldür nefsini, deme. Öldüremem. Çünkü nefsim ateştendir benim, ateş-mizacım ben. Özümdeki ateşi değiştiremem. Ateşin vasfı yakmak. Ona, yakma, diyemem. İçimdeki ateş beni bile yakarken, bu yangını ben bile istesem söndüremem. İstesem de vazgeçemem.

Sen de kaldır başını etrafına bir bak ey baba. Korkaklara sahiplik etmekten vazgeç. Senin yasak meyveye uzanan elin ben'im. Gör içindeki ben'i, yalanlama kendini. Ben babasının da biriciği, Tanrı'nın da sevgilisiyim. Gel sen de, inat etme, artık yolumdan çekil. Çünkü ben yolumu açmak için üzerindeki her şeyi yakarak ilerlerim. Babam bile olsa karşıma dikilen, dinlemem, yakar geçerim. Ateş gecesinin sabahına vardığımda ben bile artık o eski ben değilim. Beni toprakla tuzla karışık şu ziftli isli dumanlı ateşle karıştırma. Ben şimşeğin, şu ekinleri yok eden yıldırımın saf ateşi gibiyim.

Şimdi gözlerinin yerinde ateşin gözleri.

Âdem'inse bakışı duru. Göreceğini ateş saçan bulutların, birer meşale gibi tepelerinden tutuşan ağaçların içinde gördü.

Kabil. Ateşe düşmüş, içi yanıyor. Bir ateş lisanını ezber ediyor, ama hâlâ ham duruyor. Oysa bir kez iliklerine kadar yansa, yok olsa, kendisini çıkarsa aradan, hiç olsa. Yeniden doğabilir. Bulmanın en sağlam yolu kaybetmek aslında.

Ama hayır! Kabil ateşin girdabına, o büyük akıntının ortasına devrilmiş sürükleniyor da bu girdap, içine aldığını yok bile etmiyor. Kabil o sarmalın içinde inadıyla, ısrarıyla, mantığıyla, kıyasıyla, gafleti ve yanılgısını yüklediği aklıyla, aklından çıkıp uğradığı cinnetiyle, öfkesiyle, kiniyle, nefretiyle kendi üzerine burkulup duruyor, sadece başladığı yere yani kendine dönüyor.

Âh, o da görmüyor. Ateşte yok olarak parlak ve saydam bir ışık salmak yerine burkulan bir duman ve gittikçe kabaran bir is yayıyor. Saf aleve dönüşmüyor bir türlü. Kalın, kıvamlı bir kül bırakıyor geriye ve bu kızgın külde önce kendisi boğuluyor.

Çünkü: Kabar ey nefsim, ben senden şikâyetçi değilim, büyü ey kibrim, ben sende büyüklenirim. Bir zamanlar cennet göklerinin altında söylenmiş cümleleri ezber ediyor, bütün insanlar için çıkartılmış özet yanılgılarını tekrar ediyor.

Neticede Âdem gördü ki: Kabil'in içi tortu dolu. Onu bu kadar zorlayan şey ateş değil, şu isli ziftli tortuydu. Bu beisle, yandıkça saflaşmadı Kabil. Ateşine toprak, alevine duman, közüne kül karıştı. Yağlı isli bir karaydı. Mizacı ateşti ama sadece karanlık bir ışık saçtı.

Yalan değildi Âdem'in bir yanının Kabil olduğu. Lâkin Kabil, o eski cümlelerin karanlık ezbercisi, Lâ dedi de İllâ'ya geçemedi.

VII. CENNETİN CEHENNEMİN İNKÂRCISI

Âdem, sözü değiştirirken kara ocağın alevini harladı. Her defasında yeniden başlar gibi başladı. Bu kez Kabil'e, hani birkaç gece önce ırmak kıyısında gördüğü, içine şeytan girmiş düşünü anlattı. Düş de olsa, görülmüşün tesirine sığındı. Şeytandan söz etti, cenneti ve cehennemi hatırlattı.

Oysa Kabil'in her söze yetişecek bir cevabı, her şeye katacak bir hesabı vardı. Âdem'in sözünü önden kesti, bir cennettir tutturmuşsun, diye küçümsedi.

Bak baba, diye sözüne söz ekledi:

Beni sakın cennetinle kışkırtıp cehenneminle korkutma. Sakın yine uzun uzun cennet-cehennem hikâyeleri anlatma. Varsayalım ki cennet var. Sen bir bahçenin anılarıyla avunup duruyorsun. Bense cennetimi bu dünyada bulmuşum. Sidre'nin yanındayken; onun bahçesinde, kuytusundayken. O kadar çok ki cennetim. Bir, üç, beş. Sonrasını saymaktan vazgeçtim. Ondan vazgeçmek niyetinde hiç değilim.

Aç gözünü baba, diye yineledi. Çekinmeden söyledi. Cennet de bu dünyada cehennem de. Ne cenneti bekliyorum ne cehennemden ürküyorum. Kalbini işaret etti, şeytan da burada çünkü melek de.

Ürpertili bir uçurum onun ağzında, rüzgârında salınıp duruyordu. Âdem'in, kanı damarlarında sözü dilinin ucunda dondu. Yine de, tuttu Kabil'i omuzlarından, bu kez okşayış değil, şiddetle sarstı. Gözlerini gözlerine dikti.

Bak, dedi şu gözlerime. Ben, şeytanı da, meleği de, senin şu ocaktaki ateşi gördüğün gibi görmüşken. Cennet hatıralarımı dün akşamki ekmeği nasıl yoğurduğumu, hamura nasıl tuz kattığımı anlatır gibi sizlere anlatırken. O'nun hitabını işitmiş, yasağını çiğnemiş, affına uğramışken. O'na isyan etmiş, O'nun tarafından esirgenmişken. Ben unutmuş, ben sürçmüş ama O bana kıyamamışken. Hatamda masum tevbemde samimi iken. İlâhi esirgeme de ilâhi öfke de bana dokunmuşken. Bütün bunları oğul, ben, ben, ben yaşamışken.

Nasıl böyle yaparsın? Bana nasıl inanmazsın?

Üzerimde hâlâ cennet kokusu, bedenimde kuru balçığın tortusu var. Damağımda yasak meyvenin tadı, kalbimde o utanç, o pişmanlık var. Doğru, benim bir yanım sen'sin, sen benim yasak meyveye uzanan elimsin. Ama halimden anlasana. Ey oğul, sebebimi değil sonucumu okusana. Kabıl yanımla yedim yasak meyveyi, Habil yanımla af diledim. Kahramanı sen olsan da hikâye benim. Evvelim sen isen de ahirim sen değilsin.

Kabil, dikkatlice bir bak bakalım ey baba, diye ağzını açtı, bakışları bulanıklaştı. Hafızan seni kandırıyor olmasın? Cenneti de cehennemi de sen uydurmayasın? Yalanlamak gibi olmasın ama hatıran seni yanıltmasın?

Cehennem dediğin, sadece buradaki ateştir, aynı konuşma içinde ikinci kez kalbini işaret etti. Cennetine gelince. Ne de olsa, ne gözümüzle gördük pınarlarını, ne de Kevser ırmaklarının çağıltısını işittik. İnciden köşklerinde, yakut eyvanlarında dinlenmedik. Tahtlarına yaslanıp kendimizden geçmedik. Yasak meyvesinden yemedik. Çıplak kalmadık göklerinin altında, toprağında utancı tanımadık, yapraklarıyla örtünmedik.

Oğul, dedi Âdem, cehennem sen inansan da var inanmasan da. İçimizde ve dışımızda, bu dünyada ve o dünyada, ateşi olsa da olmasa da, senin zannettiğinden de benim hayal ettiğimden de çok başka. Demem o ki senin inanmayışın onun var olduğu gerçeğini değiştirmez. Sen bilsen çoğalmaz, bilmesen yok olmaz, eksilmez.

Bir nefes aldı yutkundu. Cennetine de bir dikkat et bakalım. Sen ancak bir ânlık hazzın cennet kıldığı geçici bir dünyada yaşıyorsun. Cennetine, bu ân geçmese, bitmese, diyorsun. Bense hazzı, bitimsiz bir ânda donduran sonsuzluk cennetinden geliyorum. İki cihan kadar fark var arada.

Şimdi söyle, bana hâlâ inanmıyor musun?

Kabil karanlığa doğru güldü. Cevabı da sorusu kadar ürkütücüydü:

Sen böyle anlatırken inanacağım geliyor amma, dedi, gerçek, yalnızca mantığımın kavradığı, bilmek sadece aklımın aldığıdır. Eliyle manası muallâk bir işaret yaptı. Bütün bu anlattıklarını aklım almıyor. Aklım almadığında ise aklımı yalanlamaktansa ey baba, seni yalanlamak işime geliyor.

Aklın almıyorsa, dedi Âdem, ey oğul, kalbine de mi sığmıyor?

Sesi, sel arkasından gelen sakıngan sular gibi sakindi ama serzenişi yeri göğü titretti.

Sözü tek Kabil'e değil herkeseydi.

VIII. ÖLÜM MÜ?

Yine de devam etti Âdem. En fazla bu gecede anlattı hikâyelerini. Ama burası dünyaydı, ateşin etrafında doğan hırçın hikâyenin yüzü hemencecik toprağa döndü, söz geldi ölmek bahsine dayandı. Cennet ve cehennemin inkârcısı bir kez daha sarsıldı.

Sesinde isyan, ölüm mü, diye haykırdı. En zayıf yerinden yara almıştı.

Nasıl dayanıyorsun, anlamıyorum. Çünkü ben dayanamıyorum. En kötü şartlarda bile sonsuz yaşamaya razıyım. Dayanamıyorum benden sonrasına bir şey kalacak olmasına. Zamanın geçmesine. Eskimeye bitmeye. Yitip yitip gitmeye. Çürümeye çökmeye. Ölmeye.

Ama var, dedi Âdem. İstesen de var istemesen de. Uzak görüyorsun oysa çok yakın. Kuru dalları işaret etti. Bak, dedi, soğuğun en harlı zamanında birer kuru oduna dönüşmüş bu dalların, fazla değil az bir zaman sonra ve bir gecede yeşereceğini, çiçekleneceğini iyi biliyorsun. O dallar çiçeklendiğinde bu gece konuştuklarımızı hatırla. O zaman anlarsın. İşte o kadar gerçek ve yakın.

Kabil önce cevap vermedi. Neden sonra dalgın dalgın, hem, dedi, belli mi olur? Beni ırmak boğmaz, rüzgârın gücü yetmez bana. Belki de ben ölümsüzümdür.

Sesi değişmişti ve söylediğine inandığı yüzünden belliydi. Ne de olsa şimdiye değin ölümü bir insanın yüzünde görmemişti.

IX. GEÇERSİZ EVETLEŞME

Derinden bir çığlık koptu. Âdem her şeyin kırılacağından korktu. Her şey kırılmadan evvel sayısız gayretlerinden birine daha yaslandı, Kabil'e kendisini, doğasını hatırlatmaya çalıştı. Bütün acı sözleri zihninin gerisine attı. Kabil'in elini eline aldı, kendi elini onun avuçlarına bıraktı. Gözlerinin içine bakarken, oğluna, ümmetinin bu ilk dikbaşlı kuluna, ezel evetleşmesini hatırlattı.

Sen nerelisin, diye başladı açık denizlerin sesiyle:

Ey oğul, hatırlasana unuttuğun kendini. Unutma nereden geldiğini. Unutma söz verdiğini. Ezel günü kendi doğan sana açıklandığında, gerçeğinle karşı karşıya durduğunda, sen kendine tanık tutulduğunda. Ve senden söz alındığında. Arkamda duran bütün ruhlarla birlikte sen de evet, dememiş miydin? O kalabalık ümmetin içinde değil miydin? Yoksa evet'i yeterince güçlü olmayıp, sıra yaşamaya gelince gözü korkan, sözünü tutamayan, ahdinden dönenlerden misin? Ahdine vefasızlık, kavline ihanet edenlerden misin?

Âdem karanlık göklere yazılmış hatlardan birkaç kelâm daha çekti çıkardı. Elif'e istikamet, be'ye gözü kara bir nokta. Sözü söze bağladı:

İnsan, varlığının amacını hatırlayacak yapıda, kendi kitabını okuyacak kıratta. Gel oğul, yapma. Kesme gerçeğinle arandaki bağı. Yabancı kılma kendini kendine, özüne zulmetme. Duru aklını örtbas edip de kalp bilgini görmezden gelme. Fıtratının çizdiği yönden geri dönme. Yükü yüreğinden kaldır. Anlamından çok yaşamayı sevme. En fazla da isteklerin cevaplanmadığında, yaşam, seni kibrinden arda kalan darlıkta kıstırdığında, ne olduğunu hangi maksada hizmet ettiğini hatırla.

Gözleri nemlendi, boğazı düğümlendi, boğuk bir sesle devam etti:

Bütün habercilerle birlikte bana da ümmetime tanıklık etmem emredildiği zaman. Kendini şefaatimin dışında tutma. Dinle. Baban olduğumu unut bir ân, sadece haberci olarak gör beni. İtibar et haberime. Reddetme sözleşmeyi.

Hayır, diye haykırdı Kabil. Böyle bir sözleşmeye, ben değil, sen evet, dedin. Ben değil, sen seçtin. Benim razı olmayacağımı sen niye kabul ettin? Ben hatırlamıyorum. Hatırlamak da istemiyorum. Çünkü nereden geldiğim değil nereye gideceğim gerek bana. Ve bu yol üzerinde ben yeterim bana. Bir de Sidre! İllâ Sidre. İllâ!

Öyleyse, dedi Âdem, sözü ilk sen bozdun kimseyi suçlama. Ama oğulcuğum unutma. Bazı unutmaların sonu hatırlamaktır. Sen unutsan da sözün seni hatırlayacaktır.

Unutma. Harfe dönüşen kelâm yok olmaz. Sen unutsan ben unutsam, gökler unutmaz.

Mümkün değil. Aklının da hissinin de yolları kapalı, taş duvara dönmüştü Kabil. Âdem'in bütün sözcükleri o duvardan geri çevrildi.

Ne söylediyse de bir adım ileri geçemedi.

X.UZUN GECENİN SONU

En uzun gecede söz sabaha kadar sürdü. Cümlenin sonu yok. Lâkin kelâmın da hükmü yok.

Hiçbir şey çözülmedi. İyice dolandı. Birbirine eklendi. Üst üste bindi. Kördüğümle düğümlendi.

Bir kapalı yol ki biri o yandan çekiyor ama biri bu yandan itmiyor. Dağlar iğne deliğinden mümkün değil geçmiyor.

Âdem, âh evlâdım, diye inledi. Dağlar taşlar ses verdi de Kabil'den baba yüreğine su serpecek bir ses gelmedi.

Âdem yoruldu. Yorgunluğun sonu suskunluk. Sustu.

Kara ocakta ateş sönerken sular aydınlanmaya başladı. Rüya görenler rüyalarından uyandı.

Bu kalem, Havva kalbinin
bu hikâyedeki gerçeğini çekmez.
Bu yüzden bu hikâyeye
Havva'nın halleri sığmadı, sadece rüyaları kaldı.

HAVVA'NIN İLK RÜYASI

En uzun gecenin sabaha karşısında her şey her zamanki gibiydi. Uzaktan geliyordu eğrelti otları, kış çiçekleri ve yusufçuklara düşmüş hayatın uğultulu sesleri. Ama görülecek olan, Havva'nın rüyasına girdi.

Âdem'e doğru geldi Havva. Saçları dağınık yüzü sarıydı. Yanına oturdu, bir elini Âdem'in dizine koydu, başını kaldırdı, cennet arkadaşının yüzüne baktı. Yüreği ağzındaydı.

Yâ Kabil'in ve Habil'in babası, bir rüya gördüm bu gece, diye başladı. Anlatayım. Hiçbir şey anlamadım.

Cennetteydik yine. Cennetin bütün ağaçları, hiç tanımadığımız yapraklar sürgünler veriyorlardı. Sonra bunlardan gül pembesi, tan rengi, altın rengi çiçekler açıyor ve dallarına tutunamayarak dört bir yana uçuşuyorlardı. O kadar çoklardı.

Tatlı bir esinti vardı. Sözünü ettiğim çiçekler rüzgârda uçuşurken o kadar güzellerdi ki bu kadar güzelliği cennette bile görmedikti. Doğrusu, görmediğim bir şeyi nasıl düşe çevirdim bunu da bilemedim.

Havva sustu. Sonra? Dedi Âdem. Belli ki bu güzel rüyanın yomsuz, sevimsiz bir devamı vardı. Yoksa Havva böylesine çırpınıp durmaz, dilinin ucuna gelen sözü yutkunmazdı.

Sonra, diye devam etti Havva, rüyamın rengi değişti. Güzel rüyam aniden kâbusa dönüverdi. Hafif rüzgârda uçuşan bütün o güzel renkli hafif yapraklar birdenbire kırmızılaştı. Kırmızı az gelir tanımlamaya, kırmızı dediysem, düpedüz alev rengindelerdi. Alev almış, ateşlerdi. Kırmızıdan hiç bu kadar korkmamıştım.

İçlerinden birini elime aldım. Çok sıcaktı. Elim yandı. O acıyla yere attım. Attığım yerde biteviye birbirlerinin içinden çıktılar, çoğaldıkça çoğaldılar. Bu çoğalmaya mani olmak istedim ama ne yapacağımı bilmiyordum, hiçbir şey yapamadım. Irmakların ağzında, yolların sapaklarında, göllerin kenarında biriktiler. Senin anlayacağın suyun bile önünü kestiler. Her yerdeydiler. O kadar arttılar ki cennet nerdeyse tutuşacaktı. Isıyı tenimde hissederek uyandım. Yanacağım sandım. Neydi? Anlamadım.

Âdem, Havva'ya baktı.

Ağzı burnu yara bere içindeydi, güzel yüzü çökmüştü bir gecede.

Havva'yı hiç böyle görmemişti.

Başını çekti dizlerinin üstüne. Sırtına güç verdi.

Sonra kendi başını eğdi. Havva'nın kederinden yine onun saçlarına gizlendi.

Endişesi?

Eksilmedi.

KURBAN HABERİ

Dünya dünya olalı Âdem bu kadar bunalmamış, hiç bu kadar zorlanmamıştı. Böylesi bir dağ dikilmemişti önüne, böyle yordamsız kalmamıştı.

Şu dünyada Serendip yoluna düştüğü, gözlerini bir hurma ağacının altında açtığı günden bu yana bir yerlere sığamadığı nice gün geçirmişti. Defalarca çatallanmıştı yolu, bir o kadar da tıkanmıştı. Ama her defasında açılmıştı önü. Her düştüğünde, hatta cennetten düştüğünde bile, bir el tutup da kaldırmıştı Âdem'i.

Üzerinden önce bir cennet sonra bir sürgün geçmişlere mahsus emniyet haliyle ve gaflette isyanının bedelini önce bir cennet sürgünü sonra kendi kalbindeki kaygıyla ödemiş olan Âdem. Kabahat ile tartılmış, tevbe ile daralanmış, af ile vezin tutmuş bir kalbin sahibi olan Âdem. Her sarsıntıdan sonra ırmaklar yataklarına eskisinden daha sağlam nasıl dönerlerse. Öyle dönerdi aslına, varlığı onunla yorumlardı yeniden.

Ama bu kez başkaydı, öyle değildi. Bütün kanı, damarlarını ters yüz ederek, defalarca geri çekildi, sonra bütün gücüyle gerisin geri boşaldıkları yere hücum etti. Âdem kızgın taşlara su serpse de olmadı. Taşlar kaynayacak, gökler çatlayacaktı. Kemikleri birbirinden, iliği kemiğinden, derisi etinden ayrılacak, Âdem, buhar olup havaya karışacak, ter olup olduğu yere yığılacak sandı. Az kaldı ki, kendi teninin gözelerinden kan olup sızacaktı.

Benzer haller Âdem'in üzerinden yasak meyveyi yedikten sonra da geçmişti. Ama bu kez manası kötü bambaşka sözcükler üşüştü zihnine. Hiçbirisinin izini sürmek istemedi. Keşke düşüncelerini engelleyebilseydi. Ama kelimesi olanın manası olmak da kaderin kaderi. Ve hiç kimse bunu Âdem'den daha iyi bilemezdi.

Zihnindeki Kelimeler Kitabı'na baktı. Harfler göz hizasından kayıp gidince, eğrilip büğrülüp birbirine girince, kederle kapattı sayfaları. Olacaklardan korktu. *Kişi ile kalbinin arası*'na girilmezdi elbet, ama birinin yolculuğunu öbürünün yolundan, sonra bütün bir insanlığın macerasını iki oğlunun alnından okudu. Belli ki Âdem kadar kuvvetli değildi hafızası Kabil'de rumuzlanan bu asi kavmin. Olacakları böyle apaçık görüp de önüne geçememek ne kadar zordu.

İki oğlunun arasındaki o şey. Her, bunu aşarsam tamam, dediğinde. Gideremedi. Her, bitti, dediğinde. Bir nefeslenmeydi sadece, eskisinden daha güçlü geldi.

Âdem, bir türlü şerri hayra çeviremedi.

Bu.

Musibetti. İsabet etti.

Yasak ağacın meyvesi bir kez daha geldi önünde durdu. Ya Rabbim, dedi, Âdem, Sen onları koru.

Öyle bir yağmur indir ki üzerlerine, birisinin ateşini diğerinin elemini söndürsün. Güle döndürsün.

Bu kadar canhıraş kelâm Âdem'in dilinden bir de affet yakarışı esnasında kopmuştu. Benzer bir can acısıyla hatırı sayılır her şeyi araya soktu. Sabah vaktinin, doğan güneşin, doğu ufkunda parıldayan yıldızın, ışık saçan bulutun, ayasından yağmur sızan yaprakların, yeryüzüne sakin sakin inen suların hatırına sığındı.

Tanık tuttu onları, derdine ortak etti.

Âdem gece boyunca kendisiyle cidalleşti.

Görünür yüzüyle kavrayabildiği kaderin görünmez yüzünü, gücü yetmedi, değiştiremedi. Kalbinin üzerine çöreklenmiş sıkıntıyı gideremedi.

Kendisini yapayalnız hisseti.

İlk kez Havva'nın saçları Âdem'i koruyamadı.

Dünya gecesi çok soğuktu.

Kalktı. Kaç kez kendisine yaslandığı sağ dirseğinin üzerinde bir kez daha doğruldu.

Irmak boyunca yürüdü durdu, ne kadar yol aldığını kendisi de bilmedi. Sabaha kadar kendi içine baktı. Haberciliğinin ona verdiği bilgiyle, kör kapıların açılmasını Müfettih-ül Ebvâb olana bıraktı.

Sabah olup da geri döndüğünde dedi ki: Birer kurban sunun bakalım hanginizinki kabul olacak?

Bakalım gökten inen işaret hanginizin kurbanını gösterecek hangisini olduğu gibi bırakacak?

Doğrusu baba yüreği, keşke ikisininki de yanıp kül olsa, diyesiydi.

BİRİ YANDI
ÖBÜRÜ OLDUĞU GİBİ KALDI

Kavgalı bir istilânın ceremesini toprak çekmesin diye bulut bulut üstüne bindi. Temsilde işaret, ateşin alaşımları arındırması gibi, Habil'in de Kabil'in de niyetini gayretini, özünü özetini, kabiliyetini tıynetini açık etti. Neticede mecazın gökten inen ateşi Kabil'in adak taşına bıraktığını değil de Habil'in adadığını yaktı. Yanma, seçilmenin işareti. Biri yandı öbürü olduğu gibi kaldı.

Âdem, oğullarını çekti yanına, birini sağına aldı, Habil solunda kaldı. Kurban taşının üzerine neler bıraktınız, diye sordu. Döndü, Kabil'in yüzüne baktı. Tuhaf bir hava vardı. Gökler başkalaşmıştı.

Kabil, ben, diye başladı. Yeni bir metni açıklamak için bilindik bir cümleyi tekrarladı, kendisini tanımladı. Ben tarımla uğraşırım. Toprağa aidim, toprak ve onun üstünde yetişen de benimdir.

Konuşurken ellerine baktı. İki elini de diğer bileğinin üzerinde kelepçeledi, bağladı. Diline bir pürüz gelmiş, peltekleşmişti. Yine de devam etti:

Bu yüzden kâsemi meyvelerin en tazeleriyle doldurdum. Üzümler buğuluydu, incirler ağzı açık, narlar çoktan çatlamışlardı: Dökülmeleri ân meselesi. Birçok zeytin dalı kopardım sonra. Dallar meyvelerin ağırlığından kendilerini tutamaz olmuşlardı, yere doğru sarkmışlardı. Ben koparmasam düştü düşeceklerdi neredeyse, o kadar dolmuşlardı. Kabımı adak taşının üzerine bıraktım. Yetinmedim. Tarlamdan başaklı bir demeti de yanlarına ekledim.

Uzun sözün kısası, ölçtüm biçtim. Saydım döktüm. Tarttım dengeledim.

Benim olandan vazgeçtim.

Sustu, ellerini bileklerinden çözdü, dizlerinin üzerine bıraktı. Neredeyse bileklerinden ateş taşacaktı.

Bu kadar mı, dedi Âdem.

Kabil, nabzında vuran atışa bir süre baktı.

Dedi: Bu kadar. Daha ne olsun?

O zaman soluna döndü Âdem. Habil'e, sen, dedi, ne bıraktın kurban taşına?

Habil de kendisini tanımlayarak başladı:

Ben, dedi, hayvancılıkla uğraşırım. Toprağın hiçbir yeri bana ait değildir. Gezer göçerim. Kalmam, uğrar geçerim. Kök salmam. Çünkü hiçbir yere ait değilim. Bilirim ki kalıcı değil geçiciyim, sahip değil misafirim. Sabit değil iğretiyim.

En güzelini seçtim koyunlarımın. Gözleri en kara, tüyleri en parlak en beyaz, sırtı en kınalı olanı. Bana en içli bakanı, en alışık olanı. En sevdiğimi anlayacağın, hüznü içimi en çok oyacak olanı. Onu götürürken canım acıdı. Görmemek için gözlerinin üzerinden siyah bir bağ geçirdim. Elimden gelse kendi gözlerimi de bağlayacaktım. Ama bildim ki canım acımazsa kurban, kurban olmazdı. Onu kurban taşının üzerine öyle bıraktım.

Bu kadar mı, dedi Âdem.

Yok, dedi Habil, dahası var.

Beyaz tüylü, kara gözlü koyunumu adak taşına sadece koyun olarak koymadım. Her bir şeyin karşılığı, inancımın ve korkumun ölçeğiydi o. Varlıklarımın cümlesi. Onun yerine adak taşına önce bütün bir sürüyü koydum. Yetmedi. Sevdiğim ne varsa, sevebileceğim ne varsa hepsini koydum. Seni koydum ey baba, içim yandı. Annemi koydum, içim daha çok yandı. Ama vazgeçmedim. Sevgilerin yekûnu Sidre, Sidre'yi koydum. Sidre'yi koyunca zaten geriye ben bile kalmıyordum.

Veremeyeceğim ne varsa teker teker değil hepsini birden koydum. En son da güzel gözlü koyunumun yerine adak taşına kendi başımı koydum.

Koyacak başka bir şeyim olsa onu da koyacaktım. Ama yoktu, daha fazlasını bulamadım. Öyle ağırdı ki feda ettiklerimin toplamı, kendimi bir tüy gibi hafif hissettim. Yüklerimin tümünü üzerimden attım devirdim. Bütün bir dünya ağırlığını gölge gibi hissettim.

Oğul, dedi Âdem, yorumunu son bir cümleyle aşikâr etti. Habil değerli hayvanına en değerlilerini yüklemişti de senin meyve tabağın sadece bir meyve tabağı, başaklı buğdayın sadece başaklı bir demetti.

Bir itiraz ateşi geldi Kabil'in benliğini sardı. O ateşle bağırdı:

Karışıyor aşkım aşkıma, kıskançlığım kıskançlığıma. Gördüğüm güzel rüyaların hiçbirisi çıkmıyor da kötülerinin çıkması sabaha bile kalmıyor. Hem Tanrı beni kapısından kovuyor, kurbanımı, adağımı kabul etmiyor. Hem de uğrunda ayartıldığımı benden alıyor. Ölürüm de bırakmam.

Hiçbir şeyin onu durdurması mümkün değildi. Kalpten geçti, akıl aklı terk etmişti.

Öfkeyle kalktı, gitti. Baba ocağını, kara ocaktaki ateşi, ana eli değmiş ekmeği terk etti.

Yol ayrımı. Sapak noktası. Dur, desen de dinlemez ki.

KARAR ÂNI

Havva'nın ekmeğinden, Âdem'in ocağından çekip gideli hayli zaman olmuştu. Kuru dallarla çiçekler arasında bir gece mesafesi, o kadar bahara yakınlardı.

Zaman her şeyin ilâcı. Lâkin ateşin zamanı yoktu. Zaman geçmiyordu Kabil'in üzerinden. Sırtından bu ateş gömleği çıkarıp atamıyordu.

Bu yokluklar cümlesinde gözyaşı da yoktu Kabil'in. Gözyaşı ancak merhamet varsa var. Oysa Kabil'in önce kendisine merhameti yoktu ki gözyaşı da olsundu.

Bir ben vardı onun için, başkası yoktu.

Bir dağ başına çıktı. Baktı gözünün önünde serili duran mesafeye. Ekili tarlalar, buğulu üzüm bağları ayağının altında. Şurada reddedilmiş adağı, şurada Sidre duruyordu.

Kabil o gün orada, ânı ânına, bakışı bakışına, kendisi kendisine, çehresi teninin rengine uymadı, halden hale girdi. Öyle bir bozuldu ki dengesi, hoşça bir uyumun dirliğini kaybetti. Her şeyi eski düzenine çevirmek lâzımdı. İstemedi.

Bu, çok daha fazlası, şeb-i yeldâ asiliği gibi değildi.

Sadece babasına değil her şeye isyan etti. Bir yandan değil her yandan gelen sesin eline geçti.

Onu eline geçiren, sadece fısıltılı bir sesti.

Ama tenini geçti fısıltı, kanına girdi:

Korkma dağlar parçalansa, olacakları seyret.

Dikkat etseydi Kabil bu sesin, yasak meyvenin tadına bakılmasını fısıldayan cennet kovulmuşunun sesi olduğunu, cümlenin aynı cümle olduğunu fark edebilirdi. Ama babasının hatıralarına hiç güvenmemişti ki.

Başını neden sonra kaldırdı. Karanlık bir söz söyledi yedi göklere, feleklere menzillere, yıldızlara seyyarelere. Yumruğunu sıktı. Önce bağrına, sonra boğazına bastırdı. Önü kapkaranlıktı.

Bu iş artık gönüle sığmaz, yürekte hallolmazdı.

Kaderse kader. Yazıysa yazı. Emirse emir. İsyansa isyan.

Ne olacaksa olsundu.

Nereden inceyse oradan kopsundu.

Ona öyle geldi ki ne yaptığını hiç bu kadar bilmemişti. O ânda kararını verdi:

Tek yolu var. Neydi şu ben'de bedende taşıdığı şey ki dünya ona dar geldi. Bu dünya hem kardeşini hem kendisini içine almaya yetmeyecekti. Birisi gitmeliydi.

Giden Habil olsundu, Kabil'e dünya yeterdi.

YOKLUĞUNLA SAĞALIRIM

Yüksek bir yamacın sırtında, yapraklanmış, çiçeklenmiş, şenlenmiş bir elma ağacının altında uzanmıştı Âdem'in ikinci oğlu.

Bir gönül huzursuzluğu.

Uzun zamandır yoklamayan o duygu.

Geldi yağmacı otağını kurdu, Habil'in ta içine oturdu.

Kabil'in kalbi sanki geldi Habil'in kalbinin içinde durdu.

Kıvrımlı, ıslak, yapışkan, devingen bir yaratık gibi atıyordu bu kalp, sıfatları çoktu. Habil onun atışlarını kendi kalbinde duydu. Duyduklarını okudu. Her kelime kara katran cehennemince vurdu kalbinin çeperlerine. Ama Habil, bu kalpte okuduklarından çok, bir kalbi böyle, kendi kalbiymiş gibi okumaktan korktu.

Kabil tam o esnada geldi. Habil'in, az arka uzağında durdu. Bir müddet onu göz hapsine aldı. Derken bir daire çizdi, uzaklaştı, sonra tekrar geldi. Bu kez tam karşısına dikildi. Habil yerinden yarı doğruldu. Kardeşinin içinden neler geçtiğini bilmek istemezdi ama saçlarına takılmış yaprakları silkerken onunla göz göze geldi. Güneş gözlerinin içindeydi ve bu gözler alev alevdi.

Kabil gizlemedi. Örtmedi üzerini içinden geçen şeyin. Sözü uzatmadı. Hemen söyledi, söyledikçe bir daha söylemek istedi. Ateş tomarları gibi döküldü kelimeler ağzından, yanmadı ağzı, tutuşmadı dili. Sesinden nefret taştı, sesinin dokunduğu şeye kin eşlik etti, husumet sindi. Açıkça söyledi ki:

Bu dünya ikimize birden dar. Başka türlü sönmeyecek bu ateş, bu su durulmayacak. Senin varlığından kaynaklanan dayanılmaz acım ancak senin yokluğunla sağalır. Her şeye razıyım. Her şeye katlanırım. Gereklilik yetmez, gelecek zamanın kesinliğinde göstermeli şimdi, ben seni öldüreceğim. Çünkü sonsuza dek borçlusun bana, ödeyeceksin.

Böyle bir cümlenin üzerine doğamayacak kadar güzel bir gündü. Belâ sabahı gökler karardıkça kararmıyor, güneşli bir bahar yağmuru iniyordu savrula savrula. Kasvet yoktu ki bu inişte, ağaçlar, ırmaklar, dağlar bir hayır duasına dursundu. Yağmur kendi yolunda, güneş mutlu, bulutlar mahzundu.

Sırtının kınası seçilmeyen kara kuzu geldi Habil'in ayaklarına süründü. Habil'in içinden bir ürpertidir geçti. Sezdi çok geçmeden patlayacak yanardağı. Çevirdi yüzünü, kardeşinin yüzüne baktı. Hatırlı sözcükleri araya sokmaya niyetlendi. Birkaç kelime birkaç mana zikretti:

Ey benim Kâbe'yi görmüş kardeşim, ey kardeşim, dedi. Kâbe sözcüğünü de kardeşim sözcüğü kadar ısrarla yineledi.

Suyundan ver bir yudum, ekmeğini bölüş benimle.

Bakışları yerde, birkaç cümleyi daha bulup bir yerlerden çıkardı.

Kardeşim, dedi, buradan başlarsak, bu gözlerle bakarsak, bu kelimelere sığdırırsak çözülmez bu düğüm. Halis niyetime itibar et. Ben sana bilerek bir kötülük etmedim. Bilmeden bir kötülük ettiysem de insan oluşuma hamlet. Durma üzerinde, bu kez ihmal et.

Bir adım attı Kabil'e doğru. Elini uzattı. Al, dedi, bu benim elim. Suyunu uzattı. Bu da suyum. Sen yıka benim ellerimi. Uzat ben de yıkayım senin ellerini.

Ben helâl ettim sana hakkımı sen de bana hakkını helâl et. Terk et şu içindeki sana rağmen sen'i. Beni kendine dâhil et.

Senin de benim de üzerimizdeki Hakîm tarafından hakemliği yapılmış davandan vazgeç. Senden de benden de aşktan da öfkeden de büyük olanın hükmüne itaat et. Bırak üzülmeyi kardeşim. Artık yas tutma. Gel, soframızdaki yerine dön geri.

Ben seni kendi kanımla hiç kışkırtmadım. Aramıza bu kan davasını ben sokmadım. Gel, güneşin doğuşunu birlikte seyredelim, at suya içindeki ateşi. Bizi bu kavgadan, bu düşmanlıktan, bu kandan azad et. Bil ki kan doldurmaz bu mesafeyi, ölüm eşitlemez bizi.

Şimdi güneş Habil'in gözlerinin içindeydi.

İki kelime! İki Fikret! Çözülecek bu düğüm!

Ama Habil bunca cümleyi kalbinden koparırken sözü manaya katabileceğini zannederken, Kabil'i hiç mi tanımamış, bu yıkıcı iştahı hiç mi anlayamamış, ne kadar da gafildi. Sabrın taşı bile işitti, gel gör ki Kabil, ne Habil'i işitti ne durabildi. Duyduğu öfke dinmedi. Ne elini uzattı ona ne onun elini alabildi.

Bu dünya ikimize birden dar, ben seni öldüreceğim, dedi de başka bir şey demedi. Aynı cümleyi bambaşka sözcüklerle, evirdi çevirdi. Uzattıkça uzattı, defalarca söyledi.

Habil iki adım attı, bir taşın üzerine oturdu. Ayaklarının ucuna baktı. Kabil'in söylediği şey değil, söylerken üzerine sarıldığı kırık yılan dişi dizlerindeki dermanı kesti. Bu ürkütücü dille karşı karşıya geldiğinde. Şaşırdı önce. Yoktu zihninde bu sözcükler, anlayamadı. Bu nasıl bir dildi? Böyle bir dilin var olabileceği bile aklından geçmezdi. Neden sonra alfabesini söktüyse de, bu yapışkan dili konuşmak içinden gelmedi. Böyle yakıcı bir düşmanlığa tahammül ancak ona aynı dilde mukabeleyle mümkündü oysa. Ama. Mümkün değildi.

Kaldırdı başını.

Kardeşinin yüzüne baktı.

Bak-ı-ş-tı-lar karşılıklı. Kabil'in ne gördüğü belli değildi. Ama Habil hayatta var olduğunu bile bilmediği bir kötülükle yüz yüze geldi.

Bir kez daha: Yasak meyve.

Güneş şimdi hiçbir yerdeydi.

Oysa dünyanın son gününe kadar yaşasa, alnına bir yaşamak yazgısı düşen bütün insanlarla bir bir karşılaşsa Habil, kimsenin hayatına böyle bir dehşetle eklenmez zannederdi.

Dünya yüzünde, kâinat kâğıdında, ezel defterinde, Kelimeler Kitabı'nda. Bir yazıya satıh olan ne varsa, neresi varsa, orada. İsmi ismiyle benzer harflerle, yan yana, satır satıra yazılmış olana birkaç cümle daha söyledi.

Dedi ki, ben sana kardeşim, demiştim. Seninle bu sözcükte kavilleşmiştim. Dünya yerinden oynasa, gökler yarılsa, kızılca kıyamet kopsa hep kardeşin kalırım zannetmiştim. Çünkü vicdanında yer talep etmiştim. Bütün derdimi seninle dertleşmiştim. Beni sana emanet etmiştim. Şartı, kuralı, zamanı, vadesi, gerekçesi yoktu bu emanetin. Bir hükme bağlı değildi. O kadar ki ben sana ihanet etsem, sen emanete ihanet etmezsin zannetmiştim. Sana öyle güvenmiştim. Emanete ihanet mi edeceksin?

Vazgeçmedi Kabil, ısrar etti. Tekrir etti. Teksir etti. Ezber etti. Şerh etti.

Korkunç gücü katı mantığı, yani mantıksızlığı.

Kavgacı.

İç karartıcı.

ÖLÜMÜYLE YÜZLEŞENİN HALLERİ

Habil.

Böyle bir çile. Çekilir gibi değildi. Çilesini güzelleştirdi.

Başı önünde, gözleri hâlâ yerde, yaprakların, dökülmüş elma çiçeklerinin üzerinde.

Ben sana elimi kaldırmam, dedi.

Konuşuyordu ama orada değil gibiydi.

Zalim olmaktansa mazlum olmak yeğdir bana.

Sesi çok uzaklarda akan derin nehirlerin sesi,

ya da gecenin arka arkaya gelen en kapalı vakitlerinin sesi gibiydi.

Eziklik yoktu bu seste. Bambaşka bir güçle güçlü bir sesti.

Dirençsiz değil direnmesizdi.

Dirençsizlik, acizliğin gaflet hali.

Direnmesizlik: Teslimiyet tesellisi.

Ancak Habil-mizaca nasip olabilirdi.

İnsan olan, etten kemikten, ruhtan nefesten yaratılmış bulunan; bütün kayıtlardan nasıl daha fazla sıyrılabilirdi? Bütün bağlarını nasıl daha fazla çözebilir, eteklerini rüzgâra bırakarak kendi saçlarının arabasına asılabilir, gökleri öyle devredebilir, her şeyin üzerine çıkabilirdi? Nasıl bundan daha fazla özgürleşebilirdi?

Habil, Kabil'de fazla vakit kaybetmedi, dünya kelâmı tüketmedi. Nefesini hafifletti. Makamını değiştirdi. Gözlerini titreşen sedir yapraklarına, hüzünlenen bulutlara, tüllenen göklere çevirdi. Yedi kat semanın arkasını görmek istedi. Dedi ki:

Ey Âlemlerin Rabbi.

Düne, bugüne, yarına, parçalanmayan zamana hakim olan.

Zamanı daraltılmış olmayan Ey.

Ey Zamanın Sahibi.

Güzelliğin, öfkenin, adaletin, ihtişamın, cebrin ve hiddetin Rabbi.

İsimlerin sonsuz. Her bir isminden kendime kurduğum bağla, Habil'in de Rabbi.

Yetmedi.

O'nun bütün güzel isimlerini aynı ânda anmak, bir yönüne değil her yanına sığınmak istedi. Cennetten gelme o isimle, ağız dolusu Allah'ım, dedi.

Allah demeye alışkın dağlar taşlar bir kez de Habil'le Allah, dedi.

Nehirlerden balıklar başlarını uzattı, dallardan kuşlar sarktı onun duasına eşlik etmek için. Habil duasını etti. Yaralı bir kalbin ateşinde canlı cansız, dolu boş ne varsa, duasını Habil'in ağzından tekrar etti:

Taşınmaz yük ne demekmiş anladım. Yükün taşınamaması, kulun Allah ile arasındaki bağın bozulması. Sen ki benim gönlüme Senden bir bağ bıraktın.

Her şeye razıyım, ama Seninle aramdaki bağı bozma.

Bana kaderimi sorgulatma. Neden, diye sordurma.

Ey Galipler Galibi,

Senden, Senin takdirinden başka bir şey istemeyeceğim.

Ama,

aramıza kimseyi sokma.

Bulutlar üzerine eğilince,

Habil bu dünyadan geçmiş. Fazlasını istiyor.

Kalbe ancak sığan duru aklın, emniyetli gönül görüşünün keskinliğinde, görüyor ki:

Her bir yan gölge üstüne gölge.

Gölge gölgeyle didişip duruyor. Her şey oluyor ama hiçbir şey de olmuyor.

Tufan kopuyor ama Habil'in ayakları bile ıslanmıyor.

Yangının ortasında, ateş yakmıyor, saçının tek teli tutuşmuyor.

Can acısa bir türlü acımasa bir türlü. Perdeyi göremeyen bütün gölgeleri gerçek sanıyor. Ve oyunu buna göre kuruyor, buna göre oynuyor.

Habil'se gölgelerin üzerinden geçip gidiyor. İndirmiş kılıçlarını. Gölgelerle savaşmaya kalkışmıyor. Göklerin vâhid makamına doğru yer'den geçiyor.

Çünkü acı can evine değince her şey yerine döner. Her şey gölgeye döner.

Kabil diye biri yok aslında. Bir Allah var, bir de Habil.

Kabil, Habil'in ne kadar dayanacağı sınanırken sadece içi boş bir gölge. Çünkü masumlar da gölgeden ateşler çıkararak sınanır. Kabil bir bahane.

Ve. Habil diye biri de yok aslında. Bir Allah var bir de Kabil. Kabil sınanırken de Habil bir gölge. Çünkü zalimler de sınanır. Habil bir bahane.

Habil Kabil'e gölge.

Kabil Habil'e gölge.

Hatta:

Bir Allah var.

İkilik yok arada.

Kabil Kabil'e gölge.

Habil Habil'e gölge.

Allah'a göre:

Habil gölge. Kabil gölge.

Gölge üstüne gölge.

Öyleyse:

Gölgenin derdiyle dertlenmek niye?

Sözünün hükmü gölgeye geçmeyince Habil, elma ağacının altına çekildi. Elma ağacı, gölgeliklerini bu yaralı kalbin üzerine serecekti ki, Habil, ağabeyinin arkasından baktı.

Kabil, diye seslendi.

İlk kez onu ismiyle çağırmış, ağız dolusu kardeşim, dememişti. Başka bir şey demedi, sadece onun ismini söylemekle yetindi. Acısını içine gömüverdi. Rüzgârın gözünde savrulmak yok artık. Sözünü suskunluğuna emanet etti.

Bu hançereden, bu dudaklardan, bu ağızdan, bu dilden, bu genizden, bu ciğerden Kabil'e hitaben bir dünya kelâmı daha çıkmaz zannetti. Oysa vakti saati gelip de bir son cümleler dizininde ağzından dökülecek öyle bir sitemi, öyle bir seslenişi vardı ki Habil bile tahmin edemezdi.

SÖYLE SÖYLEYECEĞİNİ EY HABERCİ

Kabil. Kurban gününden sonra baba evine ilk kez geldi, Âdem'in karşısına dikildi.

Selâmı sabahı yoktu. Anlatmaya başladı:

Gittim, dedi. Onu gördüm. Bir elma ağacının altındaydı. Kolunu başının altına almış, uzanmıştı. Başını elma çiçeklerinin mavi gölgesine saklamıştı. Rüzgâr değdikçe, saçları elma çiçeği kokuyordu. Arkasında duruyordum. Kokusu geliyordu bana kadar. Ne düşündüğünü bilmiyordum. Ama kurduğu hayali, düşündüğü şeyi bile kıskanıyordum.

Elma ağacı bile nasiplenmişti onun masumluğundan, daha rahat dinlensin, gölgelensin diye kendisini onun üzerine yaymıştı, uzatmıştı. Hiç öyle şefkatli görmemiştim bir ağacın dallarını. Bu şefkat kanımı başıma sıçrattı. Öyle hücum etti ki kanım damarlarıma, gözelerimden fışkıracağım sandım.

Bu yangından beni ne kurtarırdı? Kan lâzımdı şimdi bana, gerçek bir kurban lâzımdı. Kana susadım. Bir damla kan aksa durulacaktım. O kanda yıkanmazsam artık arınamazdım. Bir ucundan yaşamaya başlayamazdım. Çünkü böyle bir alevi su değil ancak kanın sıcaklığı söndürebilirdi, kan alırdı bu ateşi. Su yetmezdi bu ateşi söndürmeye. Ancak ateş benim üzerime bir serinlik ve selâmet indirebilirdi. Ancak ölüm durdurabilir beni yolumdan çevirebilirdi. Varlığının verdiği cezayı ancak yokluğu ödüllendirebilirdi.

Durdum. Yüzüne baktım. Artık var olmasına dayanamadım. Bu dünya ikimizi birden almaz sandım. O da gördü beni. O da benim yüzüme baktı. Bir ürperti dolaştı ki bedenini, gözle görülür gibiydi. Birbirimizin yüzünde gördük göreceğimizi. Aramızdaki perde o kadar incelmişti ki yırtılacağından korktum.

Ama korkum ey baba, senin korkularına eş değildi. Aklıma senin sözlerin gelmedi. Bütün bir çocukluğum boyunca sabahlara kadar anlattıkların, sonra o gece, şeb-i yeldâda sözün şiddetinden savrulan, kahrolan ağaçlar, gelmedi. Yasaklar gelmedi. Anlattığın cennet, anlatamadığın cehennem hiç gelmedi. Ölüm gelmedi. Nefsim, kibrim, aşkımda azgınlığım, kıskançlığım gelmedi. Sahiplendiğim, sizin aklınızın eremeyeceği gerekçelerim her zamankinden de fazla geçerliydi. Kıskançlık da kibir gibi. Duymayanlar şefaatçisi olamaz. Ateşine düşenlerse harlamadan o ateşten kurtulamaz.

Sadece ne olacağından korktum. Çünkü ne olacağımı bilmiyordum. Niyet ettim, gizlemedim niyetimi, ona da söyledim. Direttim. Ama gerçekleştiremedim. Cesaret edemedim. Gerisin geri döndüm. O kaldı ben gittim.

Ama hemen sonra, neden yapamadım, diye sitem ettim kendime. Sustukça kendi kendimle yüzleştim, eylemedikçe eylemsizliğimden iğrendim. Öcümü alamadığım için kendime lânet ettim. Keşke yapsaydım. Yaptığımdan değil yapamadığımdan pişmanım.

Şimdi bu düşünce bir burgu gibi zihnimin içinde dönüp duruyor. Beni rahat bırakmıyor. Onu zihnimden ne kadar kovsam da olmuyor. Ben kovuyorum o geliyor. Başımı uykuya her uzattığımda boşaltıyorum aklımdan geçenleri, uyandığımda eskisinden çok doluyor. Uyanmama gerek yok aslında, uykudayken de oluyor.

Şimdi söyle söyleyeceğini ey Haberci. Çünkü içimi koyu bir karanlık bürüyor. Bu karanlık, kaderime de kaderimi yazıp yaratana da karşı bütün benliğimi sarıyor.

İçimde sana, senin anlattıklarına, beni tutan ne varsa, hepsine karşı tarifsiz bir öfke büyüyor. O kadar büyüyor ki, öfkenin kapladığı yerden geriye başka bir şey kalmıyor.

KÖTÜLÜK BİLDİRGESİ: ADALETİNİZDEN DE NEŞ'ENİZDEN DE TİKSİNDİM

ben, gizlemiyorum olup biteni.
ne yüreğimi ne tenimi, ne inadımı ne
ayak diredigimi.
hayır, pişman değilim.
bu ağırlığın altında ezilmem.
benliğimden utanıp da yerin dibine
geçmem. inancımı da inanmadığımı da
örtbas etmem.
çünkü kendimle yüzleşiyorum ben.
ama ya siz?
benim kadar cesur benim kadar zeki
değilsiniz. kendi doğanızla yüzleşecek
cesaretiniz bile yok.
bu nedenle özgür değil kölesiniz. biricik
değil sürüsünüz.
dürüst değil ikiyüzlüsünüz. tevazuunuz
kibir, köleliğiniz efendilik.
alçakgönüllülüğünüz de eğer korkaklık
değilse başka nedir?

karşıma dikeceğiniz her değer şimdi
o kadar zayıf, o kadar cılız bir ses olarak
kalmaya mahkûm ki bu halimle bile
sizden daha erdemli, çok daha
şerefliyim.
kınayıcılar çoğu kez kınadıklarından
daha kirlidir, adım kadar eminim.

sözcüklerim, duaların kabul edilmediği
kâbuslar bahçesine iteleneli beri kendi
sözcüklerimle kendi kendimi ihlâl
ettiğimin bilincindeyim.
kendi sözcüklerimden, en fazla da ben
muztaribim. kendimden tiksindiğim
doğrudur belki.
ama size duyduğum tiksintinin yanında
hiç kalır bu.
değil mi ki ortalama ahlâkınızla
yüzleştiğimden, içyüzünüzdeki
ikiyüzlülüğe bulaştığımdan bu yana, ona
yaslanarak içinizi rahatlattığınız
vicdanlarınızdan da, inançlarınızdan da,
sahtekârlıklarınızdan da
bıktım, usandım, iğrendim.
adaletinizden de neş'enizden de
tiksindim.
iyi ve gerçek dediğiniz ne varsa
hepsinden nefret ettim.
habil'den nefret eder gibi yâ âdem
senden nefret ettim, senden nefret eder
gibi de seni yaratanın yasalarından
incindim.

sana da seni yaratana da söyleyemedim
nefretimi ama habil'e çekinmeden
söyledim. ona kustum içimi ondan
çıkardım acısını bütün
reddedilmişliklerimin.

yenilmişlerin öfkesiyle doluyum şimdi.
irademi tümüyle kinime
teslim ettim.
artık bütün nedenler kayıp. nedensizim.
her ân her şeye dönüşebilirim.
körsem kör, sağırsam sağır.
isyansa isyan. kötülükse kötülük.
öfkeyse öfke.
hepsi de benim işte.
bütün alfabe tersine dönüyor
benim dilimde.
övgüm küfür, şarkım diken. şiirimin
tümü saçma.
sarsılmış ruhum dengelerini nerede
bulur şimdi?
bir tek kötülük aklar bundan böyle beni,
sadece araya soktuğum şiddetli nefret
ayakta tutabilir. içi boşalmış, su ile
toprak cesedime ancak o can verebilir.
böyle bir boşluk sadece
kötülükle dolabilir.
öyleyse ölene dek düşmeli, düşene dek
kötülemeliyim şimdi.

hiçbir şeyimi hiçbir şeyin arkasına
gizlemeden yüzüme yapıştırdığınız sahte

suretimi indiriyorum ve doğrudan kendi
kötülüğüme dönüşüyorum.
sadece kötülüğü arıyorum şimdi ve başka
hiçbir şey de bulmak istemiyorum.
hiçbir suçluluk duymadan kötülüğü
kendisi için ve kendisi olarak seviyorum.
kendi yasalarımdan başka yasa
tanımayarak bütün yasalara, bütün
egemen olanlara başkaldırıyorum.
değil mi ki yasalarınız sıradanları bağlar.
oysa sıradanlarla aynı sırada değilim.
onların bağlı olduğu yasalarla
ölçülemez benim değerim. kendi
yasalarımı koymaya kendimde yasa
tanıyorum. çünkü farklılığımı da
üstünlüğümü de biliyorum.

onaylamak değil kökünden değiştirmek.
yapmak değil temelinden yıkmak.
günahsa günah. nefretse nefret.
lânetse lânet.
ateşse gayya. azapsa azâbennar.
cehennem buysa işte tam göbeğindeyim.
vurduğum yeri devirdiğim, devirdiğim
şeyin yerine de başka bir şey koyduğum
düşünülmesin.
çünkü artık hiçbir değerim yok benim.
kendimden başka temsilim, temsil
ettiğimden başka kıymetim yok. haddim
yok ki kararım olsun benim.
uçurumun kenarında mı duruyorum?
hayır!

ben uçurumun ta kendisiyim ve kendimi
büyük bir coşkuyla kendime
bırakıyorum.
kapatın isterseniz gözlerinizi,
görmezden gelin. çünkü bütün
ordularımla geliyorum.
çığırımdan çıkarak işte geliyorum.

öyle bir geliyorum ki sadece habil'i
değil, şu göksel küreleri, onların
üzerinde dönen ay'ı, güneşi, suyun
rengini, toprağın bereketini bile yok
etmeliyim şimdi.
öyle yok etmeliyim ki hepsini, habil
sadece kendi bedeninde değil evrenin
gözlerinde, seyyarelerin bilincinde bile
yok olsun.
sadece bugünde ve yarında değil,
geçmişte bile yok olsun.
hiç yaratılmamış gibi olsun.
bir ağacın gövdesinde bile bakışlarının
izi bulunmasın.
ondan geriye hiçbir şey kalmasın.
tanrı bilincinde bilgisi,
o'nun kelimeleri arasında bile
kelimesine rastlanmasın.
adı bile anılmasın.

yeraltından yerüstüne gönderilen bütün
mektuplar bundan böyle benim kanımla
yazılsın benim adımla imzalansın.
benden sonra benimle aynı kaderi

paylaşacakların hepsinin kaderi benden
sorulsun. hepsinin soyu benim
sulbümden çıksın, adı benden sual
olunsun. hepsinin günahı benim
boynuma kalsın, yazısı benim alnıma
yazılsın. isterlerse yirmi tırnakları da
benim yakamda kalsın.
hepsi de kabulüm.

zira benim tekinsizliğimi hiç kimse
görmezden gelemez.
bu göze alışa, bu kendine tanrı kendine
kul oluşa kimse artık kayıtsızlık edemez.
çünkü bu büyük özgürlüğe, bu kendi
oluşa, bu güçlü isyana, başkaldırışa, yani
yaratışa kimse imrenmezlik edemez.
ne kadar lanetleseniz de içinizde bana
dair bir özenme kalacak.
kınayan yanınızdan çok kıskanan
yanlarınız canınızı yakacak.
çünkü içinizdeki bir yan ben'im.
lânetim gibi güzelliğim de gücüm de bu
benim.
ama başkaldırı güçlülerin harcıdır.
zayıflar bu emaneti taşıyamaz. ruhlarınız
gibi bedenleriniz de bu yükü sırtlanamaz.

Şimdi anladın mı beni ey haberci? Hiçbir isteğimi cennete havale edemem ve cehennem korkusuyla da erteleyemem. Sabrım kararım yok benim. Ne olacaksa olmalı ve zaman geçmez benim üzerimden, "hemmen", şimdi olmalı.

Kelimeler ağzında ezilip büzülüyordu. Hemen'in imlâsını bile bir ısrar fiiliyle bozmuştu. Sesinde, dişi kırık bir yılan ıslığı.

Ağlamaklı değil haykırmaklı.

Hayal gücü, bütün yoldan çıkmışlar gibi, hayal edilemez raddeye vardı. Haddi kararı aştı.

Ayrıntıda güçlü. Bütünü kavramada mantıksız.

Kendi kendisinde tekrarlı.

Alevin ateşinde soğuk.

Ağır. Can sıkıcı. Ve çok acı.

BU SES

O zaman Âdem, bu büyüklenmeyi, bu karanlık teraneyi. Kemliği böylesine sahiplenmeyi, gerekçelerini türetmeyi, kendini ona seve seve vermeyi. Gördü göreceğini. İşitti işiteceğini.

Ses Kabil'indi ama onun ağzından konuşan, o değil, başkasıydı. Aynı duman aynı ateş. Âdem'in ensesinde aynı alevli nefes. Tanıdı tanıyacağını. Her yandaydı. Atın öldüğü geceden bu yana hep de vardı.

Dilinin altında mevzilenmiş bambaşka sözcüklerle konuşmuştu Kabil. Ağzında yuvalanmış bambaşka bir ses duyulmuştu. Duymuş ve kulak kesilmişti Âdem. Fakat içinde hep bir ümit. Önünü alırım, demişti. Bu sesi keserim, bu yoldan onu geri çevirebilirim, zannetmişti. İsimlerinin arasından çıkarıp da ismini koymak, bu yüzden istememişti.

Şimdiyse.

Ey oğul, diye inledi Âdem. Gece gündüz seni gözetlesem, her harfinin hesabını tutsam, sebeplerini, illetlerini, gerekçelerini, mazeretini çözemem. De bana, hangi sebep böyle bir niyeti mazur kılabilir? İnsan, içine sığmayan şeyi nasıl sızdırabilir? Varlığın yek cümlesi: Hava-toprak-ateş-su. Hepsinin hoşça birlikteliği gerekirken mizacında, bir hoş hallikle koyulmuşken hamuruna, sen hangisini kabul edip hangisini reddetmedesin? Söyle bana sen neyin serüvenisin?

Söyle, hangi hallerle hallendin? Yok edici ve yakıcı bir ateşi sen kendine ne edindin? Söyle oğul ona hangi manayı yükledin?

Havva yaratıldığında sol yanımda açılan boşluk bile böyle büyük değildi. Neyi inkâr ettin ki yerinde doğan büyük boşluğu ateşle doldurdun? Sen kimlerle hemdaş oldun?

Ey oğul. Kim geçmiş senin yerine? Söyle, kendini kime vermekten hoşnut kaldın? Şu, üç beş kişiyi bulmayan dünya tenhalığımızda o kadar mı yalnız kaldın ki kendine bile tutunamadın?

Bak, iyi bak şimdi gölgene, sulardaki göklerdeki yansımana, resmine. Ayırma gözlerini. Ayıkla kendini bir kez, çözümle.

Esfel-i safilin denen büyük çöküşü bu kadar erken mi betimleyeceksin?

Sen, dünya seyyaresinde kararmış vicdana bir simge misin?

Kabil çıktı. Gitti. Yerinde kalan, ağacın gövdesinde yapış yapış bir sızıntı.

Âdem, oğulcuğunu bir kez daha sarsmak. Omuzlarından tutup meyveli bir ağacı silker gibi silkelemek. Saçından perçeminden yakalamak. Kendine çekmek için. Peşinden seğirtirken.

Havva kesti Âdem'in yolunu. Ona bir rüya daha anlattı.

HAVVA'NIN İKİNCİ RÜYASI

Bir rüya daha gördüm bu gece, dedi kalem çekmez metinde rüyaların Havva'sı. Anlattığına bakılırsa bu da bir yangın rüyasıydı:

Sabah olmamıştı henüz, sıkıntıyla uyandım. Bu kez cennette değil, yerdeydik. Ateş dört bir yanımdan yükseliyordu, aşılmaz duvarlar gibi yolumu kesiyordu. Nerelere baksam bir dağ gibi karşıma dikiliyor, yalımlı bir alev evimizi, bahçemizi sarıyor, kurduğumuz her şeyi ağzına alıyor, yutuyordu. Kurtulmanın imkânı yoktu. Bir ateş kıskacında sıkışıp kalıyordum. En korkuncu da ateşin kulaklarımı sağır eden gürültüsüydü, sanki hâlâ duyuyorum. Alev nasıl böyle bir ses çıkarabilir, anlamıyorum.

Havva anlattıkça açılmadı, bir parçacık ferahlamadı. Yükünü üzerinden atıp da rahat bir nefes alamadı. Daha da bunaldı. Üstelik yangının üzerinden yükselen koyu duman sütununu anlatmaya başladığında, Âdem, görmediği bu rüyanın sonunu getirebileceğini anladı. O kadar tanıdıktı. Bir yangın rüyasını anlatan sesleri neredeyse birbirine karışacaktı ki sustu Âdem. Havva rüyasını tamamladı:

İs ayaklarımdan doğru yükselmeye başladı. Kaçmaya çalıştım ama bir türlü kaçamadım. Çünkü içimde ne varsa, ciğerim, yüreğim, belkemiğim, iliğim, hepsi cayır cayır yanıyordu, is düpedüz benim içimden çıkıyordu. Nereye koşsam o da benimle geldi. Ben yürüdüm, o da yanım sıra, ardım sıra yürüdü. Önümü kesti. Bütün bir ormanı, ormandaki güzel kuşları, hoş kokulu portakal yapraklarını, limon ağaçlarını, ıtırları yalayıp yuttu. Kaçmaya çalışıyordu bütün bir can taşıyanlar. Bu can pazarında, uçmanın ustası geniş kanatlı kuşlar, yüzgeçleri kuvvetli renkli balıklar kaçabilecek gibi görünüyordu. Ama ateş onların da önlerine çıktı, onlardan evvel gittikleri yerde oldu. Ne yüzmek kurtardı onları ne uçmak. Suyu da yuttu ateş havayı da yuttu.

Bir türlü bu yangının sonu gelmedi. Hiç bitmeyecek gibiydi. Derken duman karası bütün bu dünyayı kapladı. Yasak meyveden yediğimiz sırada gökler ancak bu kadar kararmıştı.

KADERİN EN SERT TAŞI

Teninde bir rüyanın yakıcı kaydı, Âdem gece içinde düşe kalka yol aldı, Kabil'i bir kez daha ırmağın kıyısında, üzüm bağlarının arasında yakaladı.

Bir asma kütüğünün üzerinde oturuyordu. Kuru odunları yığmıştı üst üste. Yaktığı ateşin alevlerine bakıyordu şimdi. Bu sönen, çöken güzelliğe hüzünle baktı Âdem. Hayatın ışığı ondan günbegün uzaklaşmıştı. Nergislerinden nilüferlerinden geriye bir şey kalmamıştı.

İçi yandı koca dağ gibi Âdem'in. Yaklaştı. Bir kez daha Kabil'in ayaklarının dibine oturdu. Başını oğulcuğunun dizlerine yasladı. Bir kez daha yalvardı. Ey oğulcuğum, diye söze başladı. Ağaçta dal, ateşte alev sarsıldı.

Bir kez daha sabaha kadar konuştular. Bu kitabın en acı sayfaları bunlar. Kimi Âdem söyledi Kabil dinledi, kimi Kabil konuştu Âdem hiç ses etmedi. Lâkin sözün gücü ne değildi ki Kabil'in sözleri Âdem'i çökertti de Âdem'in söyledikleri Kabil'i yolundan bir zerre mesafe çeviremedi. Kabil, alev kadar yakıcı sözü bir cehennem yatağından bulup çıkarırken. Söz incindi. Kandilin alevi tükendi.

Söz bile, yaratılalı beri sırtına böyle ağır bir yük, bu kadar zorlu bir libas binmemişti.

Cümle koptu Âdem'in dilinden:

Ey oğul, yapma. Gel bu uçurumdan beri.

Gel, vazgeç bu kızgın öfkenden. Ateşinde sen de yanma bizleri de yakma. Bu azgınlıkta sen de boğulma.

Kabil, yerinden fırladı, yaslandığı asma kütüğü sarsıldı, azdımsa, dedi, beni O azdırdı. O, derken başını göklere kaldırdı. Sonra elini alnının üzerinden geçirdi, işaret etti, alnıma böyle yazdı. Gözleri kocamandı. Bütün bunları O istedi. O zorladı. Kaderimse, kaderimde boğulmaktan başka ne yapabilirim, alnıma öyle yazmışsa ben mi sileceğim?

Âh, bu sahne Âdem'e ne kadar da tanıdıktı.

Oğulcuğunun, gelip kaderin en sert taşına dayandığını anladı. Kabil'in de efendisi gibi ilk günahı kibirdi son günahı umutsuzluktu. O da zorlanırken, aklı çatlamasın kalbi boğulmasın diye, kaderi suçluyordu.

Oğulcuğum, dedi Âdem, kaderimse yaşarım, deyip durma. Suçu kaderin üzerine atma. Bütün sahte dilekleri gerçek bir dua gibi üzerine alma. Günahkâr ayakların adımlarını ima yoluyla ahir ümmetlerin suçuna suç katma.

Ama gel, varsayalım ki kaderin böyleymiş, o zaman da kaderine koşma. Kaç ondan, kaçamasan da. Kaç, ölü dağlardan kaçan bulutlar gibi kaç, kaçmak için attığın her adım seni kaderine yaklaştırsa da. Acını bilincinle buluştur. Kaderinin, hiç olmazsa elinde kalan kısmını zorla.

Bunun adı niyet ve gayret. Kader dediğin bu işte.

Çünkü kaçmak: Niyet.

Adım: Gayrettir.

İnsanın gayreti ve niyeti içindeki Tanrı nefesinin iradesidir.

Tanrı nefesi içindeyse, adımların da artık senindir.

Ümidin kapıları hâlâ aralık ey oğul. Gittiğin yere kadar gidip sonra geri dönebilirsin. Düştükten sonra kalkabilir, bittikten sonra nihayet aşabilirsin. Aşağıların en aşağısına düşüp düze öyle çıkabilirsin. Lâ dedin, illâ da diyebilirsin.

O zaman kader sabit olsa da ona koşmayıp ondan kaçarak kaderi aşabilirsin. Gerçekleşse bile kader unutma sorumlusu artık sen değilsin.

Haydi oğlum, sen bilirsin.

Kabil'in gözü bağlı. Âdem'in karşısında bir sükût duvarı.

Oğul, dedi bir kez daha Âdem.

Günahın günah olduğunu reddetme. Aklama kendini, ben mazurum, deme. Kadere sığınma. O'nu, kendi sonucuna bahane kılma. Bazen kader, kaderin reddedilmiş, geri çevrilmiş halidir. Sonsuz esenlik ve rıza bazen kadere rıza göstermekle değil ona karşı koymakla gerçekleşebilir. İnan bana. Seçmeyi kim benden daha iyi bilebilir?

Bir daha sükût duvarı duvarı duvarı.

Oğul, dedi Âdem, koşma hevesle. Gitme. Gittin bari geri dön, oralarda eyleşme.

Düşeceksen kendi adımınla düşme. Düşeceksen arkandan itmelerini bekle.

Yürüme bir çırpıda karanlık kaderinle arandaki yolu. Ben bu yolda yürüyemem, de. Ayak dire. Ey oğul, gel etme eyleme.

Çıkmasın adın şeytana, gel gitme.

Kader dediğin kaderle aramızdaki mesafe.

Kaç ondan, koşarak gitme.

Kabil. Koşmak ne kelime! O kadar hızlı gidiyordu ki etrafındaki hiçbir şeyi seçemiyordu.

MÜHR-İ KALP

Tüten buharlar, çatlayan çatırdayan kayalar, sızan lavlar arasında. Ateşten taşlar üzerine alevden gölgeler düşürerek koşarken. Hiçbir sınırının kalmadığı belliydi. Ve sınır taşlarını kırdıktan sonra geriye dönemezdi. Birisinin Kabil'e dur, demesi gerekti. Ama ona dur, diyecek olan yine Kabil'in kendisi. Kendi kendisinden başka kıymeti de yok bedeli de yok. Ama Kabil. Belli ki çoktan yitip gitmişti. Onun alev ateş serüveni şeytanı bile aratmadı. Gözü korktu Âdem'in. Bu, Kabil değil başka biriydi.

Öyle taştı öyle azgınlaştı ki, kimse ona bend olamadı. O kadar ki bir peygamber görüsüyle olacakları gördü Âdem. İçi yandı. Kendisine hiçbir ihtiyaç akçesi ayırmadığı bu serüvende en fazla da oğulcuğuna yazık olacaktı. Hızla ve belâ arayarak atılışı en çok da kendisini vuracaktı. Haklılık kıyasında acımasız kılınmış bu öfke, en fazla da öfkeyi taşıyan kalbi kavuracaktı. Değil mi ki özü ateş olan var olmak için yakmak zorunda. Yakacak bir şey bulamayınca kendisini yakacaktı. Ateşten bulutlar altında kibirli zorbalığın akıbeti, geçici zaferlerle avunulsa da, kaçınılmazdı.

Dondurucu bir rüzgâr,

ani bir çığlık,

kesin bir sarsıntı.

Âh ne kadar yakındı!

O kadar sert vurmuştu ki Kabil kendini taşa, kalbi artık ayar tutmadı. Yapmak istediğinin dehşetini görecek gözü kapandı. Ne yaptığını bile görmedi. Kendi elleriyle hazırladığı ölümünü bile fark etmedi. Kendi yok oluşunu bir hazlar seyrinde seyretti. O kadar çok tekrarladı kendinde kendini ve eyleminin niyetini öyle bir yüceltti ki duyguları körleşti. Hiçbir şey hissedemedi.

Yaptığı, makulleşti kalbine batmadı.

Fıtratını acıtmadı. Öyle sıradanlaştı.

Öyle kanıksadı, öyle alıştı ki Kabil.

Bu kalp, siyah bir nokta. Bir daha. Bir daha. Yâ süveyda! Perdeleri tümüyle kapandı, katılaştı.

Olduğu yere çöktü Âdem.

Ya Rabbi, dedi ona ne yaptığını göster.

Hiçbir şey göremedi Kabil.

Görüşü kilitlenmişti.

Kendisine yabancı, kendi kendisinin zalim efendisi. İstese de artık dönemezdi.

Kalbi mühürlenmek, demek böyle bir şeydi.

Oysa. Bu kalp ona mühürlü verilmiş değildi.

Kalbe mühür, göze perde, kulaklara kurşun. Demek böyleydi.

Kalbini, onu Yaratan'a bağlayan son bağı da kopardı attı Kabil. En ufak bir cüz'ünün zede alması bile sonsuz uyumun heyetini sarsarken, o şimdi paramparçaydı. Değil mi ki bütününden kopan insan parçalanırdı. Bu yoksunlukla yitirdi O'nun suretinde yaratılan kendisine de duyduğu sevgiyi. Üzerine inen karanlık, kalbin vicdan makamına çörekleniverdi.

Giderek hafifleyen bir söz gücüyle, oğul, dedi Âdem, senin vicdanın yok mu?

Yok, dedi Kabil. Ama beni siz böyle ettiniz.

Suçu başkalarının üzerine atmak şeytandan beri şeytansıların âdetiydi.

Ey oğul, dedi Âdem, vicdan, kaybetmeye en fazla hakkımız olduğu ânda koruyabildiğimiz şey değil midir?

Kelimeler dilinden öylesine, kendiliğinden, hiç düşünmeden dökülüvermişi. Âdem'e kalsa, sesi de, sözü de, kelimeleri de tükenmek üzereydi.

Kelimelerin emanetçi efendisi, esma taliminin gözdesi, secde gününün galibi, her sözü Kabil'den geri dönünce. Oğulcuğunun sadece dizlerini değil, boynunu, göğsünü de okşadı. Sırtından öptü, iki omzunun arasında gezdirdi elini. Üşüdü. Okşadığı her yer ağır, soğuk ve acıtıcıydı.

Kaldırıp başını evlâtçığının gözlerinin içine baktı.

Bu gözler artık alev değil akkordu. Ve bir daha deryanın deryalığını görmeyecek gibi bakıyordu. Artık Kabil diye biri yoktu.

Âdem meleklerin itirazını hatırladı. Kabil melekleri mi doğrulayacaktı?

Canının acısıyla Âdem son bir gayret, sonun sonu bir söze, sözün son hükmüne, münteha sidresine, sözden öte bir söze dayandı. Kalbini Kabil'in kalbine yasladı.

Ey oğul, dedi senin kalbin nerede atıyor?

Benim, dedi Kabil, kalbim atmıyor.

Böyle bir gece nasıl bir sabaha gebeydi ki, kalbi olan kalbinin varlığını reddetti?

ASMA LİFİNDEN URGAN

Şiraze kaydı.

Baba yüreği.

Bu delice akışı, öyle olmazsa böylece durdurmak istedi. Eylem kalmıştı geriye sözden öte. Sözü yetmeyince Âdem, eylemine güvendi. Artık sadece eylenecek fiilin önüne geçmek istedi.

Bırakmadı. Yürüyemesindi. Gidemesindi.

Yatırdı Kabil'ini hasır yaygının üzerine. Hafif bir örtüyle örttü üzerini. Saçlarının arasından geçirdi nice gün görmüş elini. Yanağından süzülen terini sildi. Yanan alnını yokladı. Ateşini bir ân için dindirdi. Gözlerini sığadı. O uykuya düşerken, yine de böyle bir uykuya güvenemedi. Ne de olsa Kabil, kanadından kopan bir tüy gibi sessizce ve sakince düşülen uykuları nicedir kaybetmişti. Oğulcuğunu, asma lifinden bükülmüş kalınca bir urganla bileğinden kendi bileğine bağladı Âdem. Düğüm üstüne düğüm attı. Kendisi de asma kütüğüne yaslandı. Kokulu bir tutam otu, yiyici ateşe bıraktı. Yanan kütüklere, kıvılcım saçan ateşlere bakarak çıkan dumandan halinin tabirini seyretmeye, seslere kulak kabartmaya başladı.

Gece o kadar sessizdi ki, sese ses kattı Âdem, sessizliğin dilini dinledi, dikkat kesildi. Çiçeğin açarken, tomurcuğun patlarken, otun toprağı delerken, yağmurun yaprağa düşerken, bir kuş tüyünün gövdesinden koparken çıkardığı sesi dinledi. Ağacın aldığı nefesi, gölgenin ayak sesini, kirpiğinin kirpik üzerine kapanma sesini bile işitti. Sesleri böyle dikkatle bir de Serendip'in ilk gecesinde dinlemiş, işitmişti. Biraz daha kulak kesilseydi Âdem göklerin dönerken, bulutların ağır ağır birbiri üzerine kayarken çıkardığı sesi bile işitecekti.

Her şeyin sesini işitti de bir tek Kabil'in kalp atışlarını işitemedi.

Uykunun adı olmazdı böyle bir gecede elbet. Ama kader! Gerçekleşecek.

Çok geçmeden bir el geldi. Gözlerini bağladı, Âdem kapkaranlık bir boşluk derinliğine, uyuşarak, eli kolu bağlanarak yuvarlandı.

Ateş dehlizlerinde koşmaya başlayıp da alevden duvarlar dört bir yandan karşısına çıkınca, Havva ile aynı rüyayı gördüğünü rüyasında anladı. Öyle yandı ki, derisindeki ateşin bileğindeki ipe geçtiğini sandı.

Attı kendini rüyasından. Etrafına bakındı.

Kabil yoktu.

Âdem'in bileğinde asma lifinden urganın kalan yarısı. Ucundan duman tütüyordu.

BOĞUK BİR İNİLTİ

Havva'sı olmayan melekleri esenlik cennetinde ne bir yasak meyve ne de bir dünya sürgünü bekliyorken. Dünya toprağında henüz açılmamış, ölülerine kavuşmamış, iskeletlerine hazla sarılmamış mezarlardan korkunç uğultular geldi. Gökler aydınlanırken Kabil, bir adım attı, bir adım daha, Habil'e doğru ilerledi.

Serendip yolu değildi önünde açılan yol. Kabil de kelimelerin emanetçi efendisi, dünyanın ilk sakini değildi. Yine de bir ilk dünya toprağının bütün yolunu adım adım yürüdü sanki. Bütün ağaçları bir bir geçti. Ağaçlara kalsa geçit vermezlerdi hiç, yol vermezlerdi. Ama ağaçları dinleyen kim ki?

Reçine kokulu sık ve geniş ormanları, ormanlardan süzülen ışık yağmurlarını, iç gölleri, ırmakları, yeraltından esen rüzgârları, uğultuları, kelebekleri, yusufçukları. Sesleri, kokuları. İtibarlı ve ihtişamlı kâfuru, portakal ve turuncu, limon, karanfil ve taflanı. Heybetli sediri, kırmızı yapraklı tarçını, hoş kokulu mür ve kendisini rüzgârda ses, havada koku eden huş ağacını geçti. Bütün bu hikâye bir ağaçlar serüveni. Elma ağacının altına geldi.

Yarı yaslanmış yarı uzanmış, uzaklara bakan Habil'in arkasında durdu. Elma ağacı gölgelerini yine şefkatle uzatmış, onun üzerine yaymış, kokusunu Habil'in saçlarına sermişti. Şimdi Kabil, aralarında ağacın gövdesi, açık değil gizliceydi. Ama Habil boynunu böyle bükmüşken, şah damarı o kadar ortadaydı ki bir dokunulsa kan akacaktı.

Kabil etrafına bakındı. Bir adım kalmıştı. Önden çeken arkadan iten vardı ama uçurumun kenarından kendisini çekip de geri alamadı. Uçurum. Hani, zamanında şeytanın da Âdem'in de önünde açılmıştı.

Fazla aramadı. Gözüne ilişen ilk taş parçasını eline aldı. Taş. Mavi bir su mermeri. Soğuk değil! Ter içindeydi. Oysa Kabil'in eline düşene kadar içinde ne hayaller ne resimler gizliydi. Bu da taşın kaderi! İçindeki kanı sızdıran taşlar gibi değildi. Ona kalsa, bir yontucu gelsin de eline alsın kendisini diye kıyamete kadar bekleyebilirdi.

Önce usulca dokundu taşa Kabil. Tam avucunun hacmindeydi. Bedeninin bir parçası, kolunun uzantısı, elinin ta kendisi. Tam Kabil'e göre. Kabil kendisini o kadar taş gibi hissetti, o kadar taş kesmedi.

Habil'e baktı. Taşı elinde tarttı.

Aradaki mesafeyi ölçtü biçti. Tarttı döktü. Zamanını kollamadı bile, Habil öyle savunmasızdı.

Hırsla kavradı, eli yanmadı, taş yandı. *Taş korktu* da Kabil korkmadı.

Bütün gücünü hızına sakladı.

Kaldırdı kolunu. Aynı hızla indirdi.

Habil tekse de, her insan demekti.

Zor işti eylediği Kabil'in, zorluğunu bilmedi.

Yaptı. Baştanbaşa öfkeydi.

Yaptı. Artık Kabil, Kabil bile değildi.

HABİL.

Ne bir cümle ne bir haykırış. Sadece bir yaralı hıçkırık. Bir de boğuk bir inilti. Yo! Habil'den değil ağaçların gövdesinden kopup gelmişti. Yeryüzü ağaçları böylesine bir Âdem ve Havva yasak ağacın meyvesine uzandıkları ânda, ve bir de Âdem'in affet yakarışı esnasında inlemişlerdi.

İşte orada, uzanmış yatıyordu. Görünürde bir şeyi yoktu. Sanki elma çiçeklerinin pembe gölgesinde her zamanki gibi tatlı bir uykuyla uyuyordu.

Sadece burnundan koyu bir kan.

Sızıp duruyordu.

Bir de. Alnının üzerinde açık bir yara.

Görünüyordu.

KABİL.

Bir kalbi olan böyle bir eylemi eyleyemez. Kalbi hâlâ atmıyordu.

KAN SIZISI

Sıkılmadı. Pişman olmadı. Utanmadı.

Utanç, Kabil'in yaptığını görenlerin payına düştü. Denizdeki balıklar, havadaki kuşlar, denize varmadan kuruyan ırmaklar, yokuş yukarı akan sular, kelimesi manasına uymayan varlıklar utandı. Evrende utanmayan bir şey kalmadı.

Yasak meyveden bir ısırık alındığında cennet ancak bu kadar utanmıştı.

Bir tek, Kabil tanık değil Kabil'e ne olduğuna. Sadece kendi isminin harflerine değil bütün bir toprağın üzerine kan sıçrattı.

Hiç suçu yokken bir masumiyet kaybı, kanlı gözyaşlarıyla ağlasa bile ne aklar ne yıkardı şimdi toprağı?

Kol veren ırmakların bile akışı çamurlaştı, ağırlaştı. Defne fidanını kökünden söken rüzgâr, iki dağ arasında hızlanan nehir böyle belâ görmemişti. Hep birlikte gördüler kan sızısını. Unutmaları artık imkânsızdı.

Rab seyretti.

Kabil'e bu sessizlik, Rab hiçbir şey yapamaz gibi mi geldi? Tanrı mı unutmuştu bu ilk insanların çevresinde yaşadığı tepeyi?

Yo! Rab mühlet verirdi ama ihmal etmezdi.

Kimsenin âhı kalmazdı kimsede.

Karıncanın Süleyman üzerindeki hakkı kimden sual edilecekti?

SESLENİŞ

Ölümün gölgesi gizli değil ki. Arkasından sinsice, açık değil gizlice, yüreklice değil yüreksizce yaklaşan Kabil'in gölgesi, taşı kavramış elinin hayaleti, elma çiçekleriyle kaplı toprağın üzerine düşerken. Habil de gördü ölümünün gölgesini.

Bir an. Başını çevirdi. Bu Havva mavisi gözler, artık kum yeşili bile olmayan akkor gözlerle birleşti. Öyle bir duman yükseldi ki Habil'in canının yangınından, onun yanında Kabil'in ateşinin adını kimse anmazdı. Melekliğine gökyüzünün sakinleri bile imrenirken, melek değildi ki Habil. O da insandı. Onun da bir yanı topraktandı.

Canını pazara çıkarmadığı bu can pazarında suyun hasreti gibi sonsuzca akan acısı tenini deldi geçti. İçine gömdüğü her acı yanardağlar gibi infilâk etti.

Son bir cümleler dizini. Öyle bir sesleniş, seslenişlerin en beteri döküldü ki dilinden, sözcükler kendiliğinden tutuşuverdi. Sular ateş alacaktı neredeyse, ağaçların tutuşması ân meselesi. Böyle bir serzenişi nasıl seslendirdiğine Habil'in kendisi de hayret etti. Sebepli bir düşmanlığı bile kalbine sığdırması için ne kadar çok zaman geçmesi, içine ne kadar gözyaşı dolması gerekmişti.

Cümleler dilinden kendiliğinden dökülüverdi:

Kabil, dedi. Gör kendini! Ne yaptığını bil!

Alnının bir tarafında Habil'in katili, yazılı senin. Ama diğer yanında Habil'in kardeşi. Hiçbir kalp dayanamaz buna. Ne de olsa insansın. Bakalım sen nasıl dayanacaksın? Nasıl güç bulacaksın?

Kabil, dedi, seni bu kadar güçlü kılan öfkene de o kadar güvenme. Öfkenin ateşini sönmez zannetme. Senin ateşin bir gün mutlaka söner. Ama benim yeisimin ateşi senin içinde, saklı ırmaklar gibi akıp duracak daima. Unutma suyun mizacı temizdir ve ateşin karşısına ancak onun sabrı dikilebilir. Vicdanının ateşiyle, suyun sabrıyla baş başa kalırsın akıbet. Unutma!

Kabil! Benim başıma gelen, başa gelebileceklerin en kötüsü değil. Hatta ölmek kötü bir şey bile değil. Ya bugün ya yarın! Ben ölmeye niyetlenebilirim. Şu gelip geçici dünyada gecenin kandilleri battığında hiç yaşamamış gibi de olabilirim. Ama ya sen? Benim görümden daha açık değil senin görün. Ben incindim fakat sen tümden yok oldun. Ben örselendim sense çöktün. Ben ölür ölmez, benim ölümümden daha ağır bir ceza bekliyor seni, unutma!

Ben ölürsem ölürüm ama dünya sana kalır mı?

Silebilir misin alnının yazısından beni?

Çıkarabilir misin rüyalarından? Uyanabilir misin kâbuslarından?

Dağlar, taşlar, toprak saklasa. Gökler sussa gördüğünü. Sen saklayabilir sen örtebilir misin? Hiç olmamış gibi yapabilir misin? Yapamazsın. Ben sussam sen susamazsın. Unutamazsın.

Kabil!

Üzerine and içilebilecek ne varsa, onların adına and olsun ki.

Asla unutamayacaksın.

Asla unutamayacağını sakın unutma!

Bir unutma daha ekledi:

Mahşer var, unutma, dedi. Unutma'yı ısrarla yineledi Sözünü, kelâmın ezeli özünde şerh etti:

Ey Kabil, Yâ Âdem'in büyük oğlu,

kendi sicilin ile yüzleşmeye çağrıldığın gün. Sakın unutma bi kez daha karşılaşacağız. Ve o zaman benim tanığım, *insan vicdanının kınayan sesi* olacak, yani beni sen savunacaksın, seni sen yargılayacaksın.

Ağzına mühür vursan *ellerin dile gelecek*, gözlerinin üzerine bi perde çeksen saçının her teli ayrı ayrı söyleyecek.

Kalbini kilitlesen ayakların, adımların konuşacak, her biri bir kalp kesilecek, kalbin dile gelecek. Seni kendinden sen bile kurtaramayacaksın.

Öyle bir yanacak ki ruhun, gerçek bir ateşin bedenini yakıp kavurması için yalvaracaksın. Bir ân unutmak için. Fıtratınla arana giren sen'i kaldırıp cehennemin en derin çukuruna sen atmaya kalkışacaksın lâkin yapamayacaksın.

Bakalım nasıl dayanacaksın?

Ve son bir cümle ekledi. Dünya üzerinde bu ona son seslenmesiydi:

Kabil!

Allah var, değil mi?

Vardı.

Habil başını kaldırıp bulutlara baktı. Göklerin yandığını, ulutların alev aldığını gördü. Muazzam bir yangını mahzun bir alpten kopan kıvılcımla yorumladı.

Kalbiyle acının arasında bir siper kalmadı. Acı o kadar canına geçti ki yıkıl, dese dünyaya, yıkılacaktı.

Bir dileğe, emir hükmünde bütün bir evren boyun eğeekken.

Demedi. Gözlerini bulutlardan denize çevirdi.

Kaldırmadı elini. Ölümüne ölümle mukabele etmedi. Ama endisini kurban edenle, kimbilir kaç harf kaç hece, kardeşim, lediğiyle son bir kez göz göze geldi. Bir an. Yumdu gözlerini. Buğday başağı saçları kendi terinde ıslanırken, güzel burnundan akan kan enesinden boynuna sızarken, şu cümle yazıcının hiçbir öyküsünde leğişmez: "Hesabı, bütün mazlumlar gibi, Hesap Gününün Sahibine havale etti."

Yetti bu kadarı.

Mazlumdu. Âh'ı göğe çıktı.

Bir şey geldi. Sırtını okşadı.

Karşılık?

Elbet bir gün bulunurdu.

Bu dava burada kapanmamıştı. Zaman? Nasılsa çoktu.

HABİL'İN HAYALLERİ

Habil, canını onun sahibine henüz teslim etmeden. Masumiyetin bu ilk dünya beratı, Âdem'in affedilişine bir delil olarak babasının özlediği cennete babasından önce dönmeden. Feleklerin menzillerin, seyyarelerin yörüngelerin içinden, bambaşka bir kata, bambaşka bir makama yükseldi. Sanki iki koluna girmişler de takatsiz bedenini göksel karanlıkların derinliklerinde gezdirirlermiş gibiydi.

Çok geniş, çok serin ve çok sessizdi. Yıldızlar uzanıyordu ayaklarının altında şimdi.

Bitimsiz bir ân-ı şimdi'ydi.

Bu sonsuz ânda, yansıyan da yansıtan da, geçmiş de gelecek de aynı perde üzerinde birleşti, aynı ayna içinde karşılıklı ziyadeleşti.

Şu dünya meydanının ortasında sanki bir Kabil bir Habil'i alnını taşla ezerek öldürürken. Kardeşinin kanını toprağa sıçratırken. Ellerindeki kanı kendi üzerine silerken. İçinde kaldığı hikâyeyi Habil bir de çok uzaklardan seyretti.

Şimdi artık gören göz de Habil'inki değil, gören gözü olmuş birisinin gözleriyle seyretti kendisine olup biteni.

Yumdu gözlerini. Hayal perdesine başka bir resim geldi. O perdenin üzerinde şimdi bir daha resimlerdi. Altın renkli ışığın tatlı aydınlığı yayıldı yüzüne. Yıldızlar titrerken ruhundan hafif bir rüzgâr geçti.

Çok eskidendi. İkisi de çocuklardı daha. "Habil'le Kabil" değillerdi. Sadece kardeşlerdi.

Annelerinin, mavi su çiçeğini cennet toprağında nasıl düşürdüğünü anlattığı bir sabah vaktiydi.

Kızıl perçemli atın arkasından koşuyordular. Üzerlerinden geçen parılcaklı bir ışık yağmurunun, savrulan perçemlerin, açılan kanatların içinden akıyordular.

Birazdan Havva çağıracaktı onları. Annelerin en güzeli. En çilelisi. Ekmek koyacaktı önlerine. Zeytin koyacaktı. İncir koyacaktı. Cennet kadınının, elleri zeytin karası, tırnaklarının arası dünya yarası. Nar kıracaktı orta yerinden, ikiye ayıracaktı. Siyah üzüm koparacaktı bir salkım, buğusu üzerinde. Zeytinlerini koklayacaktı.

Ağabeydi Kabil. Emaneti koruyup kollayacaktı. Gökyüzünden koca bir gözyaşı damlası düşmemişti daha. Emin, emanetine ihanet etmemiş, topraktan yaralı bir hıçkırık yükselmemişti.

Perdenin üzerindeki resim geldi geçti.

Habil, nefesi kesilirken son bir nefesi içine çekti. Gök küreler, seyyareler, menziller, yörüngeler. Akan yıldızlar, batan ve doğan güneş, yedi iklim dört köşeler. Toprağın bereketi. Irmaklar, sular, dertli denizler. Kandiller, nilüferler, hilâller. Bir hizaya geldi. Onları dünya gözüyle kimse böyle görmemişti. Göğsü o kadar genişledi Habil'in, aldığı o kadar güzel bir nefesti ki kendini, ömrünün gerçeğine hazır hissetti. Yok oluşu yeni değil, hep de öyleydi.

Bu dünyadan geldi geçti.

Her şey ayaklarının altında. Adımını attı. Kendi sırrına kadem bastı.

Cennetin, bir zamanlar Âdem'in omuzlarına atılmış, akan yıldız bezemeli atlas örtüsünü Habil'in sırtına attıklarında bunca lâf ü güzâfın sayfası da kapandı.

KARGA DİYE BİR KUŞ

Bir taşın üzerine oturdu Kabillerin Kabil'i. Hâlâ aynı yerdeydi. Ayrılamamıştı o mahalden, cinayet yerindeydi. Ne yaptığını bilip de ne yapacağını bilmeyenlerin çaresizliğiyle bekledi. Belâ günü, avuçları kenetlenmiş, bomboş gözlerle toprağa bakarken. Yasak meyve ardından şelâle suyuna giren Âdem gibiydi.

Gerçekleştirecek bir işaret aramadı bile. Ama işaret geldi. Çok geçmedi. Bir karga az yakınına, sert toprağın üzerine indi. Sağlam, kocaman bir kuştu. En az toprak kadar siyah gagası, geniş kanatları vardı. Ve uzun ömürle yazgılanmıştı.

Kuşların bu en siyah olanı sağa sola bakındı önce. Kanatlarını açtı kapadı. Silkendi. Tüylerini kabarttı. Toprağı eşeledi, dağıttı, savurdu. Afra tafra saldı dört bir yana. Uzun uzun bağırdı. Hükmünü icra etti. Sonra da uçtu gitti.

Kanatlarının ucundan bir tüy düştü döne döne. Gömecek bir kardeşi yoktu onun, o bile kardeşini öldürmemişti.

Karganın her gaga vuruşunda toprağın ağzı biraz daha açılınca, Kabil işareti okudu, bu açlığın, içine ne konsa üzerini kapatacağını, yutacağını, her ayıbı saklayacağını anladı. Aklıyla övünürdü her zaman. O kadar güvendiği aklının bu kadarını bile kesmediğini fark ettiğinde bildi ki akıl da o kadar güvenilir şey değilmiş, onun da sınırları varmış. Ve insan bazen karga dedikleri bir kuş kadar olamazmış. Yazgıya kafa tutan insan bu kadar mı ufacıkmış?

Düşünecek halde değildi. Habil'in kanı ile yıkanmış sivri taşı aldı. Toprağı eşmeye başladı. Taş yetmedi, ellerini, o da yetmedi tırnaklarını kullandı. Ama çok geçmeden tırnakları yarıldı, elleri yara bere içinde kaldı. Kanadı.

Bu kirli tırnakları, kanlı elleri yakasına yapışmış hissedince, toprak şöyle bir silkindi. Böyle bir şey bağrını yırtsın hiç istemezdi. Ne de olsa topraktı, emanet teklif edildiğinde kabule yanaşmamıştı. Ama Kabil, emirlerin emrini dinlememişti de onu mu dinleyecekti? Toprak çaresiz, açtı kara bağrını yumdu gözlerini. Bu kadarı ona bile ağır geldi. Utançtan yerin dibine geçti.

Derinlere inildikçe, toprak serinledi. Lâkin kabadayıydı, verdiğinin ederini fazlasıyla istedi. Akşam inerken Kabil kendisini soğuk karanlığın içinde buldu. Demek kazılan her mezar önce mezarcısını içine alıyordu.

Telâşla fırladı. Öfkesine öfke kattı. Sivri taşı bir yana attı. Artık bu iş bir ân evvel bitsindi. Kapansındı bu ilk mezarın ağzı. Soğumuş cesedi sürüye çekeleye çukurun kıyısına getirdi. Bir uçurum ağzı gibi açılmış o soğuk karanlığa itiverdi.

Ama. Bu yüz nasıldır, diye merak etti, itelemeden önce Habil'in yüzüne bir bakıverdi.

Burnundan kan sızıyordu hâlâ. Yarı aralık bir çift göz, solgun bir benizdi. Ve gözleri hâlâ masmaviydi.

Acele etti Kabil.

Zannetti ki görmese, görünmezdi. Toprak yığınıyla örttü üzerini cesedin, kaskatıydı. Bastırdı ayaklarıyla toprağı, elleriyle sıkıştırdı. Habil'i sonsuza değin yok etti. Varlığıyla sonsuzca acı verenin yokluğuyla ödüllensindi.

***

Yanılgı!

Bu yüzü dünya gözüyle bir daha göremeyeceğini anladığı o ânda, hayatın ve ölümün vâhidesiyle iç içe geçmiş bir Habil güzelliğine karşı yakıcı bir hasret hissetti.

Ölümü ânında, diriminde olmadığı kadar güzelleşmiş bir şeyi kaybettiğini, ama kaybettiği şeyin özleminin onu hiç terk etmeyeceğini de bildi.

Ondan kurtulmak için onu yok ettiği ânda bitimsiz bir hasretin de içine devrildi.

O zaman gördü göreceğini Kabil. Bir akşam sükûnetine sızmış ölümün dehşetinde, aralarındaki yalnızca bir harf farkı. Dünya yüzünde bu yüzü bu ismi unutmak artık imkânsızdı.

Ruh daha mı dayanıklıydı ki beden dayanamadı. Bu yorgun bedenin gözelerinden kan boşandı. Kabil'i önce kendi bedeni yarı yolda bıraktı. İşlediğinin ağırlığını ruhu ve aklı kaldırsa da bedeni kaldıramadı. Ruh ve beden cürümün ağırlığını aynı rıza ile paylaşamadı.

Bir şey geldi. Soğuk, ıslak, kıvrımlı, yapış yapış ve sımsıkı. Üzerine çöreklendi.

Bir daha da gitmedi.

Bir iki adım attı. Yürüyen o değildi. Habil'in ölü yüzü, yarı açık mavi gözleri, saz benizi, burnundan sızan kan, her yerdeydi.

İç içe geçmiş ağaçlar. Sımsıkı sarılmış sarmaşıklar. Irmak kumu, sel yağmuru. Aniden iki yana açılan karanlık bulutlar. Onların da arkasından çıkan daha karanlıklar. Uğultular, buğular, hararetler, harlar.

Hepsi. Habil'in yüzünü yüz edinmişlerdi.

Pınarın durgun suyu. Kıvırcık filizler. Defneler, nergisler, nilüferler. Seyirlikler.

Kabil'e öyle geldi ki her yandan üzerine bir Habil gelmekteydi.

Yo! Habil değil. Kabil'in kendisi.

İç içe geçmişti yüzleri.

KALP ATIŞI

Habil'in yüzü. Kabil'in yüzü.

Bu yüz üzerine geldikçe bir yerde duramadı Kabil, bir yerlere sığamadı. Kaçmaya başladı. Öyle bir kaçtı ki dünya durdukça hiçbir kurban katilinden öyle kaçmayacaktı.

Ne kadar zaman koştuğunu bilmedi. Yoruldu. Soluk soluğa, kan ter içinde, sırtını siyah meyveli bir ağu ağacına yasladı. Ağu ağacı bile bu yakınlığa, bu temasa dayanamadı, Su yürümüş bahar dallarına, damarlarına kadar sarsıldı, tiksindi. İtti Kabil'i. Dallarıyla yapraklarıyla kıskıvrak sarmadı bile kollarını, sarmaşıklarıyla ayak bileklerine dolanmadı, boğazını sıkmadı, yüzünü yırtmadı. Yeter ki böyle bir sırt kendisine dayanmasındı. Uzak kalsın, yaslanmasındı.

Tekrar kaçmaya başladı Kabil. Koşarken, toprağın taşı dikeni ayaklarına battı. Çalılar yüzünü yırttı. Düştü. Güç belâ kalktı. Düşe kalka tepeye tırmandı. Uçurumun kıyısına dayandı.

Boşluğa baktı. Kıyamet korkusuyla korktu. Korkusu yasak meyveyi yiyen Âdem'in korkusundan da çoktu. Ama dünya yüzündeydi Kabil ve sussa boğulacaktı, susmasa boğulmaklı.

Göklere kaldırdı başını. Kollarını uzattı. Yumruklarını sıktı. Artık içine sığmayan o şeyi daha fazla tutamadı. Makamından koparken bütün ciğerlerini de paramparça eden tek bir nefesle, öyle bir çığlık attı ki. O karanlık çığlıkla kalbi de atmaya başladı. Yumruğunu bastırmasa üzerine, göğsü parçalanacaktı.

Keşke bu kalp atmaya hiç başlamasaydı. İçine kan dolmasaydı. Hep mühürlü kalsaydı. Cezaydı mührün kırılması şimdi, o mühür hiç açılmasaydı.

Kalpsizlikti Kabil'in emniyeti. Kendi kalpsizliğinin ihanetine uğradı. Kalbiyle baş başa kaldı.

Vicdanı? Vardı, vardı, varmıştı. Keşke hiç uyanmasaydı.

Bu çığlıkla, bu kalbin vuruşuyla kendi kendisiyle de yüz yüze geldi. Öyle bir gördü ki ne yaptığını. Yaparken hiçbir şey hissetmemişti. Ama yaptıktan sonra! Ekşi bir balçık kokusu genzini yaktı. Çamur, ayağına dizlerine bulaştı.

Şimdi onu kendisinden, Kabil'i Kabil'den sor.

Habil'in seslenişi demek böyle gerçekleşecekti.

Haklılık duygusunu, bunca zulmü üzerine oturttuğu katı mantığını, öfkesini kaybetti. Artık isteklerini isteyemez, lânetlerini edemezdi.

Buna dayanmak?

Dayanılır gibi değildi.

Keşke ölseydi.

Babasının o kadar anlattığı, bilindik ateşlerin dışındaki farklı ateşler, bilinmedik cehennemler, yeniden yansın diye yenilenen tenler nasıl olurmuş, aklı da kalbi de ilk kez aldı. İlk kez, babasını sadece baba değil bir peygamber olarak da yalanladığını anladı. Ruhundaki yangını bir parça unutmak için, bütün bedeninin bir çam dalı gibi çıtırdayarak yanmasına razıydı. Öyle bir gördü ki kenlisini Kabil, bir kurbanı seçilmemişliğinde simgelenen inançsızlığı boyutunda, aşk adına Sidre'ye perdelenmiş kibri, hasedi ve azgınlığıyla göze aldığı ateş bunun yanında hiçti. Cehenneme düşmedi, cehennem içindeydi, o da kan revan içindeydi.

Böyle bir kanda hiçbir şey yaşayamazdı. Bu kanda, bu çığlıkta, bu ağrıda, bu kalbin atışında, Sidre'ye duyduğu aşk da, kesilen bir süt gibi, Kabil'in içinde ekşidi, kıvamı bozuldu. Her şey kendisi için yitirilip de kendisi de yiten bir şeyin dehşetinde, geriye ne Sidre ne de aşk kaldı.

Berrak bir düşüncede değilse de karmakarışık bir hisler cümlesinde anladı:

Aşk çok şeymiş ama onun da manası haline göreymiş.

Aşk olsaymış kıvamı bozulmazmış. Bir kalbi buraya, kalpsizlik toprağına savurmazmış. Onunki aşk değilmiş başka bir şeymiş.

Aşk değil tenmiş.

Sen değil benmiş.

Sevda değil hışımmış. Belâymış. Kerbelâymış.

Ama ne ise, her şey değilmiş en fenası.

Ve haklıymış Âdem. Haklıymış habercilerin ilki. Belâ aşktan büyükmüş, Allah hepsinden.

Habercinin yalanlayıcısı, kararmış göklerle yer arasında dönen kuşların çığlıklarından, kanat vuruşlarından, bir yaklaşıp bir uzaklaşmalarından, deli rüzgârın uğultusundan korktu. Kan bulutlarının gölgesi üzerine düşerken uçurum kenarından koşarak uzaklaştı. Durgun bir su başı buldu. Eğildi. Birkaç yudum su. Bu kez kendi yüzünü seyretmeyi dilemeden kendi yüzünü seyretti. Kalbini, katilinin avuçlarında henüz atar durumdayken gören ve bilinci henüz kendisini terk etmemiş birisinin dehşetiyle baktı kendisine. O gözlerle gördü o gözlere göründü. Toprağa batmış bir yüzdü bu ve ker acısının dışında değildi. Habil'in yüzünden okuduğu bu kanat metni bir kez de kendi yüzünden okudu. Dudakları kan kusark kirpiklerinden tutuştu.

Yıldızların soluk ışığında bile suyun yüzüne daha fazla bak madı. *İliklerine kadar işleyen kaynar bir su içinde* yandı. Dayanamac *Can boğaza dayandığında* gözlerini suyun üzerinden ellerine çevirc Cinayetten sonra ilk kez gördü ellerini.

Demek bu ellerdi!

Nasıl dayanmıştı o parmaklar? O eller, o gamzeler yapa ken nasıl yanmamıştı? Nasıl uzanmıştı, nasıl? En çok da bu elle darıldı.

Elleri hâlâ yerinde, elinden gelse ellerini koparıp atacaktı.

Tırnaklarının arasında Habil'in kanı, bir mezar karas Ellerini üzerine sildi.

Sağ. Sol. El sırtı. Avuç içi.

Toprak ufalandıysa da kan üzerinde kaldı. Artık bu elle peşini bırakmayacak, bu tırnaklar yakasında kalacaktı.

Kendisinden geçse, her şeyi inkâr edebilse, hatta unutsa bile şu ellere Habil'in kanı dokunmuştu bir kere. Ellerini koparıp ats bileğinden, yaptığı yok olmazdı.

Nereye baksa bir Habil anlatısı. Her yan zifirî karanlık. Kabi karanlıktan utandı. Duramadı. Bedeni ağırlaştı. Ellerini midesine bastırdı, iki büklüm, kıvrandı. Bedenini ne kadar küçültürse ruhu da o kadar az acır sandı.

Zan! Yanılgı! Ne de olsa aklı başındaydı. Bu akıl bu başta durdukça yaptığına en fazla kendisi dayanamayacaktı.

Yüzükoyun kapandı toprağın üzerine. Al, dedi Allah'ım, bu klı bu baştan al. Bana büyük bir unutmak ver ki şimdi. Unutmak er şey olsun. Hiçbir şey hatırlamayayım.

Sidre'yi ver, diye bile böyle yalvarmamıştı. Duasını endişesiin önüne koymamıştı.

Olmadı. Göklerin kapıları Kabil'in kendi elleriyle astığı kör ilitle kapalıydı.

Bundan sonra her şey bir parça unutabilmek uğruna. Jnutmak ve hiçbir şey hatırlamamak. Ama nereye gitse o ses içinle. Kabil'i kınıyor, yargılıyordu. Habil'i savunuyordu. Bin kez yeni ıaştan kuruyordu gerekçelerini Kabil. O ses bin kez temelden yıkırordu. Her, unuttum, dediğinde eskisinden fazla hatırlıyordu. şlediği cinayeti unutabilse, vicdanının sesini susturamayacaktı. Artık ona unutuş yoktu. Bundan sonra Kabil'e kazanmak yok. Yense bile mağlûptu.

Sırtında bir nefes hissetti. *Kızgın bir sam yeli.* Uçurumun kenarında, yanıbaşında, dumansız ateşin varlığını sezdi. Kıvrım kıvrım, buram buramdı. Nefti gölgeli incecik parmakları saklı, fısıltısı açıktı. O da Kabil'in yüzünde, kendi zaferiyle yüzleşmeye gelmişti. Gururluydu, ne de olsa kendi kendisinde eskimiş kendi kendisinde yenilenmişti.

Çaresizlikle gözlerini çevirdi Kabil. Boşlukta bir beden, bir temas, bir avuntu dokunuşu aradı. Sarılabileceği tek dal vardı, ona sarıldı.

Dedi: Bari sen beni yalnız koma. Yarı yolda bırakma. Bir yol göster. Yaptığımın haklılığına dair duyduğum inancı geri ver. Sığdır kalbime eylemimin mantığını. Sustur vicdanımı. Bağla yine gözümü. Durdur yüreğimin atışlarını. Mühürle şu kalbimi. Ki dayanayım. Yoksa dayanamayacağım.

Olmadı.

Fısıltı ensesine kadar sokuldu.

Ben sana zorla bir şey yaptırmadım.

Perçeminden kavramadım.

Ben çağırdım sen geldin. Ben gösterdim sen gittin.

Diyordu

HAVVA'NIN ANLATILMAYAN RÜYASI

Gerisin geri döndü. Gidebileceği bir tek yer var şimdi. abasının karşısına dikildi. Âdem, kapı önündeki tarçın ağacının ltında, tarçın da bütün ağaçlar gibi baharlanmış çiçeklenmiş, yap- aklanmış şenlenmişti.

Kabil'in yüzüne bakınca. İlk dünya sabahından, Serendip olundaki ilk adımından bu yana duyduğu bütün sesleri bir kez daha şitti Âdem. Ama Kabil'in anlatacaklarını dinlemeyi reddetti. Bu üze bakmak istemedi. Yüzünü çevirdi.

Kabil yine de anlattı. Bir çığlık dili kalmıştı kendisine. Sakin akin, tane tane değil, çığlık çığlığa anlattı. Ağzından dilinden çok lleriyle anlattı. Anlatırken, gözü babasının ellerine ilişti. Ucu yanık asma lifi urganın diğer yarısı hâlâ Âdem'in bileğindeydi.

Daha fazlasını anlatmaya gücü yetmedi Kabil'in. Anlattığı da kendisine yetmedi. Baba, dedi, son bir cümle, söyle şimdi bana, dünya toprağında unutmak kaç zaman alır? Benim de üzerime bir teselli haberi iner mi?

Cevabını beklemedi. Kalktı. Gitti. Yürüdü sürünür gibi. Geride bütün bunları anlattığı Âdem'i bıraktı. Hepsini işitmişti.

Kabil bir çığlık hayaleti gibi çekip gittikten sonra Âdem bi söyledi bir sustu.

Bin değil on bin yıl yaşasa görebileceklerinin hepsi de bu bi: geceye sığdı.

Gece uzadı, her yan kör karanlıktı.

Bu belâ gecesini tanıdı.

Meleklerin o uzak gündeki huzursuzluğunu, şikâyetini hatırladı.

Ne demekmiş bozgunculuk ve kan dökücülük. Neymiş fesat anladı.

Yasak meyveyi yediği ânda ancak bu kadar mı yanmıştı, bu kadar mı acımıştı?

Başını kaldırıp göklere baktı.

Bir kez daha cennetten atıldı.

İnsandı ama. Kabul ettiği emanete tahammül etti. Nasıl bir tahammülse bu, bilmedi ki bu emanet kendisine teklif edildiğinde niye kabul etmişti, nasıl evet, demişti?

Havva? Olup biteni Âdem'in yüzüne bakınca anladı. Üçüncü rüyasını anlatmaya fırsat kalmamıştı.

YOLLARIN SONU

Bir yerlerde duramadı Kabillerin Kabil'i.

Yolun sonuna geldiğini anladı.

Revan oldu sular gibi.

Kâbe toprağından kaçtı, Yemen kadar uzaklaştı.

Rüzgâra düşmüş bulutlar, yolunu kaybetmiş dağlar gibi karanlığa karıştı. Yeşili örselenmiş ağaçlar, savrula savrula gelen yağmurlar, onun acısını anlamazdı.

Yaşadı.

Ateş-mizaç soyu sürdü. Zamana yayıldı.

O Kabil ki, üzüm bağlarının arasında, gelip de geçici dünyada kalıcılığa yeltenmişti. Gitmem, gidecek olsam da gitmeyecekmiş gibi yaparım, öyle bir kazarım ki ismimi toprağa, gitsem bile benim olarak kalır, benim adımla anılır, diye haykırmıştı.

İstediği oldu da aslında.

Habil geçerken şöyle bir uğramış, kısa bir gölge salmıştı.

Kabil'se dünyaya kök saldı.

Ama. Ne kadar dal budak salsa da bu soyun ağacı, kök Habil'in adıyla yan yana yazıldı.

Habil'le Kabil'di artık onlar.

Kurban ile avcısı. Mazlum ile zalimi.

Aralarında kardeşlikten de meşhur bir bağ, "ile" eda Bundan böyle isimlerini ayrı yazmak mümkün değildi.

Aldatıcı bir gramer aslında.

Habil'in adı olmasa Kabil'i kim anardı?

Gitti. Karanlıklara karıştı.

Allah biliyor ya, affet yakarışının sayfaları hâlâ açıktı.

İNDİ

Toprak? Habil'i içine aldı. Cesedinden çoktan uçup gitmiş olmasa onun ruhunu da okşayacaktı.

Yutmak değildi eyleminin ismi. Sonsuz ânda ılık, tatlı bir tül örtüsü gibi sarıldı. Sardı sarmaladı, şefkatle kucakladı bu soğuk bedeni. Emaneti bağrına bastı. Öptü aralık gözkapaklarında kalan bakışı. Güzel burnunun deliklerinden hâlâ sızan kanı önce öptü sonra dindirdi.

Bundan sonrası ancak inmek eylemiyle tarif edilebilirdi.

Akşam indi, yıldız indi, ay indi.

Yağmur indi, vakit indi, âh indi.

Vahanın kalbine sekine, dünyanın gecesine keder.

Serinlikler, selâmetler.

Habil'i almak için melekler.

Kabil'i yazmak için kâtipler.

Ve, kırmızı perçemleri gözlerine dökülen kör atın yelelerine rüzgâr, görmeyen gözlerinin arkasına bir rüya indi.

Olup bitenler kör atın rüyasına girdi.

Kırmızı perçemleri gözlerine kadar dökülen kör at, bütün bu olup bitenleri rüyasında bir gördü bir kaybetmedi.

Bir gerçeğini buldu rüyasının, onu bir tabir etti.

KÖR ATIN RÜYASI

Yelesi dalgalandı. Boz toprağın, güneş çatlağı kıracın üzerinde yürümeye başladı. İki yanında olgun başaklar, sararmış otlar. Teni okşayan rüzgâr, güneş kokulu hasatlar.

Toprağı ayağının altında, havayı burnunun ucunda hissetti. Önce ağır ağır attı adımlarını. Adımlarının sesini dinledi. İnce ama güçlüydü bilekleri. Bu adımlara hava-toprak-ateş-su eşlik etti.

Sonra kanı damarlarına, teri tenine, içi içine, kendisi kendisine sığmadı. Hızlandı. Teri boynundan göğsüne, sırtından sağrısına damladı. Bedeninden sıcak bir buğu yükseldi.

Taze buğday. Çağla. Portakal çiçeği.

Genişledi burun delikleri. Dünyanın kokusunu içine çekti.

Ağaçlar, yoncalıklar, çayırlar, sarmaşıklar, uzak ufuklar geçti iki yanından. O kadar koştu ki hızı arttıkça arttı. Hızlandıkça açıldı. O koşarken ırmaklar, bulutlar, dağlar yavaşladı. Göçen kuşlar bile onun yanında yavaş kaldı. En sonunda bütün hayat durakladı. Onunsa, kanı yorulmadı. Göğsü daralmadı. Nefesi tıkanmadı. İçinde bir ateş körüğü inip kalktı yalnızca. Doğasında koşmak yazılı hiçbir at o güne değin böyle koşmamıştı.

Sınırı yoktu ülkesinin. Öyle hızlandı ki bir ân geldi kendisini hem yerde hem gökte hissetti. Bundan daha fazla nasıl yağmur olabilir rüzgâra karışabilirdi? Çok geçmeden sırtında ışıktan kanatlar açıldı. Bir el gözlerini sığarken, o iyice hafifledi. Ayakları yerden kesildi.

Sırtında bulutlardan sızan ışık huzmesi. Bir yıldız geldi, yelesinin ucuna, bir diğeri perçemlerinin arasına kondu. Ardında geceyi yaran, parılcaklı bir ışık çizgisi bıraktı.

Selli pullu, semavatlı şehrayin.

Tayflar, şualar, ziyalar.

Karanlıklar aydınlandı.

Uçtan uca. Buluttan buluta. Irmaktan karşı kıyıya.

Şimşek parıltısı.

Rüzgâr okşayışı.

Kendisinden geriye bir toynak izi bile kalmadı. Kanatlarının gölgesi bütün bir yerin yüzünü kapladı.

Hû, dese göklerin kapıları açılacaktı.

***

Oysa daha o doğarken annesi ölen, yerin yüzüne bir tezat ilkesiyle gelen, kırmızı perçemleri gözlerine kadar inen kör attı bu. Koşmayı bilmiyordu ama rüyasında, uçar gibi, rüzgârla yarışır gibi koştuğunu görüyordu.

Yani rüyaydı bütün bu rüzgârla yarışlar, kanatlanışlar, şahlanışlar.

Gerçekte, sırtında belâ gecesinin ayazı. Başında bahar gecesinin sert rüzgârı. Dallara yapraklara yaslanmış, otlara başaklara uzanmış. Hafif ürpermeler içinde. Sığındığı kuytuda köşede. Kendisini attığı uykunun izbesinde. Kıvrılmış, başını ön ayaklarının üzerine bırakmış, kuyruğunu sağrısına sarmış.

Rüyasının her dönemecinde gözkapakları ürperirken boynu seğirdi, alnı çatallandı. Koşmayı bilmeyen kör at gülümsedi gözlerinin içine dolan mutlu düşle.

Ona kalsa görecek başka bir rüyası olmazdı. Çünkü öyle zannederdi ki koşmaktan daha büyük bir gerçek olamazdı.

Ama. Gerçeği de rüyası da bu kadarla bitmedi. Rüyasında koşarken bir yandan da, gözlerine dökülen perçemlerinin arasından dünyanın tüm manzaraları, hayatın her sahnesi ona seyrettirildi.

Havva ile Âdem'in dünya hayatı cennet hayatı ile bir arada ve aynı ânda olup biterken, olmak yoktu sadece oluş vardı bu rüyada.

Rüya dili: O da bitimsiz bir ân-ı ebedi.

O da kalbin ve cennetin zamanı ile yek-dildi.

İşte, bir yolun iki yanına, bütün halleriyle hayatlarıyla dizilmişlerdi. Âdem az ilerde. Havva onun yanında güzel ve sessiz. Çilekeş ve daima bir cennet hatırasıyla yaralı. Aralarında, mevve çiçek aynı ânda, bir limon ağacı.

Şu kenarda Habil ve Kabil kurmuşlar oyunlarını, bir cennet bahçesinde oynuyorlardı. Çocuklardı. Saflardı. Masumlardı. Derken yılansı bir ıslık yaklaşıyordu arkalarından. Sessizce sokuluyordu. Aldanıyorlardı. Ve her defasında cennetten kovuluyor, dünyaya düşüyorlardı.

Kör atın rüyasında göründü görülmesi gereken en son şey. Görmese de olurdu. Kan rengiydi.

Kabil Habil'i öldürürken, kardeşinin alnını taşla ezerken, sonra onu toprağın bağrına gömerken, gördüğü kör ata yetti.

Rüya bozuldu. Her şeyin rengi değişti.

***

Onun bile doğasına aykırı geldi rüyasında gördüğü şey, ne de olsa gören göz buna takat getiremezdi.

Gördüğüne dayanamadı. Koştukça koştu. Kaçtıkça kaçtı.

Kaçarsam, gördüğümden kurtulurum, unuturum sandı.

Böylesine koşarken karıştığı karanlıkta, kendini bir o yana bir bu yana attı, dallara budaklara takıldı, başını çarptı. Beyaz akıtmalı güzel alnı yarıldı, tüyü tüyüne yapıştı. Burnundan kan geldi, gözünden yaş aktı, genzinden feryat sızdı. Güç belâ, kendisini ırmağın kıyısına attı. Suya, köpüğe bulandı. İncecik bilekleri, yaralı dizleri, yarılmış toynakları, dağınık yelesi, kanayan alnı ıslandı.

Ama hiçbir şey değişmedi. Gördüğünden kaçmakla kör atın kurtuluşu yok. Nereye atsa kendini kanın kokusunu orada buldu. Yağmur yağsa da topraktan hâlâ kan kokusu geliyordu. Sadece toprak değil, su bile kanıyordu.

Kaçmaktan vazgeçti. Bu kez gözlerini kapadı.

O da yetmedi. Gördüğü, gözünün önünden gitmedi.

Sonunda gözlerini açmak, kendisini bu rüyadan atmak, uyanmak istedi. Artık bu rüya bitsindi.

Yine olmadı. Uyanamadı.

Öyle bir rüya ki, sonuna kadar görmekten başka kurtuluşu yok, bu rüyanın tabirden başka uyanışı yok.

Kaçmakla çözülmez bu düğüm, göz yummakla bu muamma hallolmaz.

Anladı kör at, bu rüyadan, bu rüyayı yaşamadan uyanılmazdı. Yaşanacak ne'si varsa hazırdı. Gözlerini rüyasına açtı.

O ânda dünyanın bir bıçağın sırtında, gayet açık ve yalın iki sözle,

tevilsiz ve tefsirsiz,

sade ve basit,

art anlamsız yan anlamsız,

dilin en duru bilgisiyle,

en temel kelimeleriyle ikiye ayrıldığını sezdi.

İyi ve Kötü,

Âdem'in Kelimeler Kitabı'nın ilk iki kelimesiydi.

Hem mukaddimesi hem hâtimesiydi.

BU RÜYANIN TABİRİ

şimdi bu bölümü kötülük bildirgesi'nin
harfleriyle dizmeli. kabillere seslenmeli.
güzelliğinizden de gücünüzden de
tiksindim; mantığınızda ve kıyasınızda
meşrulaştırdığınız ne varsa hepsinden
nefret ettim, diye söze girmeli.
ama bunca harfin adına iyilik bildirgesi
de dememeli.
bu kitapta iyiliğin bildirgesi eksik.
çünkü iyiliğin bir bildirgeye ihtiyacı
olamaz, iyilik gerekçelerle
sınırlandırılamaz.
çünkü onun bildirgesi insanın doğasında
yazılı, kaydı kendiliğindendir, gerekçesi
fıtratın kendisidir.
oysa fıtratı zorlayan kötülük,
gerekçelerini sıralamak, mantığını
kurmak, bildirgesini yaymak zorunda.
yoksa fıtrat bu öz yıkıcılığa dayanamaz,
bu zulüm altında önce kendisi ezilir.

çünkü kötülük, kendisine şehvetle
koşmayanların taşıyamayacağı ağırlıkta
bir şeydir.
bu yüzden kötülüğün bildirgeleri daima
daha çok, daha renkli, daha cazip, daha
çeşitlidir.
oysa iyilik, tek ve birleştiricidir.

öyleyse şimdi iyiliğe bir bildirge
biçmemeli ama kör atın gördüğü rüyayı
da rüya sonlanmadan tabir etmeli,
bu tabirin diliyle hükmetmeli:
yıldızlar, seyyareler, gökler taraf tutarken
bu zıtlaşmada, bu ayrımda.
saf tutmalı. taraf olmalı.
belli etmeli rengini.
çünkü âdem'in kelimeler kitabı, insanın
varlık gerçeğini yorumluyor. oysa kabil,
insanlığın hikâyesini kölesi olduğu
karanlık adına
en baştan bozuyor.
kelimeler kitabı'nın ilk sayfasında
dehşet verici bir hayalet olarak duruyor.
üstelik bütün büyük yıkıcılar,
büyük özgürlük adına,
onun ismiyle başlayan sayfada hikâye
oluyor.
hepsiyle soydaş, hepsiyle isimdaş.
hepsinin alnında onun kurbanlığının
kanı, hepsinin kapısı onunla aynı yola
açılıyor,
aynı yere çıkıyor.

oysa bu fıtrat bozumunda kötülük,
büyük özgürlük değil.
sadece insanı cevherinden ayırıp
arazında yorumluyor.
onun kutsal doğasını bozuyor.
yerine de başka bir şey önermiyor, başka
bir değer koymuyor.
sınırsız özgürlük saplantısında, kural
tanımazlığını meşru kılan üstünlük
kıyasında, bütün değerleri tartışmaya
açıyor yani değersizleştiriyor.
kendi yasalarını kendisi koyarak,
kendisinde yasa bozmaya hak-hukuk
bularak,
öyleyse kendisinden üstün bir ahlâk
tanımayarak geliyor.

oysa mutlak ahlâkın tartışması yok.

öyleyse görece ahlâkın kıyametine
düşme.
bu görecelikte kıyam edene de izin
verme.
her şeyle *her*, hiçbir şeyle *hîç* arasında,
ahlâkın mutlak yasasını tanımlamaktan
korkma.
tanımlamakla kalma.
katıl bu tanıma.
hatırla insanın ahenk ve düzen üzre
yaratıldığını.
ayır artık iyi ile kötüyü birbirinden.
yerlerini belirle.

bir bütün olarak kavra kavranacak
ne varsa.
öylece gör.
göz yummakla dünyayı cennet
kılacağını sanma.
yıka gözlerini acı suyla. sen de o meşhur
uçurumlara uğra.
kolaycı iyimserliğin saflığıyla, aldatıcı
küçücük hazzıyla kandırma kendini. ayıl
artık gaflet uykusundan.
adını sabır koyma acizliğin.
buna tahammül deme.
kendi masumluğunda yok olma.
bırak, masumlar için bozulsun
masumiyetin. masumiyet, tek kişiyi
korur ancak: bilmemenin güvencesi.
bilmesem daha mı iyi olurdu?
oysa bilmeli.
her acıyı bir kez de kendi nefsinde
çekmeli.

çünkü kelimeler kitabı'nın ilk iki
kelimesinin,
hem mukaddimesi'nin hem
hatimesi'nin,
o ezeli rekabetin varlığını reddetmekle
çözülmez bu düğüm.
adını anmaktan korkma kötülüğün
ve onun bütün müştaklarının,
mecazlarının, yan anlamlarının, derin
yapılarının, öğelerinin, söz dizimlerinin,

temsillerinin, tefsirlerinin, şerhlerinin,
ezberlerinin. inkâr etme artık varlığını.
kabul et.
yüzleş onunla.
görmezlikten gelme.
azami dikkatle bak gözlerinin içine ve
bütün ayrıntılarını fark et.
iyiliği ancak kötülükle mukayese et.

değil mi ki kötülük bir olmak halidir
şunun şurasında.
direnmemektir.
dizginsiz bentsiz akmaktır.
zoraki onurlandırılmış ateş krallıklarının
azgınlığında kendini bırakmak, karşı
koymamaktır.
kendi kulluğunda kendi tanrılığına
taparken,
cazibeli ihtişamı göz boyayan bir
gölgeler yanardağında sınır tanımamak,
hiçbir engele takılmamaktır.
oysa iyilik hem olmaktır hem olduğunda
kalmaktır.
direnmektir, yoldan çıkmamaktır.
yani bir bakıma da olmamaktır.
onun için bu zorlu yolda iyilik, ona
sadık kalmayı göze alanlar için gerçek
bir savaştır.
mazlumların yanında saf tutmak
kahramancadır ve iyilik azınlığı
korkusuz olmak zorundadır.

öyleyse şimdi baş eğmemeli.
dikilmeli karşısına kötülüğün.
zulmü zulümle yarıştırarak,
kötülüğü kötülükle tartarak değil ama
ilâhi adaletle doğrultarak dur, demeli.
elde ne varsa, bu mücadelenin
tarihçesinde onunla isimlenmeli.
sözse söylemeli.
yazıysa yazmalı.
gayesiz değil hiçbir şey kelimeler
kitabı'nda.
bunca harfi seçerken, ardı ardına
dizerken,
yazdığına bir gaye biçmeli.
ruh doğasına,
acı bala öylece dönüşmeli.
ve, bakir uykulara giriveren kabil'in
gözdağı rüyasından ürkmemeli.
çok taşlık çok sarp bir yol bu,
öyle mi dedi?
bırak desin!
habil'in taşlarını temizlediği yolda
yürümeli.

göze almalı,
itilmeyi kakılmayı.
azınlıkta kalmayı, kınanmayı.
horlanmayı, kovulmayı, taşlanmayı.
hatta küçümsenmeyi.
üstüne gülünmeyi.
aldırma. bırak gülenler gülsün.
sen yine de atıl kaza meydanına.

göze al bir kez de sen ölmeyi.
ben ölürüm. sen ölürsün.
değmez mi?

değer, vallahi değer.
çünkü ancak o zaman derin ve ağır
acıların arasından pişerek ve yanarak
geçen.
bunca cenkleşmeden kimi selâmetle,
kimi de, onmaz kapanmaz, açık yaralarla
çıkabilen.
her kaybın arkasında kayıptan büyük bir
kazanç bulunduğunu fark eden,
doğabilirse kendi cesedinden doğan
insan anlarmış:
hakikate vasıl eden çölün yolunda
yanma yakılma da varmış.
hayat, âdem'in tahayyülünden bile
muazzammış.
ve düşmez kalkmaz bir allah'mış. insan
düşermiş ve kalkarmış.

düşen kalkan insan ancak o zaman,
üzerinde eksiksiz dönen gökyüzü ve
içinde yazılı ahlâk yasasının arasında
sakinleşebilir.
göksel dairelerin üzerindeki geniş yolda,
bir yıldız yağmurunun altında,
sonsuz uyuma katılabilir.
ancak o zaman yaratanla yaratılan,
parça ile bütün birleşebilir.
ruh aslına dönebilir,

ezel güzelliğiyle yüz yüze gelebilir, kendi
doğasında dinlenebilir, kendinden
memnun kalabilir.
insan, kimin düşünde görülen bir hayal
olduğunu sezebilir.
kendisini cennette, yitirdiği cenneti
yeryüzünde bulabilir.

o zaman, yutulamayan bir meyve
ısırığında kaybedilen bilgi geri döner.
insan, yüzünde büyük bir melek
kanadının esintisi, hani âdem'in de
habil'in de sırtını okşamıştı. omuzlarında
cennetin, akan yıldız bezemeli atlas
örtüsü, hani âdem'in de habil'in de
sırtına atılmıştı.
hakikat, kendisine verilir.
insan, âdem'in kelimeler kitabı'nda
daha ileri geçilebilir.
kararmış sayfaları, üzerinden silgi geçmiş
bölümleri okuyabilir. okunmayan
kelimeleri sökebilir, unuttuklarını
hatırlayabilir.
kalkar gözünün bebeğindeki perde,
öğrenir.

bilmek, cennettir, çünkü bilmek bütünle
birleşmektir.
bu bilgiyle o zaman, kabil'in habil'i
neden öldürdüğü,
bu zulmü onun içine kimin koyduğu,
kabil'in mazurluğunun nerede bittiği,

cürümünün nerede başladığı,
ve onu mücrim kılan yanının ismi
esmâsı.
kaderle kader arasındaki mesafede,
iradeye rağmen iradede, kaderin
içindeki kaderde suçlu olduğu,
ama kaderin de üstündeki kaderle, onun
bile masum kaldığı anlaşılır. irade
iradeyle açıklanır.
o zaman kelimeler kitabı'nın sırları
arasında en fazla da zulmün ve onun
ayrılmaz bütünü olan kaderin kâğıdı
aydınlanır.
ve bu anlayışla zulüm bile hükümsüz
kalır.
iyilik de ancak o zaman ve ancak
kötülüğe rağmen anlam kazanır.

o zaman serendip yoluyla haşir sabahı
arasında bütün yaşananların gerçek bir
rüya olduğu anlaşılır.
ve o rüya, sil baştan, bir gün yeniden
yaşanır.
bu kez bilgi de iktidar da bize râm,
melekler yeniden selâm verir,
cennet belki de bu dünyayı sınırsız
bilmek ve edebilmek gücüyle yeniden
yaşamaktır.

BU RÜYANIN ÇIKMASI

Onun, doğasının özgürlük yazgısının insana hizmet olduğu-u, Âdem uzun zaman önce, göklere parmak ucuyla çizilmiş bir ölge resminde bilmişti, kör atın kendisi şimdi bildi.

Ama bu doğayla yazgı arasında ancak cennet kanatlı atların şabileceği bir uçurum. Bütün bir at soyunun yazgısıyla doğası ara-ındaki çetrefil de geldi onun, kırmızı perçemleri altında terleyen üzel alnında düğümlendi. Bir kez daha ter bastı yelesini.

Sadakatin adı ihanetin lekesi. İçinde tabir edilmiş bir rüya-ıın bilgisi.

Suya akmak. Dağa yürümek. Buluta durmak.

Öyleyse sen de durma, göster rengini. Bir şey yap. Bir adım ıt. Kendine bir yer tayin et. Sen de tekrarla o meşhur cümleyi: Dağlar parçalansa korkma taraf tutmaktan. Niyetini gayretini belli :t. Ver verebileceğini. Gördüğün rüya nedensiz değil, tabirine abircisine hürmet et.

Kırmızı perçemleri gözlerine kadar inen kör atın, verip vere-ıileceği, bir tek kendisi. İlk sözün hatırası, onun insana bağlı bir caderi, atılacak iki adımı var şimdi. Kaderin gerçekleşmesi ân meselesi. Gördüğü rüyadan çıkardı kendi gerekçesini. Tabirine tabircis ne iltifat etti.

Başını çevirdi. Kokusunu ayırdı seher rüzgârından Âdem'ir Özgürlüğünü, bir fiilin kuvvesi halinde hatırasına sardı. Bu hatıra) da dünyanın bütün kokularını içine çekmek isteyen burun delikle rindeki harlı nefeste, dünyanın bütün görüntülerini görmek isteyeı fersiz gözlerinde, ve bütün yamaçlarını koşmak isteyen ince am: güçlü bileklerinde sakladı.

Boynuna vurulacak boyunduruğu, sırtına indirilecek kamçı yı, ayağına takılacak bağı bir ân için görebildi. İrinler akacakt yaralarından, keten tohumları yetmeyecekti dizlerinin sızısını din-dirmeye.

Bunları da geçti.

Boşalttı içindeki en harlı nefesi. Son bir kez asilendi.

Her zamankinden daha asi olduğu o ânda gitti, Âdem'in kapısına dayandı.

Onun kazasında kendi kaderine bağlandı. Varlığını insanın varlığına kattı. Kendisini adadı. Bütün bir insanlığın yükünü sırt-landı.

Çekirdekte ağacın, atalarda çocuklarının sırrı. Bütün bir at soyunun da kaderini kendi alnına, beyaz akıtmasının, kırmızı per-çemlerinin üzerine aldı.

Zamanlar evvel Âdem'in muhayyilesine kelimesi düşmüş bir resmi doğrularken, onun hayalini ağaç kabuğundan oyulmuş bir resim gibi çıkarırken, tepeden tırnağa pembe çiçek açmış tarçın ağacının altında, hafifçe kişnedi. Âdem'in kokusunu rüzgârda bir daha bir daha ayırmak, şafağı rüzgâr kılmak, sesini, halinin dilini ona duyurmak istedi:

Bundan sonra sana ait, seninim. Senin korumanda, senin metinde, senin dostluğunda bir ben'im.

Karşılık gelmedi. Bekledi. Bir daha hafifçe kişnedi. Haline l, diline dil ekledi:

Duysana sesimi. Al seninim bundan böyle, kabul et beni. ığrulansın Kelimeler Kitabı'nın yazısı. Artık sen de bensiz yapa-ı. Bensiz olama.

Kızıl perçemlerinin altında gözlerini kırpıştırdı. Hiç kimseyi kundurmazdı boynuna, boynunu uzattı. Perçemlerini rüzgâra raktı, dalgalandırdı.

Ses seda yok. Nice zaman geçti de bir âdemoğlu gelmedi.

Yoruldu kör at. Boynunu tarçın ağacının gövdesinde dinlen-rdi.

Yaraları sızladı.

Taşıyamadı bedenini. Sırtında, ağır bir dünya tabirinin yor-ınluğu. Olduğu yere yığıldı. Varlığını sunduğu kapıda gözleri ıpandı. Derin bir uykuya daldı. Gördüğü rüyayı unuttu ama tabiri ılında kaldı.

Uyandığında, kör at kendi rüyasındaydı.

En sadık, en vefâdar olanlardandı.

Âdem de beniâdem de oradaydı.

NEREYE ÇAĞIRIYORSAN

NEREYE ÇAĞIRIYORSAN

Kırmızı perçemleri gözlerine kadar inen kör at hafifçe kişnedi. Kendisini bu kapıya bırakalı çok uzun zamanlar geçmişti, dünya kimbilir kaç kez devrini deveran etmişti. Ama o ilk kez, önüne suyunu yemini, yelesine şefkatini emeğini bırakan Havva'nın beyaz elini boynunda hissetmedi. Oysa gelmenin zamanıydı şimdi. Gelseydi Havva. Dünya gözüyle son kez görseydi cennet arkadaşını, dünyalığını, ahretliğini, Âdem'ini.

Bir kez daha hafifçe kişnedi kırmızı perçemleri gözlerine dökülen kör at. Toynak vurdu toprağa. Hafif kişnemesine bir huzursuzluk ekledi. Yelesini silkeledi. Boynunda asma lifinden bükülmüş bağ. Gölgelerini salmış tarçın ağacını kökünden sökebilse, gidebilse. Çekse Havva'yı eteğinin ucundan, neredeyse, dermanı kesilmiş Âdem'in yanına getirebilse. Refakat birliğin kaydı, Havva, Âdem'inin ölümüne refakat edebilse.

Dili olsaydı, kırmızı perçemleri gözlerine kadar inen kör at, Havva, diye öyle bir seslenecekti ki yerler gökler Havva, diye karşılık verecekti. Oysa yüce bir şafak, erken bir fecir. Gökyüzü sakinlerinin telâşı her günkü gibi bir dünya gününe denk gelmişti. Darbe Âdem'in kalbine ağır ağır değil aniden inmişti. Yalnız gelmişti dünyaya Âdem, demek ki yalnız gidecekti. Bu görkemli şarkı sess sedasız bir nakarat ile biterken, doğumu diğer insanlar gibi değil Âdem'in ama ölümü ânındaki yalnızlığında bütün insanlarla birl şecekti. İlk nefes son nefesmiş, diyecekti.

Gölgelerini salmış tarçın ağacının altında, sağ dirseğin dayanarak doğruldu Âdem. Ağır ağır kalktı. Zamanı azdı ve o da b zamansızlığın farkındaydı. Yine de elini uzattı. Kırmızı perçem atın yelesini okşadı mecalsizlikle. Gözlerinin üzerinden gözlerir geçirdi. Alnını alnına dayadı. Kaldırdı başını derker Tomurcuklanmış sıkı bir dal, âsâsına dayandı. Birkaç adım attı.

Kör at, kırmızı perçemlerinin arasından ışıksız gözlerini kıı pıştırdı, Âdem'in ayak seslerine kulak kabarttı. Boynundaki damaı lar seğirdi. Yelesini savururken bir kez daha kişnedi. Sesi hafif değ şiddetliydi:

Geri dön. Beni yalnız bırakma. Sen de bensiz kalma. De gibiydi.

Geri döndü Âdem, bu sese cevap verdi. Atın bağındak düğümü çözdü. Kendi yoluna geri döndü.

Kırmızı perçemleri gözlerine kadar inen kör at, kulaklarını bi Havva'nın gelesi olduğu yana çevirdi, tarla kuşları, yasemin bahçele ri. Bir de Âdem'in uzaklaştığı yanı dinledi. Fesleğen. Yaban nanesi Âdem yönünden esen rüzgârın taşıdığı kokuyu ayırdı diğerlerinden Fazla oyalanmadı. Seçimini yaptı. Âdem'in peşine takıldı.

Âdem yürüdü o yürüdü.

Âdem durdu o da yanıbaşında durdu.

Buğday tarlasının kıyısına kadar gücü ancak yetti Âdem'in Dizlerine kadar yükselen altın sarısı burçakların arasına ancak gire bildi. Daha fazlasını yürüyemedi.

Bir müddet nefes nefese kaldı, elini göğsüne bastırdı. Yoksa, bağrından bir ateş nehri taşacaktı. Ter içindeydi. Sırtını, tarlanın kıyısında tek başına yükselmiş bir ağacın gövdesine yasladı. Neden sonra kurumuş ot kokusu içini ferahlattı. Üzerine bir parça sükûnet indi. Başından hafif bir dağ rüzgârı geçti. Olgun başakların dalgalanmasını seyretti. Elinin sırtını başakların üzerinde gezdirdi önce. Sonra toprağa avuçlarının içini çevirdi. Rüzgârın sesini dinledi, uğultunun söylediğini tefsir etti. Rüzgâr, saçlarını savurur, güneş yanığı tenini serinletirken Âdem dünya düzlüğünü uzaktan seyretti. Batıya döndüğünde göklerin ışıklarının parladığını gördü.

Bulutlar ufkun üzerinde dizi dizi.

Dağların üzerinde bulutların gölgesi.

Yumdu gözlerini.

Cennet bir hatıra. Ezel bir hatıra. Şimdi dünya hayatı, o da bir hatıraydı.

Gülümsedi. Bir cennet ağacının altında görülmüş kısacık bir rüya gibi. Bütün hatırayı hatırladı.

Sanki bir cennet gölgeliğinde uyuyakalmış da bir filbahri dalının esirgemesinde, bir cennet çiçeğinin açarken koparamadığı velveledeydi şimdi.

Cennet göklerini ilk kez yaprakların dalların arasından seyretmişti. Yeşil zümrüt kuşunun şen şakrak esintisi, kanat sesi tenine sanki şu ân değmişti. Sanki cennetin bütün sakinleriyle şimdi, şu ân göz göze gelmiş, hepsi de onun üzerine merakla şimdi, şu ân eğilmişti.

Bu dünyaya Âdem diye biri sanki hiç gelmemiş, hiç düşmemişti. Serendip yolunu bir boydan bir boya yürümemişti. Kelimeleri hatırlayıp sesleri dinlememişti.

Sanki atı ehlileştirmemiş, toprağa hükmetmemişti.

Buğdayı yetiştirmemiş, ilk ekmeği pişirmemiş, saban yapmayı, ev kurmayı, sal bağlamayı, yelken açmayı, toprağa gölge salmayı öğrenmemişti.

Havva sanki örgülerini çözüp de suya eğilmemişti.

Âdem'in, sanki tenine su hiç değmemiş, ateş yakmamıştı gövdesini.

O en büyük acıyı çekmemiş gibi, sanki Kabil Habil'i hiç öldürmemişti.

Zaman her şeyi uğurlar, yola koyar. Her yolun sonu, her cümlenin noktası var. Tesadüf değildi ismin harflerinin birbirini sırayla izlemesi. Bir avuç topraktı özü özeti. Toprağı kendisine her zamankinden daha yakın hissettiği ânda dizleri de koca Âdem'i daha fazla taşıyamadı. Bir dağ nasıl çökerse öylece çöktü olduğu yere. Önce dizüstü oturdu. Sonra sendeleyerek yanladı, yorgun başını, artık direnmedi, ağacın gölgeliğinde usulca toprağa bıraktı.

Gözlerini yumdu. Kalbinin üzerinde, gözlerinin ardında hiçbir yükü yoktu. Cennetten dünyaya düşerken getirdiği her ne idiyse, dünyadan cennete giderken de onu götürüyordu.

Toprağın kokusunu içine çekerken, ey yeryüzü, dedi, üzerinden gelip geçtim, suyundan içtim, nimetinden nasiplendim. Beyt'imi sende buldum, duvarlarını sende yükselttim.

Ben senden razıyım sen de razı ol benden.

Hakkını helâl et, kıyamet günü davacı olma bu sakininden.

Âdem ki. Onun affet yakarışı esnasında, yeryüzü ağaçlarının damarlarından boğuk bir inilti gelmişti.

Âdem, buhar olup suya sinsem, toz olup toprağa gizlensem, demişti

Razılık istemeye devam etti.

Hepsi ilâhi muhayyilede bir kelime, bir resim olarak duran ve kelimelerin gününde bir ân için Âdem'e gösterilmiş olan bütün insanların. Oğullarının, kızlarının, torunlarının, onların da çocuklarının hepsine. Âdemoğluna. Benîâdeme. Ümmetine. Ancak bir peygamber kalbinin taşıyabileceği şefkat tanışıklığıyla döndü.

Hepsinin ismi kendi isminin içindeydi ve Âdem hepsinin yerine gülümseyebilmiş, hepsinin yerine gözyaşı dökebilmişti.

Razılık istedi hepsinden, kendi belinden çıkartılmış zürriyetinden. Razılık verdi kendisinden.

Razıydı:

Kaderimden razıyım. Cennet sürgünümden razı. Dünya çilesinden razı.

Öyleyse: Rabbi ondan razı, o Rabbinden razı.

Deveranını tamamladığı o ânda. Nedendir dünya sürgünü, apaçık bir bilmeyle bildi. Bilmesi için bir kez yaşaması bir kez de ölmesi gerekmişti.

Ben, dedi bilmeden seçtim. Seçimim bir ayak sürçmesiydi ilk bakışta. Manasını şimdi tamam ettim. Bilsem de seçerdim.

Baktı kimbilir kaç yıllık ömrüne.

Sanki hiç yaşamamıştı.

Toprağı teninde hissetti. Allah biliyor ya, gidişinin kederi yoktu içinde. Gittiği yer tanımadık değildi. Ama bütün yaşadıkları bir bir gözlerinin önüne gelince.

Bir kuşku kapladı içini. İnsandı. Yoksa şu kötü dünyaya mı alışmıştı?

Gözü geride kalmadı giderken ama dönüp dönüp geriye, şu dünya âlem dedikleri gölgeliğe bir daha baktı. Bir damla yaş süzüldü yasak meyveyi ısırmış ağzının kenarından, ağır bir sızı.

Cennete son bakışını hatırladı.

Açtı gözlerini. Yapraklar rüzgârda uçuşurken bir daha geriye baktı.

Dünya! Muhteşemdi. Muazzamdı.

Bundan daha güzeli, daha mümkünü olamazdı.

Cennetin hatırası hatırında böyle canlı durmasa.

Dünya böyle güzelken bırakıp gitmek ne kadar zor, diyebilirdi.

Ama bir cennet hatırası, bütün dünya gerçeğini hükümsüz kılabilecek denli gerçekti.

Arada bir dünya ömrü. Bitti, dediğinde başladığı yerdeydi.

Gözlerini son bir kez açtı. Bu kez geriye değil. Başının üzerinde gölgelenen tüllenen, kokusunu verip çiçeklenen dünya ağacına baktı. Elini uzattı. Yaseminler döküldü parmak uçlarından. Tanıklık eden parmağıyla, ağacın gördüğü resmi unutmayan gövdesine kendisinden bir işaret bıraktı.

Ağaç eğildi üzerine iyice, dallarını yapraklarını uzattı. Âdem'i sardı, kucakladı.

Meyveleri sanki ışıktandı, sudandı, kokudandı, hazdandı, rengârenkti, camdandı.

Ateş rengi çiçekleri vardı. Gel, der gibiydi yeniden.

Âdem gülümsedi.

Ey ağaç, dedi, nereye çağırıyorsan oradan geliyorum ben.